古典新知

亦侠亦盗说水浒

陈洪 孙勇进 著

人民文学出版社

图书在版编目(CIP)数据

亦侠亦盗说水浒／陈洪,孙勇进著.—北京:人民文学出版社,2023
(古典新知)
ISBN 978-7-02-018200-8

Ⅰ.①亦… Ⅱ.①陈… ②孙… Ⅲ.①《水浒》研究 Ⅳ.①I207.412

中国国家版本馆 CIP 数据核字(2023)第 155033 号

责任编辑　李　俊
装帧设计　刘　远
责任印制　张　娜

出版发行　人民文学出版社
社　　址　北京市朝内大街 166 号
邮政编码　100705

印　　刷　三河市鑫金马印装有限公司
经　　销　全国新华书店等

字　　数　176 千字
开　　本　880 毫米×1230 毫米　1/32
印　　张　9.75　插页 15
版　　次　2023 年 9 月北京第 1 版
印　　次　2023 年 9 月第 1 次印刷

书　　号　978-7-02-018200-8
定　　价　55.00 元

如有印装质量问题,请与本社图书销售中心调换。电话:010-65233595

柴家庄园的一幕　　　　　　　　167

骆驼卢俊义　　　　　　　　　　175

地窖之门　　　　　　　　　　　177

上山一日　　　　　　　　　　　181

奸雄本色　　　　　　　　　　　183

不归路　　　　　　　　　　　　188

"胡椒"与内圣外王之梦　　　　　188

七　领袖话题　　　　　　　　　191

闹剧"评《水浒》"的戏眼　　　191

领袖的"江湖基因"　　　　　　193

领袖的"'庙堂'基因"　　　　　198

基因重组的结果　　　　　　　　207

朱熹、陈亮之争　　　　　　　　210

八　酒肉话题　　　　　　　　　213

成瓮吃酒　大块吃肉　　　　　　213

酒肉的意义　　　　　　　　　　217

消失了大块儿肉　　　　　　　　222

九　金银话题　　　　　　　　　236

郭大路的问题　　　　　　　　　236

好汉爱金银　　　　　　　　　　237

仗义疏财 239

宋江的钱 241

黑道攫财 244

鬼推磨 247

市井人生 250

十　祸水话题 255

妖女与魔女 255

扈三娘的婚事与座次 259

李逵的愤怒 263

祸水观的由来 267

十一　佛道话题 271

宝姐姐与花和尚 272

"我子天然" 275

"转秃转毒" 283

九天玄女与罗真人 286

公孙胜的法力 296

罗天大醮的意义 300

后记 305

闲言碎语

在中国，几乎没有一部小说遭遇过《水浒传》这样大起大落的命运。

在明朝，一方面，才子们、狂客们大力吹嘘，称之为"宇宙间五大部文章"、天造地设的"化工之作"，"六大才子书"之一；另一方面，"正人君子"们痛心疾首，称之为"诲盗"之作，官方也开始查禁。到了清代，每一次朝廷或是督抚大员张榜禁书，《水浒传》必在名单之中——这既说明了官方的立场，也说明了"屡禁不止""愈禁愈传"的现实情况。

到了清末民初，在西方新观念的影响下，《水浒传》的评价出现全新的行情。有的评论者称《水浒传》是"社会主义观念"的最早体现，有的研究者称其"比《左传》《史记》还要重要得多"，但也有相反的论调，认为要革新"国民性"，需从剔除《三国》《水浒》的影响做起。有些极端的论调不久便随风飘散，但有些却逐渐形成了权威话语——如胡适的"《水浒传》是一部奇书，在中国文学史占的地位比《左传》《史记》还要重大得多"（《水浒传考证》）论断，就成了此后将近一百年间撰写《中国文学史》者尊奉的圭臬。

待到中国革命的洪波涌起，《水浒》又和"革命"的意识形态发生了千丝万缕的联系。毛泽东曾讲过："中国三部小说，《三国演义》《水浒》《红楼梦》，谁不看完这三部小说，谁就不算中国人。"① "《水浒》里面讲的梁山好汉，都是逼上梁山的。我们现在也是逼的上山打游击。"② 延安时期，"逼上梁山"是常用的话语，新编京剧《逼上梁山》更是直接得到毛泽东的褒奖。③ 其后几十年里，毛泽东更是在各种场合以"水浒""逼上梁山"自喻。这里面当然包含着对这部书的高度评价。然而，到了晚年，他的评价突然有了一百八十度的转变，并在 1975 年发动了全国评《水浒》的运动。《水浒传》变成了歌颂叛徒、阴谋家的坏书。

拨乱反正之后，这些政治意味过于浓烈的命题逐渐被人们淡忘，《水浒传》也主要成为当下文化消费——各种影视、游戏改编——的资源。出乎意料的是，近十来年，却忽然有著名学者出来放言高论，称《水浒》《三国》是中国人的"精神地狱"，《红楼梦》是中国人的"圣经"。其言论是否有隐

---

① 转引自《毛泽东提倡读三部中国小说》，载《山西日报》，1984 年 1 月 9 日。

② 湖北省社科院编：《忆董老》（第二辑），湖北人民出版社 1982 年版，67 页。

③ 近年来，有一种说法流传于网上，道是"蒋介石之所以在大陆失败，是因为没有查禁《水浒》"。语虽夸张，别有意味。

藏的深意，当然难以揣度；不过，以其曾有的名声，社会影响是毋庸置疑的。

这"扬之必至九天，贬之必至九地"的现象本身就是个有趣的思想文化话题。我们这里且不论。下面要与各位看官交流的是出现这种现象的根源——《水浒传》自身的深刻的矛盾：亦侠，亦盗；热血，江湖。此外，还有这本书另一个矛盾之处：既有足以传神千古的生花妙笔，又有欠圆通、显疏略的"拙笔"。

闲言碎语且到此，开篇"水边"第一题。

一 "水"边话题

"水"边话题，是这本小册子的开篇第一话题，这部分内容，也有人说可以统称为"水外线"。

"水外线"是个怪而有趣的词，是从"红外线"仿造而来的。

"红外线"也并不是物理学上的那个红外线，而是指《红楼梦》研究的一种路数。热闹非凡的红学研究大致可分两路，一路研究《红楼梦》本身的思想内容、艺术特色，这被称为"红内线"，还有一路，专门研究考证《红楼梦》的版本演变、作者曹雪芹的生平家世，这就是"红外线"。

由此可知，"水外线"，就是要研究《水浒传》的版本问题、作者问题，还有好汉故事背后隐藏的历史。学者在这些方面的辛勤研究，并非可有可无，一般的读者，多了解一点这样的背景知识，对理解欣赏《水浒》，也应当会颇有助益吧。

好，那么现在就进入"水外线"的第一个话题：

哪一种《水浒》？

"两种《水浒》，两个宋江。"

有人说过这样一句话。

这话听起来有点奇怪，怎么还会有两种《水浒》？而且还有两种宋江？

但它确实有些道理。比如，李逵沂岭杀四虎后回梁山汇报这一段，如果是目前通行的 120 回本的《水浒全传》，书中就是这样：

> （李逵）诉说取娘至沂岭，被虎吃了，因此杀了四虎。又说假李逵剪径被杀一事，众人大笑。晁、宋二人道："被你杀了四个猛虎，今日山寨里又添得两个活虎，正宜作庆。"

但如果你手中拿的碰巧是《第五才子书施耐庵水浒传》，就会发现，李逵汇报时的情形是这样：

> 李逵拜了宋江，给还了两把板斧，诉说假李逵剪径一事，众人大笑。又诉说杀虎一事，为取娘至沂岭被虎吃了，说罢流下泪来。宋江大笑道："被你杀了四个猛

虎，今日山寨又添得的两个活虎，正宜作庆。"

两相一对照，就会看出，后者里那一段，有点奇怪，李逵诉说老娘被虎吃，伤心得直流泪，宋江连半句安慰也没有，还大笑，只顾扯些新头领上山摆酒相庆的话头，怎么显得这么幸灾乐祸、没有心肝？

其实何止是没有心肝，如果把这两种《水浒传》从头到尾对读一遍，就不难发现，第二种《水浒》里的宋江，可真真是虚伪可憎，有时更是阴险狡猾。

这说明什么？

说明现今确实有不同的《水浒》在流传。

实际上，几百年来，中国大地上，生生灭灭，不知出现过多少种《水浒》。

比如，约四百多年前，即明万历年间的前后几十年里，在大明帝国的南部，在苏州、杭州以及福建建安，三地父老手中读的《水浒》，可能就差别非常大：

苏州父老手中拿的，可能是一本叫《李卓吾评忠义水浒传》的书，是经一个叫杨定见的人改编、一个叫袁无涯的人刊刻的，所以今天的学者又叫它"袁无涯本"。它共120回，收有梁山聚义的故事，也有征讨大辽、王庆、田虎、方腊的故事，大致和今天读者看的120回的《水浒全传》内容最为接近。

而杭州读书人案头上摆的，可能是叫《李卓吾先生批评忠义水浒传》，书名和上面说的袁无涯本差不多，但它只有100回，是杭州容与堂刻本，所以又叫"容与堂本"。这部书里没有征王庆、田虎的故事。和袁无涯本相似的是，书中也有署名李卓吾的批语，但和袁本批语又大不相同。李卓吾是晚明的大思想家，提出过很多精彩的异端见解，但没听说他有分身术，同时批了两本《水浒》，所以，后来的学者推断，评点容与堂本的"李卓吾"是个冒牌货，很可能是叶昼——当时一个和出版商来往密切的穷文人；但也有学者认为，容与堂本的评点才是出自李卓吾之手，倒是袁无涯本，是别人伪托评点的。

那么，福建当时的出版中心——建安市面上流行的又是哪一种《水浒》呢？这就很难说了，可能是一种110回本的，也可能是115回本的、124回本的。而今天的巴黎国家图书馆还收藏着当时刊刻的另一种120回本的残卷，全书却叫《新刊京本全像插增田虎王庆忠义水浒全传》。

而明代流行的《水浒》的不同版本，还不止上面提到的这几种。

怎么会有这么多的《水浒》？

这就得从明代的出版风气说起。明中叶以后，随着商品经济的繁荣，各种大大小小的手工业，也都有了相当迅速的发展。这其中就包括印刷业。各地雨后春笋一样冒出了大量的私营书坊。这些书坊老板，为了多赚钱，到处挖空心思寻找适销的书籍底本来雕印。同时，为了显示自家的书不同于同行，也为了迎合消费者的欣赏口味，他们在雕印书籍的同时，往往毫不客气地对原作大加删改、增补。明代随意篡改原作的现象，是十分严重的，顾炎武在《日知录》里就讲过："万历间人，多好改窜古书。"（卷十八《改书》）还有人说得更绝："明人好刻古书而古书亡。"事实也是如此，那时候没有版权一说，对原作的雕印往往成了丝毫没有顾忌的再加工、再创作，还常常毫不脸红地将自己的改装货——很可能非常拙劣——吹嘘成真正的"古本"、原装，反正作者一般都早已入土，谅他们也没本事钻出棺材板找来算账。

但是明代这些出版老板们兴高采烈的再创作，却给后人带来了不尽的麻烦。比如，今天面对那时留存下来的各种《水浒》，首先就得耗费大量心血，来搞清哪种版本最接近，并且多大程度地接近作者创作的原貌。作为专业研究者，当然有义务让广大的一般读者，尽可能地面对原作作者呕心沥血的精彩的手笔，而不是几百年前书商雇佣的三流文人的加工之作。

今天的研究者，面对留存下来的各种不同版本的《水浒传》，做了大量研究，大致可以得出下面一些结论：

1. 现存的各种《水浒传》版本主要可以分为两个系统，即繁本系统和简本系统。"繁"和"简"都是就行文而言的，繁本细节生动、文学性强，但没有征王庆、田虎的故事，上面提到的容与堂本就属于这一系统；简本则叙事简约，细节描写少，文字比较粗糙，但有征王庆、田虎的故事，上面提到的福建建安当时流行的几种110回本、115回本、120回本都属于这一系统。

2. 繁本和简本之间有影响。至于说繁本是在简本的基础上加工而成的，还是简本是据繁本加以删削的，现代学者尚无定论；但简本删削繁本的可能性要大一些。

3. 两种版本系统有合流。比如袁无涯本，它是在100回繁本的基础上，加上以前只有简本系统才有的征王庆、田虎的内容，并对这部分内容的文字做了较多的增饰、润色形成的，所以袁无涯本又称"综合本"。

繁本也好，简本也好，在各地、各时期各领风骚了一阵子，到明末一种新的版本出来后，差不多都从市面上销声匿迹了。而后的三百年，就成了这种新版本的一统天下。

这种新版本，就是开篇提到过的《第五才子书施耐庵水浒传》，它是明末清初怪才金圣叹删改、评点的。金圣叹拿来120回本的《水浒传》，大刀阔斧，从第七十一回处拦腰一斩，将原书的第一回改为"楔子"，将第七十一回中的"忠义堂石碣受天文"部分保留下来，自己加上一段卢俊义惊噩梦的情节，算作结局的第七十回。除了这拦腰一斩的一板斧外，还对前面七十回的行文做了较多修订，写了大量批语，并将这种新版本称为真正的"古本"，而后，打着"古本"的旗号，对自己的增删修订大加称赞。

这在今人看来未免可笑。但它确实有它的长处，比如，在艺术表现的很多方面比原作大有改进，为原作生色不少，所以这种本子一出来，几乎令他本尽废，一统天下近三百年，以致一般读者只知有70回的《水浒》了。

到了上世纪中期，中华人民共和国成立后，先是大量地印行70回整理本，后又印了不少100回本和120回本。这本小书谈《水浒》主要依据"全传"本。

不过，大家有条件的话，还是不妨找来金圣叹评点的本子看一看，还有一种《水浒传会评本》，是北京大学出版社1981年出的，辑有金圣叹本、袁无涯本、容与堂本等古本的评语，读一读古人那些精彩的独有会心的评语，对理解欣赏《水浒传》还是大有帮助的。

再看：

施耐庵的真假有无

《水浒传》的作者是谁？

这个问题，看起来简单，其实非常让人头疼。

说简单，是因为一般人都知道作者是施耐庵，说让人头疼，是因为历史中到底有没有施耐庵这人其实还是个问题，即使是认为有，那么他到底是何方神圣，这到现在也说不清楚。

鲁迅先生认为根本就没施耐庵这一号人物，在《中国小说史略》中，鲁迅提出，"疑施乃演为繁本者之托名"，也就是说，明代的某书坊老板，在将简本《水浒》补充改造成繁本时，随便弄出了个"施耐庵"的名字挂了上去。

随后戴不凡先生，进一步提出，施耐庵是郭勋的托名。郭勋何许人也？是明开国名将郭英的后人，封武定侯，喜好小说，写过（很可能是让门客代笔）《明英烈》，将老祖宗郭英抬得格外英雄，还有，现在所知的最早的《三国演义》刻本中，也有他组织刊刻的。郭勋还刻印了《水浒传》，戴不凡先生在《小说见闻录》中说，在郭刻印《水浒传》之前，从来没有人说过《水浒传》是施耐庵作的，郭勋刊本一问世，大家就突然都说《水浒传》是施耐庵的作品了。

此后张国光教授在此基础上继续论证，认为"施耐庵为郭勋门客之托名"。

但也有不少认为施耐庵确有其人的。有人认为是元代著名南戏《幽闺记》的作者施惠，有人认为是元末明初泰州白驹场（今江苏兴化、大丰）人施彦端，还有人说，施耐庵就是南宋末为《靖康稗史》作序署名"耐庵"的那一位。聚讼纷纭，还出土了不少文物，但这些文物，也有不少人说是真，有不少人说是假。

更麻烦的是除了"施耐庵",还扯进了个"罗贯中"。有说《水浒传》其实就是罗贯中写的,没施耐庵什么事儿;也有人说,《水浒传》是施耐庵和罗贯中俩人合写的,据说罗贯中还是施耐庵的学生。可就是这个罗贯中,他是哪儿的人,是干什么的,生平如何,现在也不是十分清楚。

总之,《水浒》的作者问题远不像一般人想的那么简单,到现在还是扯不清,如在烟幕中。

其实还不只是《水浒》有这个问题,《三国演义》《西游记》《封神演义》《金瓶梅》乃至《红楼梦》等古代白话小说的作者问题,到现在都没有完全搞清楚。

那么,是谁放的这一颗颗烟幕弹?

是古时的思想观念。那时一般文人的观念里,作诗文是雅,写小说,尤其是写白话小说,便俗,不是什么上得了台盘儿的事,甚至在不少一脑门子正统观念的人眼中,干这种事,那就是作孽,定遭报应。明代田汝成在《西湖游览志余》中就说,罗贯中编撰《水浒传》,"其子孙三代皆哑",正是"天道好还之报"。清代又冒出一个铁珊,在《增订太上感应篇图说》中将此说"发扬光大",其书云:

> 施耐庵作《水浒传》,子孙三代皆哑。袁于令(按:明末清初小说、戏曲家)撰《西楼记》,患舌痒症,自嚼其舌,不食而言,舌尽而死。高兰墅(按:即高鹗)撰

《红楼》，终身困厄。王实甫作《西厢》，至"北雁南飞"句，忽仆地，嚼舌而死；金圣叹评而刻之，身陷大辟（按：指其因"哭庙案"而被杀事），且绝嗣。

一句话，作小说（外带戏曲）就不得好死，祸及子孙，而且还什么"自嚼其舌，不食而言，舌尽而死"，种种恶毒咒骂，真是阎王爷出告示——鬼话连篇。但这就是当时人的观念，明初李昌祺很有学问，还做了不小的官，但就因写了本短篇小说集《剪灯余话》，被人嘲笑，死后还被取消入家乡庐陵乡贤祠的资格，成了告诫读书人不要写小说的反面教材。

这就难怪，当时一些颇有才华而又心痒难熬写了小说的人，不愿在作品上署名或不署真名。

而且，说到《水浒传》，还有一个问题，它其实并不是出自某一个作家之手，而是经过长期的民间积累，再编纂而成的，而且在初步编成后，还有个逐步完善的过程，前面说到的那时有过各种版本的《水浒传》，就说明了这一点。因此，现在讨论的"作者"问题，实际上就是那个最初的编订者问题。关于这个最初编订者，若从外部材料（指生平交游方面的文字、文物资料）来研究，因材料不足，难免如雾中看花，但是《水浒》的内部，却留下了种种的蛛丝马迹。

连环马及江州劫法场问题

说到《水浒传》里透露作者身份的种种蛛丝马迹，可以先看书中气象节令方面的描写。

如"林教头风雪山神庙"和"火烧草料场"一段，多次写到彤云密布、朔风大作中纷纷扬扬的大雪，和林冲踏着碎琼乱玉行走于北风中的身影，细腻传神，堪称妙笔。但是再接下来，林冲雪夜上梁山一段，描写便出了毛病。书中交代，林冲在严冬岁末走了十余日，一直是风雪不断，这时北方的河港早已该是冰封三尺，但是林冲到了梁山泊时，见到的却是"山排巨浪，水接遥天"，他本人也坐着小喽啰的船，轻快地渡过水泊，上了梁山，这在北方的冬天怎么可能？还不只是林冲上梁山时水泊没有结冰，在水浒故事发生跨越的十个冬天中，梁山泊始终如终年不冻的良港。

再如杨雄、石秀杀裴如海和潘巧云时是十一月底，他们加上时迁结伴行了不止一日，到梁山脚下的祝家庄时，应是旧历的十二月，可就在这深冬夜半，时迁等因偷鸡和祝家庄的店伙争执动手，店伙喊人相助，从店里竟冲出了几个赤条条的大汉！随后梁山发兵攻打祝家庄，先锋李逵竟也是脱得赤条条的抡动板斧冲杀过来，莫非祝家庄的店伙和李逵都有抗严寒的特异功能？

还有呼延灼发动铁甲连环马进攻梁山也是发生在冬天，这样的时令，梁山哪里还用得着费一番周折请徐宁上山，教练钩镰枪，只要放呼延灼的连环马冲过来，只怕还不等交手，连环马就已在冰雪覆盖的大地上滑倒成一片滚糖葫芦了。

这些情节说明，《水浒》的最初编订者，极有可能是没在北方度过寒冬的南方人。①

现在再看《水浒》中的地理描写。

别的不说，先看著名的智取生辰纲一段，杨志从河北大名府出发，押着十万贯金珠到东京（即今河南开封），那就应径直南下，可杨志竟如晁盖的同谋般向东南走到了山东郓城县境内的黄泥冈！

再看梁山好汉江州劫法场和为救史进、鲁智深，出动大军攻打华州两次行动。江州在哪儿？在今江西九江，离山东境内的梁山可有一千四五百里！而华州是在华山脚下，从梁山到华山要横穿河南省，还要从当时应驻有重兵的都城开封旁经过，但梁山这两次大规模行动又是何等轻松神速，巨大的空间距离丝毫不见，简直就如空降部队。

这样的地理常识方面的错误，书中比比皆是，南辕北

---

① 海外学者马幼垣先生《混沌乾坤：从气象看水浒传的作者问题》一文，对此做了精彩而又饶有趣味的论述，可参看。收入《水浒论衡》一书，（台湾）联经出版事业股份有限公司，1992年。

辙，张冠李戴，梁山好汉们几乎个个是地理盲，史进从渭州出发，到延州寻找师父王进，没找到，居然莫名其妙地来到河北大名府居住，住了几时，盘缠用光了，于是又在山东青州境内桃花山附近的赤松林里，劫道"寻些盘缠"，更妙的是，鲁智深离了山西五台山投河南开封的大相国寺，竟然也路过(!)了山东境内的赤松林，得与史进重会！北方的山川州府，成了一堆积木，随情节的需要而随意搬移。

但是令人吃惊的是，《水浒》在讲述征方腊之役时，对江南地理的描述竟又是惊人的准确。据浙江籍的《水浒》研究者马成生先生研究发现，《水浒》对浙江境内尤其是杭州地区地理的描述，小到一些村庄、桥梁、山头、庙宇，都很具体、详细而准确，就像是照着沙盘模型写出来的。①

如此鲜明的对比说明了什么？说明作者至少在南方，尤其是浙江境内的杭州地区生活了很长时间。

八十万禁军教头休书的文化功底

现在再来看一下，这个编订者的肚里有多少墨水。

这个问题乍一看有点多余，在一般人心中，《水浒》这部伟大名著的作者，不用说，肯定是屈原、李白这一级别的

---

① 参阅马成生先生《略论〈水浒〉"征方腊"的地理描述》《杭州与〈水浒〉》《乌龙庙与断坞草庵》等文，收入《水浒试笔集》，团结出版社，1990年10月。

大才子，天底下还能有作品伟大作者不伟大的道理？

但这也不是绝对不可能，别的不说，天底下会有哪个伟大作家会在写作必备的地理知识上无知得一塌糊涂？《水浒传》的伟大，不应归功于某个具体作者，实际上，早在南宋，就有说书人讲说"花和尚""武行者""青面兽"故事，经过百多年来无数民间说书艺人呕心沥血的锤炼，这些故事日渐丰富，人物也越来越血肉饱满，后来出来一些有一定文化水准的下层文人，将它们编订加工，成了最初的《水浒传》，又经不知多少人对它继续补充加工，才成为我们今天看到的伟大的《水浒传》。

了解了这些，伟大作品《水浒传》的某些"作者"不见得有多"伟大"就不是什么稀奇的事了。

这个（或"些"）不太伟大的"作者"，在作品中，也确实留下了不少不太伟大的痕迹，如林冲发配前，写给娘子的休书，其文曰：

> 东京八十万禁军教头林冲，为因身犯重罪，断配沧州，去后存亡不保。有妻张氏年少，情愿立此休书，任从改嫁，永无争执。委是自行情愿，即非相逼。恐后无凭，立此文约为照。年月日。（第8回）

列位看官看出毛病了么？他一个发配上路的"贼配

军"，写休书还要这么威风凛凛地写上"东京八十万禁军教头"？天下有写休书还把自己的职衔也署上而且还是署被罢掉了的前职衔的么？是林冲愚妄可笑，还是水浒故事的这个编订者文章功力并不十分到家？

列位看官如有兴趣，还可以看一看代州雁门县张贴的悬赏捉拿鲁达的告示，那文字也是半通不通。

再看现存的115回本《水浒传》的回目，这种版本，一般认为可能最接近早期《水浒传》的原本，它的回目有的是这样：

"豹子头刺陆谦富安，林冲投五庄客向火"

"郓哥报知武松，武松杀西门庆"

"夜叉坡前卖麻酒，武松遇救得张青"

"王庆遇龚十五郎，满村嫌黄达闹场"

……

这种回目的水平，这种对仗功夫，是不是伟大作家的手笔，诸位自有明断，不必在下多说。需要说的是，今天能看到的"林教头风雪山神庙，陆虞候火烧草料场""王婆贪贿说风情，郓哥不忿闹茶肆"这种比较工稳的回目，是后出版本的《水浒传》在早期版本的基础上不断发展完善的结果——出自另外一些文字水平较高的编订、加工者。

由此大概可以得出结论，《水浒传》并非出于一人之手，将长期流传于民间的水浒故事整理加工成最初的《水浒传》的编订者，或是传播过程中的某些改写者，他们的文化水准，并不见得都是如何高明。所以，《水浒传》的文本中，既有极为精彩的笔墨，也有水平线以下的低劣文字。

好汉故事背后的历史

现在再来看《水浒传》中好汉故事的来源。

可以肯定的是，120 回的《水浒全传》中，征田虎、王庆故事是在全书其他内容成书后加入的，最简单的证据是宋江带领梁山人马征田虎时，滚雪球般陆陆续续收了一大堆降将，然后再让他们在大军推进的各战役中陆陆续续死去，没死净的还有好几十人，那就在征王庆时接着死，而梁山好汉的原班人马却无一阵亡，直到征方腊时才如雪崩般纷纷死掉，这种极不合理的情节安排，说明征田虎、王庆部分十九是后人加入的。（征大辽时梁山好汉也无一阵亡，但这是因为此部分内容寄托了特殊的民族意识，和征田虎、王庆性质不同。）

除了上述后人插入的情节外，其余的原装货，它的第一个故事来源，是历史中的宋江事迹。

淮南大盗宋江

在很多史料里，如《宋史》《东都事略》《十朝纲要》《续资治通鉴长编纪事本末》等正史、野史中，都有关于宋江的记载，但是这些记载，疑点很多，且多互相矛盾，以致有人怀疑，历史中是不是真有宋江这号人物都很难说。考辨这些史料的真伪，不是这儿能完成的，这里只能大略说一下这些史料中记载的关于宋江的一些基本情况：

1. 照王偁《东都事略》卷十一《徽宗本纪》和《宋史》卷二十二《徽宗本纪》中的叫法，宋江是"淮南盗"，这和《水浒传》中的山东及时雨可不相符。

2. 宋江以三十六人横行齐、魏。这种说法也是见于《东都事略》，和《宋史》卷三百五十一《侯蒙传》。这三十六人姓甚名谁，书中没说，他们的身份，有人认为是一支大的农民起义军中的三十六个头目，也有人说这三十六人其实就是宋江的全套人马，宋江领导的并不是什么大规模的农民起义，而是一小股只有三四十人的流寇队伍。若据《侯蒙传》的语气，当以小股"悍匪"为是。而说他们横行齐、魏，那就是说他们转战从山东东部到陕西东部横贯四省两千余里的地方，打的是游击战，并没有以梁山为据点。事实上，梁山也确实不足以为据点，梁山由虎头峰和七个支峰组成，但是主峰高仅海拔 197.9 米，说不上有多雄伟，也无险可守，到了元代，在一些杂剧作家的笔下，一座平平常常的梁山开始化作："寨名水浒，泊号梁山，纵横河港一千条，四下方圆八百里。东连大海，西接济阳，南通巨野、金乡，北靠青、济、兖、郓。有七十二道深河港，屯数百只战舰；三十六座宴楼台，聚得百万军马粮草。"（高文秀《黑旋风双献功》），到了《水浒传》中，水泊梁山终于变成：三关雄壮、四面高山，有忠义堂、断金亭、宛子城、蓼儿洼、金沙滩、鸭嘴滩，六关八寨，藏龙卧虎，威震四方，成了强盗乃至一般民众心中的圣地。

3. 历史中的宋江"勇悍狂侠"。这种说法见于元代陈泰的《所安遗集补遗·江南曲序》。光从这四个字就可以看出，历史中的宋江是个角色，不愧是纵横千里的强盗头子（《宋史·侯蒙传》中说宋江"以三十六人横行齐、魏，官军数万无敢抗者"），而不是《水浒》中那个没多少血性让人看着窝囊的郓城小吏。

由历史中勇悍狂侠的淮南盗宋江一伙三十六人，到后来《水浒传》中的水泊梁山一百单八将，经过了一个长时期的演变过程。据南宋罗烨的《醉翁谈录》，在当时就已有民间艺人讲说"石头孙立""青面兽""花和尚""武行者"故事，南宋末周密《癸辛杂识》中辑录了龚圣予的《宋江三十六人赞》，出现了宋江、卢俊义、关胜、阮小七、刘唐等三十六好汉的姓名，此外，今天还可以见到的有宋、元之间流传的平话《大宋宣和遗事》，其中一部分讲述的便是水浒英雄故事，这一部分内容字数不多，但已经有了后来《水浒传》中"杨志卖刀""智取生辰纲""宋江私放晁盖""宋江杀惜""征方腊"等故事的雏形。再有，就是元杂剧中为数不少的水浒戏，如《梁山泊黑旋风负荆》《梁山七虎闹铜台》《宋公明排九宫八卦阵》等，也为《水浒传》的最初形成做了重要准备。

大名府的奥秘

《水浒传》中好汉故事的第二个来源，是南宋初年北方抗金义军的事迹。

北宋末靖康年间，金兵大举南侵，北宋军队一触即溃，有大批大批的散兵游勇流散北方各地。他们在北宋政权覆亡后，自发组织成一支支武装，遥领南宋政权节制，在北方各地进行抗金活动。这些武装，被统称为"忠义军"。由于这些忠义军并不是正规的官方武装，缺少正常的补给，难免依赖于劫掠，且流动不定，因此他们的行事又难免带有浓烈的强人色彩。

但是无论怎样，这些有担当、有血性的强人是在异族铁蹄蹂躏下的北方大地为本民族奋勇而战，所以，在他们的抗金活动因南宋岳飞被害、秦桧主政而渐渐沉寂之后，他们的英勇事迹，仍然被民众历久追怀、讴歌。

渐渐地，北方忠义军的传奇故事与历史中的宋江传说融合了。

在后来形成的《水浒传》里，仍然可以看到抗金情怀的遗留。

如扈家庄在被李逵杀进后逃走的扈三娘的哥哥扈成，书中交代他后来在中兴时做了个军官武将，这里说的"中兴"，当是指北宋灭亡后赵构称帝初建南宋王朝时期，查一下《三朝北盟会编》《建炎以来系年要录》就会发现，在南宋高宗时还真有个将军叫扈成，曾经抗击金人入侵。

又如呼延灼，《水浒传》结尾说他的最终结局是"领大军破大金兀术四太子，出军杀至淮西阵亡"，于是后来的《说岳全传》，也说呼延灼以八十高龄与金兀术力战而死，但实际上，历史中并没有呼延灼这号人物。

但是梁山好汉中的大刀关胜却是如假包换的历史人物。他本是南宋初刘豫的部将，驻守济南，屡屡与金军作战。后来，刘豫降金前将他杀害。

此外，《水浒传》中还说美髯公朱全"后随刘光世破了大金，直做到太平军节度使"，还有一个方腊手下的金节，投降了宋江，"后来金节跟随刘光世大破金兀术四太子，多立功劳"。几次提到抗金。

当然最明显的证据莫过于曾头市。曾头市武装曾射死晁盖，是梁山的头号劲敌，书中说曾头市的曾长者"原是大金国人"。这在情理上是绝对说不通的，在北宋末年，怎么会在宋国境内出现大金国的强大武装势力？何况当时北方的金国和宋国之间还隔着一个大辽呢。但事实上说不通的事，感情上却能讲得过去，因为这都是敌视金国的民族情绪在作品中残留的遗迹。

除了曾头市，《水浒》中水泊梁山还有个主要的敌对势力就是大名府，而历史中大名府曾是刘豫的伪齐政权的都城。《水浒传》还说大名府梁中书手下有员大将天王李成，使双刀，有万夫不当之勇，而历史中刘豫手下也有员悍将李成，自号"李天王"，也使双刀，《金史》卷七十九《李成传》说他"勇力绝伦，能挽弓三百斤"，屡屡与岳飞作战。这些恐怕不能全说成是巧合吧？

另外，《水浒传》里的梁山好汉中有为数不少出身于军官，且籍贯遍及今十五个省市，包括四川、湖南、江西、海南等省份，这绝不可能是历史中淮南盗宋江队伍的情形，但如果把这解释成当年北宋官军溃散后重新组成的各忠义军头领的面貌，则至少是说得通的。

证据还可以找到一些，但不在这里一一列出了。列位看官如有兴趣，可参看孙述宇先生《水浒传的来历、心态与艺术》一书，此书对这点论说得十分详尽。

明 佚名 《明太祖朱元璋坐像》

朱元璋的身影

此外，《水浒传》中还写入了元明之际的时事。

前面说过，《水浒传》在写宋江征方腊的情节时，对江南地理尤其是杭州地理的描述，精确到了一些桥梁、村落、山头、寺庙，这与它写北方地理时错得几乎找不着北形成了鲜明对照；现在要说的是，《水浒传》中的征方腊之役，实际上就是历史中朱元璋征讨张士诚战争的翻版：

1. 据《明史·张士诚传》载，朱元璋征讨张士诚时"曾遣师攻镇江"，而《水浒》第一百十一回是"宋江智取润州城"，润州即镇江，但历史中的方腊义军只到过秀州（今嘉兴市）城下，是从来没进过今江苏境的。

2. 又据《明史·张士诚传》，朱元璋征张士诚时曾派大将徐达取常州，而《水浒》第一百十二回是"宋公明大战毗陵郡"，毗陵郡就是常州。

3. 《明史·张士诚传》又载：朱元璋与张士诚大战于苏南常熟一带，擒获张士诚弟弟张士德，并押送至京师；而《水浒》第一百十三回中，有宋江与方腊大战于苏南苏州一带，杀方腊弟弟方貌，将首级解赴京师一系列情节，但历史上方腊并没有个弟弟叫方貌。

4. 《明史·张士诚传》中说朱元璋攻打杭州时，他的大将茅成驻军于皋亭山,《水浒》中宋江征方腊时,也是驻扎于皋亭山,而史料中的征方腊之役是只提到杭州这个地名,并没有说到这座山。

此外,据《方舆纪要》,朱元璋进攻杭州时,先派兵由独松关袭击张士诚,而《水浒》中则有宋江派卢俊义袭占独松关后到杭州会合。

又据 1919 年重修《建德县志》,朱元璋大将李文忠在睦州一带与张士诚手下李伯升大战,有乌龙神暗中保佑,又据说这位乌龙神在朱元璋当年与陈友谅鄱阳大战时,也曾暗中保佑,所以,朱元璋敕封此神为乌龙山之神,在睦州北门外,专门为"他"修了座庙。而在《水浒》中,同样可以看到,宋江也与方腊在睦州城外大战,被围困时,也有个乌龙神保佑显灵,接下来,宋江大将关胜与方腊手下郑彪大战,乌龙神再显神威,打败郑彪幻化的金甲神人,关胜才得以砍了郑彪,大获全胜。立了这两桩大功,又经宋江启奏,这乌龙神也被皇帝封了个什么"清靖灵德普佑孚惠龙王",也在睦州给修了座"乌龙大王庙"……

以上这些,列位看官不会把它们全都说成是纯粹偶然的巧合吧?(对这一点的揭示,要感谢马成生先生的细致研究,这些研究被写进了马先生的《水浒试笔集》一书,可参看。)

还值得一提的是,鲁迅先生在《中国小说的历史的变迁》中说道："至于宋江服毒的一层，乃明初加入的，明太祖统一天下之后，疑忌功臣，横行杀戮，善终的很不多，人民为对于被害之功臣表同情起见，就加上宋江服毒成神之事去。"朱元璋靠着一群忠心耿耿的患难之交提着脑袋出生入死无数场血战替他打下了江山，但一爬上皇帝宝座，转过脸就开始挥舞屠刀，大杀功臣，李善长、廖永忠、朱亮祖、蓝玉、费聚、冯胜、王弼、张温……谋臣武将，几乎给剃了个干净（参加征讨张士诚之役的绝大多数没得好死），有的还给灭了族。从那时起，在民间，朱大麻子的忘恩负义就出了名，而对那些无辜惨死的功臣，人民是表同情的，于是，在《水浒传》成书过程中，这一段历史，也被隐写了进去。

总之，淮南大盗宋江的三十六人也好，南宋初的抗金忠义军也好，元末朱元璋征讨张士诚的队伍也好，这些曾经活跃过的勇士的身影，最终在历史中消失了，但他们的传奇故事，被以各种方式转化融入了水浒世界中，形成了今天摆在列位案头的《水浒》。

二 "江湖"话题

什么是"江湖"?

金庸的名作《笑傲江湖》,书名中直接标举,读者心领神会,谁也不会向作者去要一个"定义"。因为很简单,在作品中"江湖"就是侠客们生存、活动的另一个世界,一个和广大民众生活的平庸世界完全不同的空间。

古龙作品中更是大量使用"江湖"一词,并有不少热情洋溢的"点赞",如《三少爷的剑》结尾:"生活在江湖中的人,虽然像是风中的落叶,水中的浮萍。他们虽然没有根,可是他们有血性,有义气。他们虽然活在苦难中,可是他们既不怨天,也不尤人。因为他们同样也有多姿多彩、丰富美好的生活。"《碧血洗银枪》中写一个沦落江湖的贵公子马如龙:"现在他的眼中已无泪,胸中却有血——热血。一个已决心准备流血的人,通常都不会再流泪。"

这诗一样的语言讲出了"江湖"两大特点:一、江湖中的人都"没有根"——这是他们生存方式与庸众的根本差异，家庭对于他们基本是无意义的。二、"有血性，有义气""眼中已无泪，胸中却有热血"——"血性""热血"，就是路见不平，拔刀相助；"义气"就是四海之内皆兄弟。

这两点真是要言不烦，"二语中的"。

所以，讲武侠，一定离不开"江湖"与"热血"。

而"江湖"与"热血"，也是《水浒传》的基本要素。

可是，古龙在他的一篇武侠小说简史中，从唐传奇一跳就到了《七侠五义》与《彭公案》，竟然对《水浒传》视若无物。

真是奇哉怪也！

"江湖"是"水浒"故事展开的超大舞台；"热血"是"水浒"故事演进中的最强音。

"水浒"中展现的"江湖"

讲到社会文化传统，通常把士大夫层面的称为"大传统"，民众层面的称为"小传统"。而无论大传统还是小传统，当"江湖"成为文学书写的对象时，都会出现一系列相关的意象。如士大夫笔下的江湖生涯，除了"江湖"这一核心用语外，"小舟""扁舟""渔樵""蓑笠"等，都具有互文见义的表达功能。同理，小传统中的对"江湖"的文学书写也含有相当庞大的意象组合，如"好汉""本事"

"仗义""盘缠"等（参看本人与曹廿合著的《纸上江湖说〈水浒〉》，《明清小说研究》2020 年 10 期）。

小传统中的"江湖"文学书写，最早而又较为丰富的作品首推《水浒传》。将《水浒传》称之为小传统的"江湖宝典"殆不为过。在最表层的意义上，《水浒传》中，"江湖"一词出现了 46 次，"义气"一词出现了 34 次，"好汉"一词出现了 86 次。其密集程度，古今作品无与伦比。当然，这只是最表面的现象，稍微深入一些，看看从《水浒传》中可以看到一个怎样的江湖。过去民间有一个说法："车、船、店、脚、牙，无罪也该杀。"这是"走江湖"者打交道最多的五种职业，此话意思是这五种从业者，都有犯罪的很大嫌疑。当然，这里不无夸张，不无想象，可以看作"江湖"之外的人们对"江湖"的恐惧心理的流露。《水浒传》正可以拿来作为这种说法的注脚。先来看"车、船"。

"车、船"——江湖上的运输行业。小说中最有名的当数浔阳江上的船火儿张横了。

那梢公摇着橹，口里唱起湖州歌来，唱道："老爷生长在江边，不怕官司不怕天。昨夜华光来趁我，临行夺下一金砖！"……那梢公睁着眼道："老爷和你耍甚鸟！若还要吃板刀面时，俺有一把泼风也似快刀在这艎板底下。我不消三刀五刀，我只一刀一个，都剁你三个人下水去；你若要吃馄饨时，你三个快脱了衣裳，都赤条条地跳下江里自死。"……李俊道："哥哥不知，这个好汉却是小弟结义的兄弟，原是小孤山下人氏，姓张，名横，绰号船火儿，专在此浔阳江做这件稳善的道路。"（第三十七回）

"馄饨""板刀面"已成为后世水上抢劫的代用语，可见这段给读者印象之深。而更可怕的是，不仅张横，还有李俊与二童也干着类似的营生，而且实力显然又超过张横。"江湖"之险恶实令读者心惊。这段描写也成为后世无数小说的范本。《西游记》、还珠楼主等，都有类似的仿制品。

《水浒传》中写"车"之可怕不多，但也有间接笔墨，如"姓王，名英，为他五短身材，江湖上人叫他做矮脚虎。原是车家出身，为因半路上见财起意，就势劫了客人，事发到官，越狱走了，上清风山，和燕顺占住此山，打家劫舍"。这样的桥段到了《儿女英雄传》成为情节发展的重要关目。"车家"与"船家"路数一样，差别只在作案的地点水陆不同。

再来看"店"——客栈及酒店——的有关描写。第十一回林冲雪夜上梁山，到了朱贵开的酒店。据朱贵的自我介绍，他开的是一个典型的黑店，其功能既是强盗的眼线，本身也干着杀人越货的勾当。而这种"业务"竟然是梁山的日常惯例！更有名的黑店是张青、孙二娘的十字坡，模式与朱贵一样，但更为恐怖。十字坡的"业务"描写对于后世社会的恐慌心理产生了持久的影响，甚至到了现代还会衍生出吓人的谣传。作品里类似的还有揭阳岭上的催命判官李立等。作品甚至还通过武松与宋江之口，把"江湖上"黑店现象重复进行归纳性描述：

> 武松道："我从来走江湖上，多听得人说道：'大树十字坡，客人谁敢那里过？肥的切做馒头馅，瘦的却把去填河。'"（第二十七回）

> 三个人一头吃，一面口里说道："如今江湖上歹人多，有万千好汉着了道儿的。酒肉里下了蒙汗药，麻翻了，劫了财物，人肉把来做馒头馅子，我只是不信。那里有这话！"（第三十六回）

这样写，就把江湖上的"黑店"普泛化了。再加上武松在景阳冈上的猜疑——"你留我在家里歇，莫不半夜三更，要谋我财，害我性命"，造成了几乎无店不黑的印象。这分明既有揭露的成分，也有猎奇、夸张的成分。

小说写这方面还有"变型"的，如"假李逵"的老婆和李鬼计议："你去寻些麻药来，放在菜内，教那厮吃了，麻翻在地，我和你对付了他，谋得他些金银。"也就是说，看似平民，随时可以"转换身份"成为黑店。

《水浒传》还写了"江湖"中的各种"职业"。如打把式卖艺的李忠、薛永、汤隆等。他们走州撞府，收入微薄——李忠的小气乃缘于贫穷。而且随时会受到恶势力的挑衅。李忠碰到周通，只好入伙。薛永碰到孔明、孔亮两个恶霸地痞，几乎送了性命。作品描写其场面：

> 分开人众看时，中间裹一个人，仗着十来条棍棒，地上摊着十数个膏药，一盘子盛着，插把纸标儿在上面，却原来是江湖上使枪棒卖药的。史进看了，却认得他，原来是教史进开手的师父，叫做打虎将李忠。（第三回）

原来使枪棒又是与卖药相关联——这种情况直到上世纪中叶仍然存在（俗称卖"大力丸"）。而薛永一段描写得更细：

> 只见人烟辏集，市井喧哗。正来到市镇上，只见那里一伙人围住着看。宋江分开人丛，挨入去看时，却原来是一个使棒卖膏药的。宋江和两个公人立住了脚，看他使了一回枪棒。那教头放下了手中枪棒，又使了一回拳，宋江喝采道："好枪棒拳脚！"那人却拿起一个盘

子来，口里开呵道："小人远方来的人，投贵地特来就事，虽无惊人的本事，全靠恩官作成，远处夸称，近方卖弄，如要筋重膏药，当下取赎；如不用膏药，可烦赐些银两铜钱赍发，休教空过了。"那教头把盘子掠了一遭，没一个出钱与他。那汉又道："看官高抬贵手"。又掠了一遭，众人都白着眼看，又没一个出钱赏他。（第三十六回）

如何习武，如何卖药，如何讨钱，以及凄惶的场面、心酸的生涯都生动呈现出来。

卖艺的则写了卖唱的金翠莲与父亲金老、宋玉莲与父母、白秀英与父亲白玉乔，还有画匠王义与女儿玉娇枝。这里又分成了两类：一类没靠山的，如金翠莲、宋玉莲、玉娇枝，完全是"被侮辱、被损害"，而女孩子处处受气。情况最好的是宋玉莲，虽被李逵打伤，却得到宋江的赔偿。金翠莲被霸占了身体，还要受到奴役与敲诈。玉娇枝更是被地方官强占，父亲被判罪，本人投井自尽。另一类则是白秀英，出卖色相靠上了官府，有靠山后生意做得风生水起："在勾栏里说唱诸般宫调，每日有那一般打散，或是戏舞，或是吹弹，或是歌唱，赚得那人山人海价看。"得意忘形之下，倚官仗势未免嚣张跋扈，于是与地方另外的"恶"势力冲突，死于非命——其实也是一种悲剧。描写走江湖卖艺女子的命运，我国古代没有一部作品如《水浒传》这样多着笔墨的。书中不仅写了她们的悲剧生涯，还描写了演出的情况：

　　雷横听了，又遇心闲，便和那李小二到勾栏里来看。只见门首挂着许多金字帐额，旗杆吊着等身靠背。入到里面，便去青龙头上第一位坐了。看戏台上，却做笑乐院本。那李小二，人丛里撇了雷横，自出外面赶碗头脑去了。院本下来，只见一个老儿，裹着磕脑儿头巾，穿着一领茶褐罗衫，系一条皂绦，拿把扇子，上来开科道：“老汉是东京人氏，白玉乔的便是。如今年迈，只凭女儿秀英歌舞吹弹，普天下伏侍看官。”锣声响处，那白秀英早上戏台，参拜四方。拈起锣棒，如撒豆般点动。拍下一声界方，念出四句七言诗，便说道：“新鸟啾啾旧鸟归，老羊羸瘦小羊肥。人生衣食真难事，不及鸳鸯处处飞！”雷横听了，喝声采。那白秀英道：“今天秀英招牌上明写着这场话本，是一段风流蕴藉的格范，唤做‘豫章城双渐赶苏卿’。”说了开话又唱，唱了又说，合棚价众人喝采不绝。那白秀英唱到务头，这白玉乔按喝道：“虽无买马博金艺，要动聪明鉴事人。看官喝采是过去了，我儿且回一回，下来便是衬交鼓儿的院本。……”白秀英拿起盘子，指着道：“财门上起，利地上住，吉地上过，旺地上行。手到面前，休教空过。"白玉乔道:"我儿且走一遭,看官都待赏你。"白秀英托着盘子,先到雷横面前。雷横便去身边袋里摸时,不想并无一文。雷横道:"今日忘了,不曾带得些出来,明日一发赏你。"白秀英笑道:"'头醋不酽二醋薄'。官人坐当其位,可出个标首。"雷横通红了面皮道:"我一时不曾带得出来,非是我舍不得。"白秀英道:"官人既是来听唱,如何不记得带钱出来?"雷横道:"我赏你三五两银子,也不打紧;却恨今日忘记带来。"白秀英道:"官人今日眼见一文也无,提甚三五两银子!正是教俺'望梅止渴''画饼充饥'!"白玉乔叫道:"我儿,你自没眼!不看城里人村里人,只顾问他讨甚么!且过去问晓事的恩官告个标首。"雷横道:"我怎地不是晓事的?"白玉乔道:"你若省得这子弟门庭时,狗头上生角!"众人齐和起来。(七十一回本,第五十一回)

这是一段具有多方面价值的文字。首先,关于勾栏演出的实况,从门首、旗杆,到演出的服装、道具,甚至收费的方式,如此详细、具体的描写几乎是仅见。其次,"院本"演出的内容、体制,如"开科"、定场诗、务头等,也都是戏曲、说唱艺术史的宝贵资料。还有就是与"走江湖"有关的材料:白秀英原在东京演出,老相好到郓城做知县,便来投靠；在官方势力下，演出异常火爆，连观众都分外买账，帮她嘲笑雷横；雷横也是地方有势力的人物，所以白氏父女到郓城也要先来参见，只是偶然错过，酿成冲突；走江湖卖艺会夹在地方各种势力之间，生存不免处于危险之中。

其他"走江湖"的人物，《水浒传》还有游荡的降魔法师——杨林，带着助手的算命先生——吴用，流配的囚犯——林冲、武松、宋江、卢俊义等。这些人的经历更是惊心动魄，可以说是"江湖险恶"的最佳注脚。书中也描写到漂泊江湖的僧道。这些人物的真实身份又各不相同：公孙胜既习武艺又学道术，却"飘荡江湖，多与好汉们相聚"，实则伺机作案；鲁智深属于"调动工作"，但也在江湖上卷入是非、争斗；崔道成、邱小乙则是隐身于寺院的匪徒。

《水浒传》不仅描绘出"江湖"的各色人等、各种场面，还着意揭示一些江湖的"规矩""内幕"。这显然是好奇的读者特别感兴趣的。这方面最突出的是"智取生辰纲"一节。先是梁中书欲委重任于杨志，杨志献上一条计策：

> 杨志又禀道："若依小人一件事，便敢送去。"梁中书道："我既委在你身上，如何不依你说。"杨志道："若依小人说时，并不要车子，把礼物都装做十余条担子，只做客人的打扮行货；也点十个壮健的厢禁军，却装做脚夫挑着；只消一个人和小人去，却打扮做客人，

悄悄连夜上东京交付，怎地时方好。"（第十六回）

这当然属于杨志的江湖经验，就是后世武侠小说常常写到的套路——"保暗镖"。正如杨志教训老都管"你须是城市里人，生长在相府里，那里知道途路上千难万难"，城市里的"良民"对此自然会产生新奇感。而待到杨志百般小心终归失败后，作者先用"却怎地用药"来吊起读者的胃口，然后还原现场、细加解密：

> 原来挑上冈子时，两桶都是好酒。七个人先吃了一桶，刘唐揭起桶盖，又兜了半瓢吃，故意要他们看着，只是叫人死心搭地。次后吴用去松林里取出药来，抖在瓢里，只做走来饶他酒吃，把瓢去兜时，药已搅在酒里，假意兜半瓢吃，那白胜劈手夺来，倾在桶里，这个便是计策。那计较都是吴用主张，这个唤做智取生辰纲。（第十六回）

严苛地说，这几乎要沾上"教唆""指导"的嫌疑了。

类似的江湖知识，如十字坡一节，通过武松与孙二娘的对话，告诉读者：有蒙汗药的酒会比较"浑"，而且把酒"烫得热了"，"这药却是发作得快"。再加上生辰纲一段，几乎可称作"蒙汗药专题"了。

还有第四回，鲁智深遇到李忠一节，作者特意插入一段说明性文字：

> 原来强人下拜，不说此二字，为军中不利，只唤作寉拂，此乃吉利的字样。

这也是很有趣的现象——作者似乎是特意要做一江湖知识的普及。所以，不妨把《水浒传》称作"江湖宝典""纸上江湖"，既可以揭橥其特有的认识价值，也可以凸显故事展开的环境特色。

热血：江湖人物的亦盗亦侠

上面说的大多为"江湖险恶"，这当然是《水浒传》的一个重要的方面。毋庸讳言，"梁山好汉"本身就是占山为王的强盗，有些甚至上山前就是罪行累累的"职业"强盗，如孙二娘，如张横，等等。但是，为什么对于这样一部描写、歌颂强盗的作品，长时间会受到民众（也包括一些中上层读书人）的喜爱与赞颂呢？

这与作品开端定的调子有关。

《水浒传》开篇浓墨重彩写了两个人，成功地为整部书占据了道德高地。

第一个是鲁达，也就是后文的鲁智深。金圣叹有一段热情洋溢的批语：

> 写鲁达为人处，一片热血直喷出来，令人读之深愧虚生世上，不曾为人出力。孔子云"诗可以兴"，吾于稗官亦云矣。（金圣叹《第五才子书施耐庵水浒传》第二回回前批）

这种风格的批语在金圣叹的所有批评文字中绝无仅有，甚至可以说在整个中国小说批评史上，也是仅此一见的。但读者到此却不觉其夸张，反而很可能产生"先得我心"的快感。

还是来看看作品里是怎样写的鲁智深（鲁达）吧。

他和史进、李忠在酒楼欢聚，谈兴正浓，被隔壁金翠莲的哭声扰乱。鲁达原本发了脾气，但听到金翠莲的不幸遭遇后，态度大变：

> 鲁达听了道："呸！俺只道那个郑大官人，却原来是杀猪的郑屠。这个腌臢泼才，投托着俺小种经略相公门下做个肉铺户，却原来这等欺负人！"回头看着李忠、史进道："你两个且在这里，等洒家去打死了那厮便来。"史进、李忠抱住劝道："哥哥息怒，明日却理

会。"两个三回五次劝得他住。

鲁达又道："老儿，你来。洒家与你些盘缠，明日便回东京去，……俺明日清早来发付你两个起身，看那个店主人敢留你！"（第三回）

这个金翠莲和鲁达非亲非故，而鲁达听了郑屠迫害她的种种恶行后，竟然按捺不住胸中的怒火，当场就要去"打死那厮"。被史进、李忠"三回五次"劝阻后，先是倾囊相助，后是救人救彻亲自送走金氏父女。这些仍然不能平息他对恶霸郑屠的愤怒，于是演出了"三拳打死"一幕。

他因为抱打不平、除暴安良丢掉了待遇相当不错的"公职"，亡命江湖，不得已落发为僧。可是，变身鲁智深后还是不肯吸取教训，依然热血沸腾地"多管闲事"。在桃花庄，痛打了强抢民女的小霸王，得知"山寨里大队强人"要来血洗村庄时，立刻表态："俺死也不走！"

更甚的是，哪怕是面对势焰熏天的高俅高太尉，鲁智深为了朋友义气，也为了抱打不平，毫不犹豫地挺身而出。先是野猪林中拯救林冲性命，接下来一路护送，彻底粉碎高俅杀害林冲的阴谋：

鲁智深扯出戒刀，把索子都割断了，便扶起林冲，叫："兄弟，俺自从和你买刀那日相别之后，洒家忧得你苦。自从你受官司，……以此洒家疑心，放你不下。恐这厮们路上害你，俺特地跟将来。……洒家见这厮们不怀好心，越放你不下。你五更里出门时，洒家先投奔这林子里来等杀这厮两个撮鸟，他到来这里害你，正好杀这厮两个。"

……

两个公人道："不敢拜问师父在那个寺里住持?"智深笑道："你两个撮鸟问俺住处做甚么?莫不去教高俅做甚么奈何洒家?别人怕他，俺不怕他。洒家若撞着那厮，教他吃三百禅杖。"两个公人那里敢再开口。

……

鲁智深看着两个公人道："你两个撮鸟的头，硬似这松树么?"二人答道："小人头是父母皮肉，包着些骨头。"智深抡起禅杖，把松树只一下，打的树有二寸深痕，齐齐折了，喝一声道："你两个撮鸟，但有歹心，教你头也与这树一般。"摆着手，拖了禅杖，叫声："兄弟保重。"自回去了。（第九回）

一腔热血，救人救彻，丝毫不顾及个人的得失安危——无怪乎金圣叹要有那样的赞颂之词。而另一位晚明名士陈继儒将这样的行为比作"天上的雷霆"，也就是人间正义的守护神。

见义勇为，不计利害，这是作者为《水浒传》铺下的第一块道义的基石。

鲁智深的故事在野猪林自然转换到林冲的故事。

林冲的故事是作者为《水浒传》铺下的第二块道义的基石。

这块基石上刻着八个字：乱自上作，逼上梁山。

看林冲的故事，最好与后文武松的故事相对照，二者的差别便会加倍凸显。武松被刺配，到了牢城，如何对待管营，如何对待杀威棒；后面如何对待江湖恶棍蒋门神；被陷害后如何对待押解的公差，更重要的如何对待陷害他的都监、团练——作品在这些环节的种种描写，给读者最强烈的感受就是一个词：痛快！而林冲先被高衙内两次调戏妻子，再被高太尉陷害，刺配途中又被公差惨虐几乎送命，到了牢城遭到差拨的辱骂、算计……用柴进的话讲，是"兄长如此命蹇"！可是他每次都是委曲求全，步步退让。

遭到高衙内欺辱，他——

> 林冲道："原来是本管高太尉的衙内，不认得荆妇，时间无礼。林冲本待要痛打那厮一顿，太尉面上须不好看。自古道：'不怕官，只怕管。'林冲不合吃着他的请受，权且让他这一次。"（第七回）

被公差惨虐,他——

> 林冲答道:"小人是好汉,官司既已吃了,一世也不走。"
>
> 薛霸道:"那里信得你说?要我们心稳,须得缚一缚。"
>
> 林冲道:"上下要缚便缚,小人敢道怎的?"
>
> ……林冲见说,泪如雨下,便道:"上下,我与你二位往日无仇,近日无冤。你二位如何救得小人,生死不忘。"(第八回)

路遇江湖恶汉洪教头,他——

> 林冲起身看时,只见那个教师入来,歪戴着一顶头巾,挺着脯子,……急急躬身唱喏道:"林冲谨参。"那人全不睬着,也不还礼。林冲不敢抬头。(第九回)

到了牢城营中——

> 差拨过来问道:"那个是新来的配军?"
>
> 林冲见问,向前答应道:"小人便是。"
>
> 那差拨不见他把钱出来,变了面皮,指着林冲骂

张旺 《金圣叹像》

道："……你这把贼骨头，好歹落在我手里，教你粉骨碎身。少间叫你便见功效。"

把林冲骂得一佛出世，那里敢抬头应答。（第九回）

恐怕读者最强烈的感受也是一个词：窝囊！

这个老实人，一心做顺民的人，一个有真才实学堪为国家柱石的人，一步一步被逼入了绝境，终于忍无可忍，走上了反抗的道路。"林冲夜奔""雪夜上梁山"，成为舞台上常演不衰的剧目，就是因为这个情节太具有典型性了。

金圣叹批点《水浒传》，开篇就提出了"乱自上作"的命题，其实质就是为梁山好汉们的反抗举动开脱。由王进到林冲，一个共同点就是"官逼民反"。他们被抛出生活的常轨，抛出安定的家庭与"职场"而沦落江湖，责任完全在于一个窃据高位的小人高俅。而高俅得以窃据，得以手握生杀大权，则是"玩闹皇帝"宋徽宗的杰作。小说写林冲忍无可忍后的爆发，用一首题壁诗做了点题：

（林冲）乘着一时酒兴，向那白粉壁上写下八句道：仗义是林冲，为人最朴忠。江湖驰誉望，京国显英雄。身世悲浮梗，功名类转蓬。他年若得志，威镇泰山东。（第十一回）

于是，梁山好汉反抗、造反的行为便有了另一块道义的基石。而"江湖"那些负面的内容也便在一定程度上落到了读者视域的"盲区"中①。

_____

① 设想如果高太尉等不是对林冲赶尽杀绝，林冲大半是会窝囊、委屈地度过余生的。可是这些"恶势力"偏偏不留一丝余地，终于把林冲逼成了梁山的悍将。有趣的是，在上世纪90年代的美国电影《不可饶恕》中我们也看到了与这个故事十分相似的影子：恶棍警长欺凌已洗手的枪手威廉，步步紧逼，终于使威廉举枪反抗，实现了"体制外"的正义。从这个意义上讲，武松的血溅鸳鸯楼也具有同样的意味，迫不得已而"伸张正义"的快感，冲淡了杀戮的血腥。在后世的文艺作品中，这几乎成了"准母题"意义上的故事类型。

三　匪魂话题（上）

从特定的角度看来，演绎轰轰烈烈的梁山好汉的非凡人生故事的《水浒》，也可以说是一部"匪魂颂"。

"匪魂"是借用鲁迅先生语，鲁迅先生在《华盖亭续编·学界三魂》里曾说过，在中国的国魂里，有一个官魂，一个匪魂。

闻一多先生当年也曾称引英人威尔斯《人类的命运》中的一个观点："在大部分中国人的灵魂里，斗争着一个儒家，一个道家，一个土匪。"（《关于儒·道·匪》）据闻一多先生解释，威尔斯所说的"土匪"，包含着中国文化精神中的游侠传统。

《水浒传》歌颂的就是压抑人生中的"匪魂"。

它既有反抗社会的黑暗不公的一面，如鲁智深的禅杖打开生死路、戒刀杀尽不平人；也有痛快淋漓的物欲追求，如三阮的大碗喝酒、大块吃肉；还有非理性的凶险的破坏力量，如李逵将众生砍得血肉横飞的两把板斧，这三者复杂地交融在一起，成为民众精神层面不可小视的构成部分。

这一部"匪魂"颂沉淀着广大深沉的民族思想，以它为钥，也许可以启开解读中国国民性及民族精神的厚重玄秘的大门。

现在先要说的是，这部"匪魂"颂所涵蕴的首要思想——下层社会普遍推崇的义侠精神。

先看：

四海之内皆兄弟

"四海之内皆兄弟。"

这是中国民众并不陌生的一句话，它出自《论语》，是由孔老圣人的弟子子夏提出来的。但耐人寻味的是，它后来却成了许多大字不识只知杀人放火的草莽人物的人生信条。

水浒世界里的梁山好汉也信奉这个，他们中的很多是一见之下，意气相投，便结为兄弟，这正是"四海之内皆兄弟"的最好注脚。不仅如此，有些好汉还明确讲出了这句话：

第二回中，盘踞少华山的跳涧虎陈达带人马要攻打华阴县，来史家庄借路，陈达见到史进，开口便道："'四海之内，皆兄弟也'，相烦借一条路。"可当时史进还并没有和他"皆兄弟也"的兴趣，反而出马交手捉住了他，不过最终倒是不打不相识，他们还真是成了兄弟。

又如第四十四回，石秀对萍水相逢便"赐酒相待"的戴宗、杨林表示感谢时，杨林道："'四海之内，皆兄弟也'，……"

还有第四回中，鲁达对热情款待的赵员外表示"员外错爱，洒家如何报答"时，赵员外说的是"'四海之内，皆兄弟也。'如何言报答之事"（在书中也爱刺枪使棒的赵员外算是一个"准好汉"吧）。

……

还有不少好汉讲不出这话，但结交结拜、称兄道弟却也是家常便饭。这肯定是《水浒传》吸引民众的重要因素——特别是在感受到现实世界的冷漠之后。

于是便有不少人以为水浒世界真的是在鼓吹四海之内皆兄弟的人人平等的理想，把这当作水浒世界的一条重大精神原则。

例如美国女作家赛珍珠，在她的英译本《水浒传》于1933年出版时，即把书名改为《皆兄弟也》，对此，鲁迅先生在《给姚克的信》中表示了看法：

"近布克夫人（按：即赛珍珠）译《水浒》，闻颇好，但其书名，取'皆兄弟也'之意，便不确，因为山泊中人，是并不将一切人们都作兄弟看的。"

鲁迅先生的话是深刻的。

实际上，"四海之内皆兄弟"那是仅限于好汉级别内部的。你可以相信宋江和李逵、和武松是兄弟，也可以相信武松和菜园子张青、和施恩是兄弟，但这绝不意味着李逵和被他一拳打得吐血的店小二、武松和卖水果的乔郓哥、史进和他的庄客是兄弟，甚至鲁智深和被他救护的金翠莲父女间也不是，那是恩人与受恩者间的关系，所以他们重逢鲁智深时，极为虔敬地分别"倒地便拜"，"插烛也似拜了六拜"，兄弟之间哪用如此？

王学太在《中国流民》一书中，曾就此分析说：

"《水浒》虽然到处以兄弟相称，很多萍水相逢的好汉，一见如故，情逾骨肉，但这并不普施于所有人。贪官污吏不必说，他们是水浒英雄的打击对象。就是许多无辜的平民也常常死在好汉们的板斧或朴刀之下，他们心中决不会产生半点兄弟之念。因此，'兄弟'这个称呼仅仅是给予能够互相救助的自己人，或有可能加入自己的群体的游民的。换句话说，就是属于自己帮派或有可能属于自己帮派人的。"

正与在下看法相近。梁山好汉固然有锄强扶弱的一面，但他们还有更为强烈的蔑视众生的心理，这一点，在下将在后面分说。

此外，即使梁山大寨内部，也绝非人人平等的理想国。首先好汉与数以万计的喽啰间就不能说"皆兄弟"：第二十回林冲火并王伦、晁盖占据梁山后，派人下山去打劫客商，满载而归后，且看梁山大寨是如何论秤分金银的：

> 众头领看了打劫得许多财物，心中欢喜，便叫掌库的小头目，每样取一半，收贮在库，听候支用。这一半分做两分：厅上十一位头领，均分一分；山上山下众人，均分一分。（第二十回）

对这种分配制度，民国时期学者萨孟武先生在《水浒与中国社会》中分析道：

"他们(按：指梁山众头领)的经济生产是筑在喽啰制度之上。但是喽啰又和希腊罗马时代的奴隶不同，不是用'汗'来生产主人的生活品，乃是用'血'来略掠别人的生活品，以供主人之用。"

这话让人听着不太舒服，毕竟梁山好汉不是坐享其成，他们作战是身先士卒的，但这话中又确实有合理成分。另外，第四十七回中交代，杨雄、石秀上山后，晁盖拨定两所新屋让他们居住，又"每人拨十个小喽啰伏侍"，杨、石二好汉与伏侍他们的小喽啰恐怕也谈不上"皆兄弟也"。

也许下面一处叙述可以称得上触目惊心，在第二十回中，黄安率官军征讨梁山军败，大批士卒被俘，梁山"把这新拿到的军健，脸上刺了字号，选壮浪的分拨去各寨喂马砍柴，软弱的各处看车切草"。这算什么？军用奴隶？普通兵丁还不都是下层出身，受命差遣，不得已而为之，一旦被捉，全成了这种奴隶或准奴隶（注意他们并不是被收编作战斗人员），有何"阶级感情"可言？有些学者是很乐于将梁山描述成人人平等的共产主义乌托邦的，谁知这乌托邦背后一样有残暴和压迫。

其实即使是好汉内部，也绝非如一般想象的那样兄弟友爱、亲如一家，虽然书中在一百单八将大聚义后说，"其人则有帝子神孙，富豪将吏，并三教九流，乃至猎户渔人，屠儿刽子，都一般儿哥弟称呼，不分贵贱"，但列位看官真的相信小旋风柴进、大刀关胜会和白日鼠白胜、鼓上蚤时迁拍着肩膀亲如兄弟吗？一般兄弟相称只是令人陶醉的表面现象，实际上至少三十六天罡、七十二地煞就分出了两个等级。

再看具体的排座次。鼓上蚤时迁屡建奇功，却排名倒数第二，大刀关胜一个打了败仗的降将却高居第六，就连白日鼠白胜这样的酒囊饭袋也排在时迁前面，还不是因为他资格比时迁老？其实还有比白胜更酒囊饭袋的人物，此人不用远找，宋江的弟弟铁扇子宋清便是。白胜好赖还有些功劳，智取生辰纲时他的比较出色的表演起了重要作用，江州劫法场之役他也是个参与其事的头领，梁山大排座次后，给众好汉分配职务，白胜是"军中走报机密头领"，大概是负责侦察、联络的吧，总还不是个白吃饭的。而宋清哪有半点功劳？排座次前后，两次安排职务，都是"排设筵宴"（也许宋江也知自己这个弟弟草包一个，所以才给安排一个不用上阵无生命危险的后勤美差）。但就是这位铁扇子宋清，却在七十二地煞中排第四十，总排名第七十六。没羽箭张清的两个副手花项虎龚旺、中箭虎丁得孙位居其后。他们原是官军将领，论武艺肯定当在宋清之上。梁山泊初建时的元老宋万、杜迁、朱贵也排在他的后面，至于孙新、顾大嫂、张青、孙二娘更是远在其后。要论身手，大概有三五个宋清也靠不到顾大嫂的身前吧？但宋清既然是总头领宋江的弟弟，排在这个位置，众人也便不觉有何不妥了——倒是我们这些代"古人"抱不平的现代读者多事！

所以，不要过于相信"四海之内皆兄弟"。它有真实的一面，在好汉自由地闯荡江湖时，他们往往会因一见如故、意气相投便"皆兄弟也"。但是一旦都上了山，组织成一个类似帮会的集团，等级便必然要建立，权力的分配也就开始，而分配权力排座次则从来就是中国人的一门大学问[1]。

也许上述关于排座次的议论换一种方式来表达更准确，

---

[1]　值得注意的是，梁山大寨这种一方面兄弟相称以示平等，另一方面暗含等级的组织模式，被后来绝大多数的秘密社会组织所效法。

即水浒故事的讲述者是真诚地希望在他的水浒世界里缔造出一个温暖而又平等的梁山泊的，而且是真的相信已经缔造出来了。但是一旦落笔到排座次，那些久已无形地沉积在他心中的古老的价值信条就在起作用了，悄悄地瓦解了他那初始的人人平等的梦幻，于是一张座次表便传达出他始料不及的丰富的信息，成为了解某些社会历史观念的一把重要钥匙。当然，它也说明了，"四海之内皆兄弟"，那其实只是个美好而不可能全然实现的梦幻。

而这种有等差的"平等"之所以被认为理所当然（在场者与读者），并且也能够顺利运转，其实是一个更有研究空间的课题。

路见不平，拔刀相助

美国学者杰克逊在他的英译本《水浒》之"序言"这样说道："《水浒传》又一次证明了人类灵魂的不可征服的向上的不朽精神，这种精神贯穿着世界各地的人类历史。《水浒传》也可以作为人类本性反抗非正义现象的一个例证。"

这种评述符合一般大众对《水浒传》的印象，即有一条重要精神贯穿着《水浒》，这就是：平不平。

在第四十四回中，挑着一担柴进城来卖的石秀见一群无赖围殴病关索杨雄，便奋勇来助杨雄，将众无赖打得东倒西歪，赢得了路经此地旁观了这一幕的戴宗、杨林的赞赏："端的是好汉，此乃'路见不平，拔刀相助'，真壮士也！"

又如第五十八回中说到，大名府画匠王义带女儿到华山进香，被华州贺太守强夺了女儿，并将他刺配远恶军州。途经少华山，恰遇九纹龙史进。史进杀了两个防送公人，将王义救上山，又去华州冒险行刺贺太守，事虽不成，但他奋身所为，正是典型的"路见不平，拔刀相助"。

再如第三十回中，武松醉打蒋门神后，对众人宣称："我从来只要打天下这等不明道德的人。我若路见不平，真乃拔刀相助，我便死也不怕。"与此相似的是，戴宗也曾向宋江介绍李逵，说他"专一路见不平，好打强汉"。

当然最典型的莫过于鲁达。如前所述，当侠义慷慨的鲁达一开始便在水浒世界里大踏步地出场时，这种"平不平"的精神就被他一腔热血燃烧着带到了鬼蜮横行的人间，"禅杖打开生死路，戒刀杀尽不平人"，展示了民间渴望体制外的正义的精神。

这一切都说明：梁山好汉中确实有可敬、可爱的汉子，如奋身忘我、锄强扶弱的鲁智深，如单纯豪爽、勇敢而富有血性的九纹龙史进，他们都可以当之无愧地称为"好汉"——好样的汉子。

只可惜，梁山泊中这样的好汉其实远比我们想象的少得多，只是因为开篇鲁达故事给人的印象太深刻了，使人误以为梁山好汉个个如此，"路见不平，拔刀相助"是梁山好汉的普遍行径。实际上，通读一下《水浒》，就会发现事实并非如此，而且即便是拔刀相助，它的正义性有时也要打个折扣，这就是下面要说的：

混乱的侠义观

梁山好汉中颇有一些人是喜欢以侠义自居的，尤其是武松，动辄宣称自己专打不明道德的人，而一般人心中，也往往会以为水泊梁山一百单八将个个是行侠仗义的好汉，是他们在混浊的人间主持着正义。

这种看法不能说全无道理，如上节所说，梁山好汉中确实有慷慨正直的汉子，奋身忘我地去诛锄人间的邪恶，但这部分人事的比例实在不应过于高估。

许多好汉心里，其实是并没有一个崇高的道德律令的，这些江湖人物的行事，更多的是为一己之恩怨情感所支配。

这一切信息在水浒世界第一个出场的好汉九纹龙史进的故事中就已透出。史进最初在史家庄组织起庄园的自卫武装，无疑是与附近的少华山强人在立场上是相对的。所以跳涧虎陈达带领强人到史家庄借路，跟他扯什么"四海之内皆兄弟也"时，史进毫不买账，出马便擒了陈达。但少华山其余两位头领朱武、杨春行了一条"苦计"，来史家庄跪请受缚，愿与陈达同死，史进受了感动，将他们都放了。但再接下来故事的演进就耐人寻味了：

> 过了十数日，朱武等三人收拾得三十两蒜条金，使两个小喽啰，乘月黑夜送去史家庄上。……（史进）初时推却，次后寻思道："既然好意送来，受之为当。"……又过半月有余，朱武等三人在寨中商议掳掠得一串好大珠子，又使小喽啰连夜送来史家庄上。史进受了，不在话下。
>
> 又过了半月，史进寻思道："也难得三个敬重我，我也备些礼物回奉他。"次日，叫庄客寻个裁缝，自去县里买了三匹红锦，裁成三领锦袄子；又拣肥羊，煮了三个，将大盒子盛了，委两个庄客去送。（第二回）

史进虽然单纯，但并不是弱智，他也该当明白，少华山三头领送他的金子和一串珠子，都是打劫来的。但他没有去想这些，或者认为根本不必要想这些，要紧的是他们是"好意"，是"难得敬重我"，这才是最最重要的。

这就是梁山好汉乃至中国人的侠义观、道德观——重人情，遂至立场不分。因此豪侠的武松在十字坡孙二娘的黑店里，一旦与张青结为兄弟，那就任由他们夫妇将做人肉包子的黑店开下去，不再过问干涉。同样，地方恶霸金眼彪施恩能凭几顿好酒好肉，就请武松摆平了蒋门神，替他夺回黑道地盘(参见"好汉话题"中"武松"一节，"金银话题"中"黑道攫财"一节)，也就不值得大惊小怪。更妙的是，任何版本的《水浒》，讲说这一段时，回目统统是："施恩义夺快活林"。可这"义"字从何说起呢？与此相映成趣的是，《三国演义》关羽华容放曹那段的回目是："关云长义释曹操"，这里的"义"字又是从何说起呢？

答案很简单，是从个人的情感说起。《水浒》中是频繁地使用"义"字的，如仗义疏财，如聚义，如结义，等等。可这里的义都不是人们通常以为的"正义"，而是指个人义气。孙述宇先生在《水浒传的来历、心态与艺术》一书中，对《水浒》中的"义"剖析得很清楚："义"字确实有"正""宜""善"的意思，如"义士""义举""见义勇为"等，但它还有一个相反的意思，那就是"假"，如义父、义兄、义足、义肢等。因此，所谓结义不是"结伙伸张正义"，而是说"结为义兄弟"，至于结为义兄弟以后干什么，那可就难说了，固然可能是同去伸张正义，但结伙为非作歹的可能性也同样很大，如宋江发配江州时在揭阳镇先后遇到的混江龙李俊、催命判官李立、船伙儿张横等这群"混世魔王"——对于一般客商民众而言。"聚义"的含义也不外如此，绝不是如某些人一厢情愿地理解的那样"聚而起义"，所以孔明、孔亮两个地主少爷因私愤杀了另一个地主后上山造反，书中也称为"聚义"①。

总之，水浒世界里轰轰烈烈的好汉故事里，真正的侠义精神，虽不能说没有，但比一般人想象的少，推动这一幕幕江湖故事演出的，更多的是：

快意恩仇

"冤仇若不分明报，枉做人间大丈夫。"

"丈夫第一关心事，受恩深处报恩时。"

这些都是在侠义小说中最容易见到的话，把它们合起来，就是中国古代侠义精神中源远流长的快意恩仇。

早在《史记·刺客列传》里，就可看到对"快意恩仇"的演绎，传中专诸、豫让、聂政、荆轲等刺客，为报恩慷慨赴死，为报仇亦慷慨赴死。他们惨烈的行动，固然有如荆轲

① 第五十七回中，武松见到孔亮说："闻知足下弟兄们占住白虎山聚义，……"又如第五十八回写的是二龙山鲁智深、武松、杨志与桃花山李忠、周通再加上白虎山的孔亮聚集人马合力攻打青州，此回回目作"三山聚义打青州，众虎同心归水泊"。20世纪六七十年代，有两位知名学者在所著《宋江析》一书中，分析此回说："呼延灼逃到青州，继续镇压当地农民军，最后二龙山、桃花山等当地农民军与梁山军联合起来，终于捕获了这个坚决与人民为敌的反动将领。"

　　按：这种解释显然是赋予了"聚义"一词以特殊含义，但这样一来，又出现了难题，就是白虎山的孔明、孔亮兄弟既是地主出身，又是"大投降派"宋江的徒弟，实在不便让他们也镀上"农民起义"的金，于是文章中"三山聚义"就被处理成了"二龙山、桃花山等当地农民军"，用一个"等"字，"等"去了地主出身的孔明、孔亮，将自己的"理论"破绽遮掩了过去。

刺秦王那样兼及力抗暴秦的天下公义的，但更多的是纯从个人恩怨出发。而《游侠列传》中的大侠郭解，则"少时阴贼，慨不快意，身所杀甚众"。

到了唐传奇中，快意恩仇更是成了那些来去倏忽的侠士行侠的主要动力，或报主人之恩，或酬知己之情，或复家族之仇，演绎不尽的是个人恩仇，红线、昆仑奴、聂隐娘、古押衙、谢小娥、贾人妻……莫不如此。

《水浒传》也不例外。晁盖等为报宋江通风报信活命之恩，一在梁山扎稳了脚跟，就派刘唐给送去百两黄金；宋江为报坑陷之仇，江州法场上刚捡回一条命，就带众好汉攻破无为军，活捉活割了黄文炳；梁山好汉为报朱仝几番相助的情分，不惜使出辣手，派李逵劈死小衙内，强拉朱仝上山；石秀为报被冤屈之仇，怂恿杨雄将老婆潘巧云开膛破肚……

水浒世界里，最能体现这种快意恩仇精神的是行者武松。他的人生行旅，几乎就是报恩与复仇的双重变奏。为报兄长无辜被害之仇，诛杀了潘金莲、西门庆；为报施恩几顿好酒好肉之恩，醉打了蒋门神；为雪张都监倾陷之恨，鸳鸯楼连杀十五人，直杀得"血溅画楼，尸横灯影"，刀光血影里，武松俨然如一座威风凛凛的金甲的复仇之神。（在"好汉话题"中"武松"一节里，对此将细为分说，请参看。）

整个梁山大寨更是要讲究快意恩仇。除了要对宋江、朱仝、柴进等人先后报恩外，更不忘的是血腥报仇：只要是梁

吴用智取生辰纲（明容与堂《水浒传》绣像）

山好汉的对头，无论是清风寨、扈家庄、祝家庄、高唐州、还是青州、华州、大名府、曾头市、东平府，只要庄园或城镇被破之日，对庄主、太守及他们的将佐，一定是不分良贱、满门尽灭！①

说到这里，也许列位看官中有的朋友已经从这"快意恩仇"中嗅出了阴冷的气息。对此加以深省，不能说没有必要。

在鲁迅先生编录的《会稽郡故书杂集》一书中，《会稽典录》卷下收有"朱朗"一条，正文是：

> 朱朗，字恭明，父为道士，淫祀不法，游在诸县，为乌伤长陈颡所杀。朗阴图报怨而未有便。会颡以病亡，朗乃刺杀颡子。事发，奔魏。魏闻其孝勇，擢以为将。

说的是，三国时期吴国有个叫朱朗的家伙，他的父亲是个专搞一些乌烟瘴气的不法勾当的道士，流窜到会稽郡一带，被乌伤县的县令陈颡抓住杀掉了。这朱朗暗中图谋替他那被正法的父亲报仇，一直没得到机会。等到陈颡病死，朱

---

① 金圣叹在第四十回中，在侯健于攻打无为军前向宋江汇报说黄文炳一家有男子妇人四五十口句旁，批示曰："报仇至杀其四五十口，可称大快，然杀之而后数之，不若数之而后杀之尤快也。"可称国民心理快意恩仇之绝佳注脚。

朗便刺杀了陈颙的儿子，而后逃到魏国。魏国听说了他"孝勇"的名声，便提拔他做了将官。

对此，鲁迅先生写了一段按语，大加鞭挞，说按道理，一个人犯法该杀，那么其他人就谈不上有什么报仇的义务，况且即使要报仇，也只应找正主，现在朱朗的父亲做了坏事被杀，死有余辜，而朱朗竟为了报仇杀了县令的儿子。就是这样一个无耻之徒，居然博得了"孝勇"的好评，且受到提拔重用，充分暴露了国民性中丑陋的一面。

的确，这件史事的结尾，让今人读了觉得恶心。

但问题是，今人觉得恶心的事儿，在那个时代却受到了赞美，这是因为中国古人心中有一个近乎于天经地义的价值信条，那就是：快意恩仇。

快意恩仇，说到底，是全然以一己之恩怨为是非标准。有恩报恩，哪怕这恩人是个恶棍；有仇报仇，哪怕其曲在己，并且不惜滥杀无辜，而理性和良知，从来就是完全缺席的。

如水浒世界里的青面兽杨志，被发配到大名府后，得到梁中书的赏识，因此列位看官便看到，梁中书要将自己搜刮来的金珠财宝即"生辰纲"送往东京蔡京处，请杨志押解护送时，好汉杨志是何等地替他的赃官"恩相"竭诚尽力。怪只怪他的运气太坏，遇到老谋深算的吴用，使他这个老江湖竟而栽了，没法交差，最后只得窜入山林。杨志的落草，实在是不得已而避祸，绝不是因他的"觉悟"提高了，要加入农民起义的队伍。这里不妨做个煞风景的假设，假设梁中书能"明察秋毫"，派人找到流荡江湖的杨志，对其温言劝慰，道些"生辰纲一事原委已尽知，皆系老都管等掣肘误事，闻君匿迹江湖，风波寒苦，不胜悬念，冀速归"之类，那么以杨志的"觉悟水平"，会不会感激涕零呢？

至于说到梁山好汉及整个梁山大寨的复仇，固然有诛锄邪恶的成分，但更重要的，是要获得血腥屠戮带来的快意，便如武松鸳鸯楼连杀十五人后所说："我方才心满意足。"

毫无疑问，复仇的杀戮会带来莫大的快感，即所谓"快意"。所以即使在《水浒》之后的武侠小说中，也常可以读到类似的情节，如民国时期王度庐的《宝剑金钗》中，俞秀莲杀死武功高强的恶霸苗振山，殊无快意，"因为苗振山不过是一个恶霸，并非我的仇人"，与此形成鲜明对照的是，李慕白终于杀死了仇人黄骥北后，"痛快得他要发出狂笑来"；新派武侠小说家梁羽生的《云海玉弓缘》中，厉胜男要求金世遗只能助她复仇而不准替她复仇，仇人孟神通必须得死在她之手。又如金庸的《射雕英雄传》中，一灯大师的弟子农夫听说当年重伤他的欧阳克已死，竟会勃然大怒，怪别人多事，使他不能亲手杀仇人。但若他一直没能力或没机会亲手复仇，那恶棍继续为非作歹残害他人又当如何？这却没兴致去考虑。同样，《飞狐外传》中的侠女袁紫衣，为了能对她那恶贯满盈的父亲凤天南快意恩仇，决定救他三次不死，以报生身之恩，然后再亲手杀死他，以报逼害母亲之仇。为了实现这计划，袁紫衣不惜在凤家祠堂外引走了正要杀凤天南的胡斐，导致钟阿四一家惨遭凤天南的报复而被杀害，但是侠女袁紫衣对钟阿四一家的惨死并无半点内疚，侠肝义胆的胡斐对袁并无半点责怪，素有香港"良知的灯塔"之称的作者金庸在叙事里对此也并无半点批判，读者对此也很少提出异议，这后面的三个"并无"和一个"很少"实在是太耐人寻味了，它们说明具有悠久传统的快意恩仇对国民心理产生的深刻影响，它竟而会造成价值理性判断的盲点。

也正因如此，水浒世界里，宋江攻破祝家庄后，一度要下令洗荡了祝家庄，就不是什么值得奇怪的事了。不过总算有曾得钟离老人之助的石秀求情——动机也是在"报"老人之"恩"，祝家庄数千人众①，才终于逃脱了一场灭顶之灾，免遭尸横在"替天行道、保境安民"的梁山大军的刀斧下的厄运。

---

① 第四十六回中，祝家庄店小二对杨雄、石秀、时迁三人介绍说："庄前庄后，有五七百家人家，都是佃户。"

劫富济贫

说起梁山好汉的行事，人们最喜欢用八个字来概括，那就是：替天行道，劫富济贫。

"替天行道"是飘扬在水泊梁山杏黄旗上的四个大字，似乎这便是梁山武装的本质。

可什么是"替天行道"呢？

书中并无解说。也许是代老天伸张正义？

但梁山大寨中的众好汉似乎并不太信这个。他们上山的动机，主要的不外两种，一种是大碗喝酒、大块吃肉、论秤分金银、一样穿绸锦。一种是待到朝廷招安，去边庭一刀一枪博功名，前者拿来吸引草莽英豪，后者用以劝诱庙堂将佐。至于纯出于大济苍生、替天行道的理想主义动机而上山的，可以说一个也没有。

因此，在下对这"替天行道"的真实价值，实在不敢恭维。在很大程度上，这高高飘扬的旗帜，其实只具有对外宣传与对内"自我正当化"的意义。倒是"劫富济贫"，有些实质性内容，不妨多说上两句。

水浒故事的讲述者，多次讲到了好汉的劫富济贫。

具体又可分为三种情况：

一种是不需劫富而纯粹的济贫：如鲁达资助金氏父女，

如宋江在郓城时，"时常散施棺材药饵，济人贫苦，周人之急，扶人之困"。

一种是没有济贫而纯粹的劫富：如智取生辰纲，如火并王伦后晁盖派人下山打劫客商（第二十回），如梁山人马攻破高唐州、华州、曾头市后，将金帛钱粮尽行装载上车，扬长而去。

此外第三种情况就是劫富而又济贫：如宋江打破祝家庄后，本打算屠庄，被石秀劝转了性，反而各家赐粮米一石。（其实这点所为只是牛身上拔了根儿毛，梁山好汉破庄后"得粮五十万石"——这未免过于夸张，几乎相当于国家粮食储备了，而分给祝家庄五七百家佃户的不过每家一石，施舍了千分之一，但好赖也总算是济贫了。）如攻破青州后，"计点在城百姓被火烧之家，给散粮米救济"（认真地说，这只能叫赔偿损失）；如攻陷东平府后，先是"便开府库，尽数取了金银财帛，大开仓廒，装载粮米上车，先使人护送上梁山泊金沙滩，交割与三阮头领，接递上山"，而后才"将太守家私，俵散居民"，这种济贫更是如九牛拔一毛，比祝家庄那段济贫还不如；再有就是打破东昌府后，"便开仓库，就将钱粮一分发送梁山泊，一分给散居民"。

但不管这些具体的描写如何，可以肯定的是，水浒故事的讲述者是真心想把梁山人马说成是劫富济贫的仁义之师的，多少年来人们也是这样相信的，并没有多少像在下这种不怕劳神的主儿，去钻具体情节。而这种对"梁山好汉都是劫富济贫的英雄"这一前提想当然的预设和想当然的接受，才是问题的要害所在，也是在下所感兴趣的，要与列位看官探讨一下。

之所以会有这种想当然的预设和接受，是因为劫富济贫历来就是下层民间思想的一个重要组成部分：那些天马行空自掌正义的游侠看重劫富济贫，如《清稗类钞·义侠类》中提到的关东大盗白胜魁、周五等，都专劫富人，散赈无告贫民，那些大规模的农民起义也同样将此作为一项极重要的纲领，如北宋初王小波率百余贫苦佃农、茶农首义时，提出"吾疾贫富不均，今为汝均之"，如元代天完政权红巾军提出的"摧富益贫"，以及此后明、清两代农民起义相继提出的"割富济贫""杀富济贫"，等等。

那么，何以中国民众如此看重劫富济贫？

先看民国时期学者的分析。如萨孟武先生在《水浒与中国社会》中认为，中国古代财富的集中，与现代资本的集中不同：现代资本的集中是由于竞争所致，而竞争可以改良技术，增加工业生产力。而古代财富的集中则由豪强利用高利贷的方法以及政治手段，来剥削一切农民，这个方法是减低而不是提高生产力。并且现代资本家在资本集中后，要添置设备，改良技术，个人消费不过是其中很小的一部分。而古代富人没这个必要，他们搜刮来的财富都用于个人享乐，所以财富都集中在少数人的手里，并不是生产的发展，而只是消费品的集积，把它分给大家同用，不但不会减少社会的生产力，反而可以促进货财的流通。所以，照萨先生这番分析，便可得出结论：劫富济贫是必要的、进步的。

现在再看新政权建立后大陆学者对此的分析。如陈高华先生在《元史研究论稿》中论说道："'摧富益贫'口号的意义，不仅在于它要求平均财富，而且在于它明确强调要通过'摧'即暴力的手段，达到平均财富的目的；而财富的平均，实际上便意味着社会地位的平等。'摧富'就是用暴力剥夺富人即剥削者的财产，'益贫'就是将所得的财产在穷苦的劳动人民中间进行分配。"

两种说法从不同的研究理路出发，萨先生偏重于对劫富济贫的效果的分析，陈先生侧重于对历史上农民起义的"均贫富"思想的分析，均言之有据，言之有理。

但在下以为，除此以外，还有些因素，似不可忽视，如自古以来，中国人的脑中就有一个根深蒂固的观念，即：为富不仁。

"为富不仁"出自《孟子·滕文公上》："阳虎曰：'为富不仁矣，为仁不富矣。'"照这句话的意思，"为富不仁"就不是说"为富可能不仁"，而是说"为富必然不仁"。

那么中国民众是如何对待这种观念的呢？

是持双重标准。也就是说，如果这富人是自己的朋友，或对自己有恩,那么不妨认为此人富而且仁,至少不会一口咬定他一定不仁。而对那些和自己毫无瓜葛的富人,则在原则上默认他们十九是不仁,并对其有一种潜在的仇富心理。

在《水浒》中,就可以看到这双重标准的推行。凡是和好汉作对的财主,那就是不仁,可以理直气壮地去"借粮";而好汉成员中的阔人,如柴进、卢俊义、李应、晁盖等,那就都不妨假定是富而且仁的。

其实前者当中可能确实有不仁之辈,如强赖去解珍、解宝兄弟打死的老虎并对他们加以陷害的毛太公。但也未必尽是如此,如祝家庄,书中就没说他们有何劣迹,但宋江却早就打了主意要去破庄抢粮;而梁山好汉中的那些阔人也未必就仁,如柴、卢、李等,他们对好汉级别的人物可能出手大方,"仗义疏财",但这些人对他们的庄客、佃户来说是否真的就仁,就很难说了,至少可以肯定原揭阳镇的财主恶少穆弘、穆春兄弟,他们荼毒地方,是绝对不仁的,但也没见哪个好汉出头打劫他们的庄园来劫富济贫。

也许,重要的还不是如何看待梁山好汉对"为富不仁"所持的双重标准,而是"为富不仁"这命题本身,就可以生发出很多话题,如它在中国古代社会是如何产生的?它有多大程度的合理性?是否富人都可以定性为剥削者?是否定为剥削阶级的人包括唐宗、宋祖、包拯、海瑞、李白、杜甫等一概可以斥为不仁?"仁"的标准又是什么?"为富不仁"

为什么会为一般大众认同？它对国民心理产生了哪些影响？到了今天这个现代社会，又该如何看待这四个字呢？等等，这些加起来，那就可以再写一本"漫话为富不仁"了，所以在下这里不可能统统予以解答，那就留给列位看官、列位朋友自己去思考吧，对此如有何高见，还请不吝赐教。"匪魂话题"暂且先说到这里，还有一些内容，且听下回分解。

四 匪魂话题(下)

上一篇里说到了"匪魂颂"中下层民众普遍推崇的义侠精神，说到了"四海之内皆兄弟"，说到了"路见不平，拔刀相助"，说到混乱的侠义观，说到游侠精神中源远流长的快意恩仇、劫富济贫，由这些可以看出，梁山好汉中固然有侠肝义胆的角色，他们的所为也确实有除暴安良的成分，但这并不是全部，相反，在水浒世界里，还有些和现代理性的价值观念远不相合的内容，本篇就将对此继续分说。

失语的众生

水浒世界是个唯武是崇的世界，一个人是否拥有武技是决定其生命价值的重要因素。梁山好汉中，关胜、林冲等有万夫不当之勇，鲁智深、武松神武超凡，张顺水功入圣，花荣飞箭如神，时迁妙手空空，燕青相扑天下无对手，这些都不必说，其他梁山好汉中再不济的角色也得多少会抡几下刀棒，就连圣手书生萧让、玉臂匠金大坚这种纯粹的文职技术人员，书中也还特地说他们一个会"使枪弄棒，舞剑抡刀"，一个"亦会枪棒厮打"。吴用、公孙胜也不例外，第十四回中吴用能使铜链架开正在恶斗的刘唐、雷横的两把朴刀，公孙胜初到晁盖庄园外一出手便打翻十几个庄客。还有那宋江，书中在他一出场时便交代"更兼爱习枪棒，学得武艺多般"。①

总之，在水浒世界里，武艺不是万能的，但没有武艺是万万不能的。武艺是冲州撞府、行走江湖、啸聚山林的通行证，也是进入好汉级别的身份证。一旦进入好汉级别，就可以"四海之内皆兄弟"，就可以"大碗喝酒、大块吃肉、论秤分金银"，就可以杀人越货开黑店而有道德上的豁免权。

在好汉级别之下的，是些身手欠佳但也能横着膀子耍光棍儿的货色，书中唤作"泼皮"。他们在水浒世界里扮演着特殊的角色，这在后面还要专门分说。

再往下，没有半点一技之长的，就是芸芸众生。

这芸芸众生包括史家庄、晁家庄、柴家庄、祝家庄、扈

---

① 梁山好汉里，书中也有没明确交代会武的，如白胜、宋清、段景住、安道全、皇甫端等，但白胜在江州劫法场时是带队头目，不至于全无武功，宋清书中说他同宋江投奔柴进离开宋家庄上路时，两人"各挎了一口腰刀，都拿了一条朴刀"，段景住是马贼，也不会手无缚鸡之力。真正完全没有武技的可能是安道全、皇甫端，但二人一为神医、一为兽医，一个关乎人力，一个关乎马力，在唯武是尚的梁山大寨自有不可替代的作用。

家庄、李家庄等数以千百计的庄客，包括店小二、歌女、车夫、船家之流，包括金翠莲父女、武大郎、何九叔之辈，他们的一切生死命运全掌握在别人之手，他们随时要被官府压榨，被泼皮欺凌，甚至随时可能遭受灭顶之灾。

如在书中第六十六回里，先描画了北京大名府上元夜灯节的欢乐景象："北京三五风光好，膏雨初晴春意早。银花火树不夜城，陆地拥出蓬莱岛。烛龙衔照夜光寒，人民歌舞欣时安。五凤羽扶双贝阙，六鳌背架三神山。红妆女立朱帘下，白面郎骑紫骝马。笙箫嘹亮入青云，月光清射鸳鸯瓦。翠云楼高侵碧天，嬉游来往多婵娟。灯球灿烂若锦绣，王孙公子真神仙。……"充满了诗情画意，真是一派欢乐祥和。

但是，转瞬之间，恐怖来了！厄运来了！血雨腥风来了！梁山好汉来了！！

好汉们为救卢俊义和石秀，冲入城中，四处放火，大开杀戒，"此时北京城内百姓黎民，一个个鼠撺狼奔，一家家神号鬼哭，四下里十数处火光亘天，四方不辨"。"但见：烟迷城市，火燎楼台。红光影里碎琉璃，黑焰丛中烧翡翠。……斑毛老子，猖狂燎尽白髭须；绿发儿郎，奔走不收华盖伞。踏竹马的暗中刀枪，舞鲍老的难免刃槊。如花仕女，人丛中中金坠玉崩；玩景佳人，片时间星飞云散。可惜千年歌舞地，翻成一片战争场。"一派惨烈恐怖！！

这时城中的刽子手蔡福实在看不过眼了，对柴进说：

"大官人，可救一城百姓，休教残害。"于是，"柴进见说，便去寻军师吴用。比及柴进寻着吴用，急传下号令去，教休杀害良民时，城中将及损失一半"。

　　使这良宵之夜的大名府变成人间地狱的，不是赃官梁中书，不是泼皮牛二之流，他们都没有这个能量，有这个能量的是自诩"替天行道"的梁山好汉们。虽说为救人有不得已的成分，但从上面引述的内容来看，至少发兵时，就没想到要采取什么措施将波及无辜的程度降到最低，众好汉心中也没有不要伤害百姓的共识，（至于使卢俊义被陷害入狱，梁山好汉也有一份，这且不说了）如果不是连蔡福这种职业刽子手都看得心软了劝了一句，好汉们会不会满城尽屠呢？

　　这绝不是危言耸听，此前宋江在终于攻破祝家庄后，就曾和吴用商议，要洗荡了全庄，亏得石秀求情，才没有使祝家庄提前演出大名府这一幕。而打破祝家庄之后，李逵"砍得手顺，望扈家庄赶去，……他家庄上，被我杀得一个也没了"。要知道，这扈家庄已经降顺梁山，是友非敌，只因李逵"砍得手顺"就被屠戮净尽。当宋江以不奖不罚来处理此事时，李逵"笑道：'虽然没了功劳，也吃我杀得快活！'"几百条人命，只换得了一声笑、一个"快活"！李卓吾批点《水浒》，在这里批道："妙人妙人！超然物外，真是活佛转世！"无论作者，还是批者，对众生生命的漠视竟到如此地步！而数百年来的读者皆不以为非，这才更值得我们深长思之。

其实在攻打祝家庄之前，宋江就已经有过一次屠戮无辜的"前科"。早在宋江在清风山时，为逼秦明入伙，就定计叫人扮作秦明，带人到青州城外大肆屠杀，"原来旧有数百人家，却都被火烧做白地，一片瓦砾场上，横七竖八，杀死的男子妇人，不计其数"。

山寨领袖人物如此，下面的好汉就更不必说。李逵江州劫法场时，两把板斧"排头砍去"，不知砍倒了多少百姓；武松鸳鸯楼十五命除了张都监、张团练、蒋门神三人该杀外，其余马夫、丫鬟、亲随等十二人全都是无辜冤魂。此外如张青、孙二娘、施恩、李俊、李立、张横、穆弘、穆春这些黑道或准黑道人物，被他们欺凌压榨乃至做成人肉料理的芸芸众生更不知有多少，但是，没关系，他们照样还算好汉。

梁山好汉也不是没有替众生申冤的举动，如慷慨豪侠的鲁智深拳打镇关西，如勇武威猛的武二郎夜走蜈蚣岭，如九纹龙史进听了素不相识的画匠王义的哭诉，便愤然入华州城行刺贺太守。除了好汉个体，梁山大寨在书中其实也被描述成众生的守护神，如第七十一回中，最为一些研究者喜欢称引的一段话：

原来泊子里好汉，但闲便下山，或带人马，或只是数个头领各自取路去。途次中若是客商车辆人马，任从经过；若是上任官员，箱里搜出金银来时，全家不留，所得之物，解送山寨，纳库公用，其余些小，就便分了。折莫便是百十里，三二百里，若有钱粮广积的害民的大户，便引人去公然搬取上山，谁敢阻当。但打听得有那欺压良善暴富小人，积攒得些家私，不论远近，令人便去尽数收拾上山。如此之为，大小何止千百余处。

此外，书中也有数处说到，梁山大军攻破城池后，秋毫无犯，在山寨时，也不伤害过往客商，这些都说明，水浒故事的讲述者本意确实是要将好汉们及梁山大寨描述成正面形象的。所以问题也许不在于如何去追究梁山好汉，而在于故事的讲述者何以一方面歌颂梁山好汉，一方面又毫不避讳地讲述他们诸多凌虐乃至残害众生的行径，这种叙事立场才是值得深究的。

在下以为，之所以会如此，是因为中国的历史文化里，素有蔑视众生的传统。（西方历史文化是否如此，在下所知不多，不便妄议）

如战国时期齐国的孟尝君，以仗义疏财、礼贤下士闻于世，司马迁的《游侠列传》曾赞孟尝君、平原君、信陵君等"招天下贤者，显名诸侯，不可谓不贤者"，认为他们可以看作侠的鼻祖。但就是这位后世侠士的"不可谓不贤者"

的老祖宗，《史记·孟尝君列传》又记载说，他途经赵国过某县时，就因当地人对他那不够威武的块儿头说笑了两句，便赫然震怒，一声令下，一群群门客跳下车来，虎狼出笼般直扑向围观人众，"斫击杀数百人，遂灭一县以去"。

又如东汉开国皇帝刘秀的部将，大名鼎鼎的耿弇，《后汉书·耿弇列传》记载了他的光辉业绩是："弇凡所平郡四十六，屠城三百，未尝挫折。"

但他们都没有因这些屠戮众生的暴行而钉上历史的耻辱柱，相反，从"未尝挫折"这类的字眼，看到的是须得仰视的笼罩着光环的英雄身影。

有了这种悠久的传统，在六朝小说《燕丹子》中，就可以看到，燕太子丹是如何厚待荆轲的：荆轲说了句听说千里马的肝很好吃，燕太子丹立刻便杀了千里马，取出肝来烹调，荆轲赞了句那弹琴的美人的手真好看，过了片刻，美人的手便被装在盘子里呈了上来！在故事的讲述人眼里，燕太子丹是何等的礼贤下士、义薄云天啊！可是那不知姓名的美人的痛苦又有谁理睬，她的地位就相当于那匹马吧！

同样，在唐传奇《无双传》里，也可以看到，古押衙行侠，"冤死者十余人"。

随便再举个例子，在民国武侠小说作家平江不肖生的《江湖奇侠传》里，侠客杨天池扶弱，一把梅花针撒出去，一瞬间便有五六百人中了梅花针，死于非命。

在列位最熟悉的《三国演义》里，也可以看到，刘备为报个人的兄弟之仇，发动几十万大军伐吴，结果全军覆没。但是刘备的这一举动换来了包括现代学者在内的无数人的凭吊和赞扬，说刘备为给关羽复仇，不惜将江山社稷和几十万大军孤注一掷，真是够义气，一个皇帝能做到这个份儿上，那还有什么说的？但是在下在这里想说的是，刘备头上那耀眼的"义"的光环，以及他那"崇高"的悲剧英雄形象，是用几十万条性命换来的。本来战争免不了死人，但问题是刘备的伐吴之战除了成全他的个人义气外，毫无意义，他的可笑的冲动导致数十万年轻的生命殉身火海，抛尸江边，难道这些人便没有兄弟？这些无声的众生、悲哀的众生啊，众生的声音是永远听不到的，他们在历史中是真正的失语了，历史永远是英雄的历史，英雄的悲欢离合永远会有后世无数人关注、凭吊和传唱，但是小民的悲哀呢？他们在各种文化典籍里，被优雅地措辞为："蚁民"。

所以，在"水浒"世界里，一盘盘人肉包子都成了充满喜剧意味的可笑的布景，宋江在青州城外的屠杀、吴用命李逵砍开四岁的小衙内的脑袋的毒辣、李逵两把板斧"排头砍去"的凶残，都无损于他们好汉的身价、声誉，一切都被当成了英雄事业的需要，一切都可笑地被原谅了，一切都事先被豁免了。即使梁山大军受招安后扮演吊民伐罪的角色南征方腊时，仍可以看到，因为"革命需要"，"石秀、阮小七来到江边，杀了一家老小，夺得一只快船"（第一百十二回），在好汉的眼中，在水浒故事的讲述者心中，（在几百年来接受者的观念里？）一家老小的性命又算什么？也值得去计较！

但也不是没有人去计较，在《三国演义》里可以找到一处难得的笔墨，在第九十回里，诸葛亮南征孟获，设伏火烧藤甲军时，书中说道：

> 满谷中火光乱舞，但逢藤甲，无有不着，将兀突骨并三万藤甲军，烧得互相拥抱，死于盘蛇谷中。孔明在山上往下看时，只见蛮兵被火烧的伸拳舒腿，大半被铁炮打的头脸粉碎，皆死于谷中，臭不可闻。孔明垂泪而叹曰："吾虽有功于社稷，必损寿矣！"左右将士，无不感叹。

读了这一段，在下也一样感叹不尽。诸葛亮本是有很多理由开脱自己的，如是为了兴汉灭曹的正义事业平定后方，如是战争需要不得已而为之，如对方是未受中原礼教沐化的蛮夷①，等等，甚至他根本不必为自己的行为做任何解释，

---

① 如清初评点《三国》的毛宗岗，在第九十回"（吕）凯曰：'某素闻南蛮国中有一乌戈国，无人伦者也'"句旁，批曰："有此一句，觉后尽情烧杀，亦不为过。"

因为这是战争，没有人会和他计较这些，相反，有的是人会愿意从军事的角度、审美的角度欣赏他此役的用兵如神。但是诸葛亮没为自己做任何开脱，虽是战争需要不得已而消灭了敌对部族，但面对一个个惨死的生命，他的心灵仍然受到了拷问。这不是妇人之仁，这是真正的吉光片羽的人道胸怀，只可惜这诸葛亮式的沉重叹息，在中国的历史和文学作品中真是太少太少了①。

不过，要是说句苛求古人的话，这种叹息、忏悔还不完全是现代意义的道德"良心"所致。我们都知道司马迁著《史记》有"究天人之际"的宏大抱负。何谓"天人之际"，这是个相当复杂的问题，我们不可能在这本小书里详论。但

① 直到今天，多少国人一提到成吉思汗的功业就眉飞色舞。成吉思汗的确有"辉煌的战争业绩"，记得日本历史小说家井上靖先生的《苍狼》中写道，成吉思汗的五万蒙古兵攻陷花剌子模的中亚名城玉龙杰赤后，平均每一个蒙古兵的屠刀上沾有二十四个异族人的鲜血，即大军共计整整屠杀了一百二十万人（这个数字当然可以再推敲，但存在残暴的屠城当无可疑）！鲁迅先生很早就曾撰文对中国人的成吉思汗崇拜进行嘲讽，大意是说中国人一提起"我们的汗"征服俄罗斯便眉飞色舞，可是不应忘了的历史事实，蒙古人是先征服了俄罗斯，又回过头来征服南宋的，要说得意，应该俄罗斯人得意扬扬地说他们俄罗斯的汗征服了我们中国才对，意即其实大家都是做了奴才，彼此彼此，真要往自己的脸上贴金，贴金还轮不到我们中国！可是今天的国人在缅怀这一代天骄的丰功伟绩时，有多少人想到了骁勇的蒙古军屠杀掉的数以千万计的众生？要么是完全漠视，要么，就将这惊人的屠杀当作英雄业绩来顶礼膜拜。（鲁迅先生讽刺成吉思汗崇拜，在下翻核先生的杂文集，计有《三闲集》中《吾国征俄战史之一页》一篇，《二心集》中《"民族主义文学"的任务和运命》一篇，《花边文学》中《中秋二愿》一篇，《南腔北调集》中《祝〈涛声〉》一篇，《且介亭杂文》中《随便翻翻》《拿破仑与隋那》二篇，在下上面所引述的说法，出自《随便翻翻》）。

有一点是肯定的，就是其中包括了上天能够行使对人类的赏善惩恶功能。而由此出发，对于战争中的残暴行为，往往会写到他们遭受的"天谴"。如"坑赵降卒四十万"的白起，"诱杀羌人降者八百人"的李广，都因自己的战争暴行而付出了代价。这种观念，经佛教传入后"报应"观念的叠加强化，对国人的行为还是有相当的约束力量。孔明的"必损寿矣"，其实质乃在于此。不过，虽然如此，他的"垂泪而叹"还是很难得的。

而时至今日，在许许多多的人眼中、心中，历史仍然只是各色英雄活跃演出的舞台，英雄的生命和众生的生命永远不会等值。这一点，在演绎英雄故事的《水浒》中，已有了太多太充分的展示。不幸的是，在现代人改编的或是创作的影视作品里，类似的故事讲述，仍不绝如缕地在国人——包括青年、少年，乃至儿童——眼前生动地演出着。

附论：

"水浒"世界中的泼皮

水浒世界里除了官府、好汉、众生以外，还活跃着一群特殊货色：泼皮。

他们包括在相国寺被鲁智深踢下粪窖的过街鼠张三、青草蛇李四，包括被杨志卖刀时解决了的没毛大虫牛二，包括曾领人围殴杨雄的踢杀羊张保，另外被鲁达毙了的镇关西也可算一个，他们或有业或无业，但有一些共通之处：

首先，他们多有绰号。这一点不要小看，有了绰号，就表示和众生不在一个层次上，你什么时候听说过一个老实巴交的店小二或寻常庄客会自称什么"镇山太岁""穿街大虫"？绰号，某种意义上就是能在江湖里混的身份证①。

第二，他们都为非作歹，欺凌弱小，绝非良善之辈。

第三，他们都是有特殊能量的滚刀肉。张三、李四对鲁智深汇报说，他们一伙泼皮靠赌博讨钱为生，此外还拿大相国寺的菜园当衣食饭碗，"大相国寺里几番使钱，要奈何我们不得"。大相国寺"使钱"想来不会是去请武林高手，很有可能是指收买官府，但官府也拿泼皮们没辙。所以后文又冒出个没毛大虫牛二，"连为几头官司，开封府也治他不下"，在天子脚下都能照样横行，也因此杨志杀牛二才得到官府同情，存心给他从轻发落。同样，踢杀羊张保领着的一帮围殴杨雄的破落户汉子，也是"官司累次奈何他不改"。

泼皮其实就是流氓、无赖，他们和官府、和众生的

---

① 南宋四水潜夫《武林旧事》卷六"游手"条云："以至顽徒如'拦街虎''九条龙'之徒，尤为市井之害。"

关系都很差，但和"好汉"的关系却很微妙。

他们有可能是"好汉"修理的对象，如踢杀羊张保等无赖被石秀打得东倒西歪；但他们也有可能和"好汉"结交，如曾祸害相国寺菜园的众泼皮，高俅差人来捉鲁智深时，就是他们通风报信，使鲁智深得以及时拔脚走人。此外，泼皮之与"好汉"，还有另一种可能，这种可能是什么，不妨以牛二为例：

牛二出场，只有一次，在第十二回里。这厮是京师有名的破落户泼皮，叫作"没毛大虫"，专在街上行凶，撒泼，撞闹。杨志卖刀，受其百般凌辱，终于忍无可忍，手起一刀，嗓根上搠个正着，胸脯上又连搠了两刀，血流满地，结果了这条没毛大虫的性命。

这个故事在水浒世界里上演后，牛二的无赖便在人心中扎下了根。这种无赖，凌暴一方，似乎理所当然地是梁山好汉"修理"的对象，所以杨志的为民除害，也似乎是这个故事唯一合理的结局。

可是一天忽然想到，故事可不可以有另种结局呢？

比如，牛二不是只会些撒泼、无赖的手段，而是武艺精熟呢？那很可能便是：

二人斗了片时，无分高下，心中暗地喝彩，牛二喝声"且住"，跳出圈外："那汉，怎恁地好手段，可通姓名！""洒家青面兽杨志便是！""啊也！原是杨制使！"牛二扑翻身便拜，杨志慌忙答礼："壮士休恁多礼。"……

而后呢？二人同寻一个去处，饮酒，结交，并极有可能结拜。再往后，便是临别牛二以盘缠相赠，至于这盘缠银两是否为诈害良民所得却不必计较。再而后呢？便是牛二依如故我，继续在此横行不法，便如武松离了十字坡，张青、孙二娘照开黑店、照卖人肉包子一样。最后，说不定因了这份交情，牛二也上了梁山，杀官造反，"替天行道"，（成了农民起义的骨干？）受招安，平四寇，修成正果。

或者，牛二纵然手段不强，但恰好运气不坏，杨志"修理"他时手中无刀，只一味饱以老拳，正这时，一个认识双方的好汉到场，慌忙劝住杨志，对牛二道："这个便是……"于是牛二扑翻身便拜，后面的结果便大同小异。

这样的故事，在水浒世界里，是上演了一次又一次的。

所以，泼皮牛二居然可能成为梁山好汉，乍一听，滑天下之大稽，还有污蔑梁山好汉之嫌，其实未必。

牛二与梁山好汉，实多有相通之处：牛二有绰号——"没毛大虫"，绰号往往便是江湖人物的标志，便如梁山好汉有"母大虫""病大虫"，而只有江湖人物或江湖人物化了的军官、僧道、财主，才有资格成为好汉，纯粹的农民（书中称为"村蠢的乡夫"）或市民如寻常店小二之流则不够格；再有，牛二的出场，在杨志眼中看来是："远远地黑凛凛一大汉，吃得半醉，一步一撷撞将来"，先声夺人。而宋江眼中李逵的出场是："（戴宗）引着一个黑凛凛大汉上楼来。"何其相似也！牛二的身体素质也具备了做好汉的条件；再论出身，牛二是泼皮破落户，这个似不好，高俅便是"浮浪破落户子弟"，"泼皮"也不是好称呼，即无赖、小流氓是也，但是梁山好汉又何尝没有这等人物，例如参加智取生辰纲的白胜，便是"闲汉""赌客"，正是泼皮一流。又如第六十一回，活阎罗阮小七捉拿玉麒麟卢俊义时，持篙立于船头，唱山歌道："乾坤生我泼皮身，赋性从来要杀人。……""好汉"有时亦以泼皮自居；当然以上三点还都是表面现象，那就再看最后一点，看为人行径：

　　书中说到宋江、李逵等初识后一道饮酒，一歌女——属被凌辱与被损害的阶级——前来卖唱，方唱几句，李逵跳将起来，将歌女打昏；吴用到大名府设计坑陷卢俊义，李逵随同前往，客店中店小二烧火稍迟，被

85

李逵一拳打得吐血。即使是杨志这样军官出身的人物，在第十七回中，也在酒店里用过饭后不给钱便开路，并打翻来讨账的酒店后生。至于小霸王周通的强抢民女更不必说。这些行径，似乎并不比牛二高明。

其实梁山人物更有恶过牛二者，《水浒传》第三十六、三十七回里，现摆着两个黑道人物、恶霸典型：穆弘、穆春兄弟。走江湖的好汉"病大虫"薛永来揭阳镇卖艺，只因未先拜见穆氏兄弟，镇上人便得了穆春禁令，不得赏助薛永。宋江不知底细，赏银五两，穆春凶神恶煞般上来便打，被薛永一跤撅翻在地。结果大祸从天而降：宋、薛欲饮酒，无酒家敢卖，若卖，"把我这店子打得粉碎"；欲投宿，无客店敢收留，偌大的揭阳镇完全被穆氏淫威笼罩。夜里宋江为逃避穆氏兄弟的追杀，又上演了一幕极为恐怖的逃亡，薛永则已被穆春带人捉住，"尽力气打了一顿，如今把来吊在都头家里，明日送去江边，捆做一块，抛在江里……"为报一点私仇，公堂私设到了都头家里，且肆无忌惮地欲将人投入江中害死，这份勾连官府草菅人命的魄力，又岂是牛二这等寻常泼皮可及？说起荼毒地方，牛二那两下三脚猫的泼皮手段，又何足道哉？

然而可有哪个好汉出来，为民除害，宰了这比牛二更大号的恶霸？

没有。水浒世界里的结果，是经另一个黑道人物李俊的说和，被穆氏兄弟追杀的宋江有惊无险，化敌为友，住进了穆家庄。临行，穆氏兄弟送了金银，"洒泪而别"。再后来，穆氏兄弟上了梁山，做好汉，受招安，平四寇。征方腊而归后，穆弘病死，没捞到一官半职，穆春活着回来了，和其他偏将一道，授武奕郎、都头领。杀人放火受招安，再做官，修成正果。

所以，牛二的被杀，实在是因他的运气坏，否则，谁说水泊梁山一定不能有第一百零九条好汉没毛大虫牛二呢？

三打祝家庄的背后

美国学者夏志清先生在《中国古典小说导论》里说道：

要讨论《水浒》的所谓反政府主题，就必须把好汉个人与梁山好汉的整体区分开来，这一区分极端重要。单个的好汉恪守英雄信条，然而整个梁山好汉群，则奉行一种行帮道德。①

---

① 行帮道德，在夏先生的英文原著中是"gang morality"，有的海外学者译作"匪帮道德"，这种译法贬义色彩太重，而且缺少理性分析的意味，当以"行帮道德"的译法为是。本书所引夏文，均据安徽文艺出版社1988年版的译本。

什么叫"行帮道德"？行帮道德也可以称为帮派意识，它纯以个人及个人所属的集团为判断是非的标准，符合自己集团帮派利益的就是正确的，而且为实现这种利益可以不择手段；和自己帮派集团利益相冲突的，那就是错误的，而且为消灭这种错误，也可以不择手段。

水浒世界里的梁山好汉，信奉推行的就是行帮道德。这里不妨以梁山大寨一次大规模的军事行动为例，来说明这个问题。

比如三打祝家庄。

说到三打祝家庄，列位看官想必非常熟悉，几百年来人们几乎一直将它当作梁山好汉除暴安良的经典的侠义之举，还有些现代研究者将它当作农民起义军打击地主武装的典范事例。

说祝家庄是地主武装，这也不能说不对，但问题是水浒世界里的地主武装多的是，梁山好汉中的晁盖、柴进、李应、史进、穆弘穆春兄弟、孔明孔亮兄弟等，哪一个没经营过地主武装？他们怎么就没给形容成反动势力？

例如，《水浒》开篇第二回便说到，九纹龙史进在史家庄做地主大少爷时，听说附近少华山上聚集着一伙强人，就有声有色地组织起庄园的自卫武装，并成功地击败了少华山强人跳涧虎陈达的来犯，这与祝家庄、扈家庄、李家庄联防自保以对付梁山强人又有什么区别？在官兵不能确保地方安全的情况下，地方组织自卫武装又有何不可？在水泊梁山几度大举进攻祝家庄时，可并没见有半个官兵来救援。同样道理，如果最初桃花庄的刘太公也有类似的准备，何至于被小霸王周通这路货色黄鼠狼钻鸡窝，来强行做上门女婿？又何须劳动花和尚鲁智深的一对老拳？再则说，若进行阶级分析，刘太公也应算地主吧，那么鲁智深替他出头拳打"农民起义的组织者"周通一事又该如何定性呢？[1]

话头回到祝家庄，书中说到祝家庄有什么为非作歹的行径，比如倚势凌弱打劫客商之类劣迹了吗？没有。要说劣迹昭彰，要说荼毒地方、草菅人命，祝家庄又如何能望梁山好汉中当年经营穆家庄的穆弘、穆春兄弟的项背？同样，杨雄、石秀、时迁在祝家庄吃饭的小客店，也规规矩矩，店小二老实和气，没有像张青、孙二娘以及梁山脚下朱贵的黑店一样，经营烹宰加工人肉的业务。

但战事还是起来了。明明是时迁等因偷鸡而启衅，打着梁山的招牌骚扰村民，放火烧店，又杀伤了不少庄客，水泊

---

[1] 王珏先生在《〈水浒传〉中的悬案》一书中提出一个值得注意的看法，认为"《水浒传》没有反映地主和农民的矛盾。长期以来，人们把官府即封建官僚阶级和地主阶级混为一谈。其实官僚阶级和地主阶级不是一回事。地主属于民，地主受官僚阶级的压迫剥削。官逼民反常常逼得地主造反，方腊、吕母，都是地主"。见该书 14 页，四川人民出版社，1994 年 6 月。

梁山竟还大兴问罪之师，出动大批人马，浩浩荡荡地杀奔祝家庄去讨公道，这公道又何在?！难怪夏志清先生认为，梁山人马平毁祝家庄，"只能说明他们的暴虐和贪婪"。①

梁山大军大举进犯祝家庄的真实动机，其实大寨的二把手宋江已明明白白地讲了出来："我也每每听得有人说，祝家庄那厮要和俺山寨敌对……即目山寨人马数多，钱粮缺少，非是我等要去寻他，那厮倒来吹毛求疵，因而正好乘势去拿那厮。若打得此庄，倒有三五年粮食。"

列位看官听听，仅仅是听得有人说"要和俺山寨敌对"，就动了杀机，仅仅是对方捕拿了一个骚扰村民的偷鸡贼，就要"便起军马去，就洗荡了那个村坊"，这到底是谁在吹毛求疵？三打祝家庄的真实动机，说到底，还是那"若打得此庄，倒有三五年粮食"，是要为山寨打劫钱粮，猛捞一票。

此外，还有一层没有明说出来的意思，就是：卧榻之侧，岂容他人安睡。祝、扈、李三庄联防武装，就盘踞在梁山脚下，成为水泊梁山扩充势力范围的严重障碍，总不能让梁山大军每次出动时都绕道而行吧？或者也和他们讲几句

---

① 马幼垣先生撰有《水浒传战争场面的类别和内涵》与《梁山复仇观念辨》二文（收入《水浒论衡》，（台湾）联经出版事业股份有限公司，1991年6月），对梁山大寨唯我为是的行帮道德有十分精当的论说，本篇此小节受教于二文良多，对祝家庄、东平府之役的评说基本上是转述马先生的见解，并稍事发挥，特此致谢。

"四海之内皆兄弟也"来借道？这样的眼中钉、肉中刺，这样的几只拦路虎不平掉，大寨的威风体面何在？因此灭祝、扈、李三庄那只是早晚的事儿，时迁这个偷鸡的毛贼闯祸，正好适逢其会，吹响了梁山大军扩张势力实现夙愿的出征号角。

水浒世界里，充分体现这种行帮道德的行动，远不止三打祝家庄一件。

随便再举个例子，比如梁山大军进犯东平府。水泊梁山以前扫荡祝家庄，好赖还找了个借口，而这次汹汹前去，连借口都懒得找，就为了解决宋江、卢俊义谁当山寨一把手这一政治难题，便由二人各领一支人马分别攻打东平府、东昌府，完全视两座城池的生命财产为儿戏。

宋江统领的一路攻打的是东平府。这一战虽碰到有万夫不当之勇的强劲对手双枪将董平，但战事还是有惊无险，将城池顺利拿下。关键就在于董平因向太守程万里求亲不遂而怀恨在心，竟在被梁山人马俘获后屈膝事敌，马上倒戈。这"英雄双枪将，风流万户侯"掉转枪头后，赚开城门，杀入城中，直扑衙门，将程万里的女儿夺到手后，再将其一家杀得干干净净。这就是后来位列梁山五虎上将的董平的行事，其卑劣无耻，简直令人发指，统兵将帅如真是要"替天行道，保境安民"，这种货色首先就该推出斩首。

然而，根本就没这一说。也许是因为董平事敌倒戈时已为自己找了个冠冕堂皇的理由？据董平讲："程万里那厮，原是童贯门下门馆先生，得此美任，安得不害百姓？"但既如此说，当初又何必定要纠缠"那厮"做自己的老丈人？再说，是童贯门下的门馆先生就一定会害民就一定该杀？梁山好汉受招安后，圣手书生萧让不也被大奸臣蔡京调去府中听用了，这又该怎么说？

书中并没说程万里有任何劣迹。相反，战事前，宋江派郁保四、王定六二好汉来下战书，董平凶性发作，二话不说，就要将二人推出斩首。这当口，倒是程万里劝阻说"两国交兵，不斩来使"，两条好汉才捡回了性命。二人被董平命人打得皮开肉绽后回到军中，向宋江哭骂，骂的也只是"董平那厮无礼"。仅由这一桩事，列位看官想必也能看出，程万里和董平二人，到底谁更讲道理、谁的为人相对正直一些。

但是梁山大寨哪有兴趣如在下这般计较这些鸡零狗碎，董平虽人品卑劣，但武艺一流，对水泊梁山这个准帮会武装大有用处，宋江自然一见便爱，要竭力网罗。而说到程万里，那就得另当别论了，他的为人虽无大过，说起来对梁山郁、王两位来下书的好汉还有活命之恩，但问题是他对唯武是尚的梁山大寨毫无用处，难道值得为他和新入伙的"一级战将"董平翻脸？更何况杀了程万里反而有一桩妙处，那就是可以将他打作反动人物，然后，再由宋江将太守家私

宋公明一打祝家庄（明容与堂《水浒传》绣像）

俵散居民,(至于府库中的金银财帛粮米,宋江已先命人全部取出运上了山),并沿街告示,晓谕百姓:"害民州官,已自杀戮;汝等良民,各安生理。"无端启衅饱掠府库的梁山大军借着程万里的人头一下子便成了吊民伐罪的仁义之师,真是妙极,这样的买卖实在是太合算啦!

这些就是梁山好汉的行事,这些就是梁山大寨的"替天行道,保境安民"。

也许有必要探究一下,何以水浒世界里的好汉一再推行行帮道德。

王学太在《中国流民》一书中对此做了深入研究,很有启示意义。《中国流民》一书认为,《水浒传》反映的其实并不是农民阶级的理想和意识,它展示的是中国古代社会中浪荡底层的游民的价值理想①。而游民的性格天生便有多种两

---

① 王珏在《〈水浒传〉的悬案》一书中也提出,一部《水浒》,反映的是流民无产阶级的愿望和要求,并认为梁山集团属于旧时九流中的第七流——匪帮,它是由流民组成的,如参加打劫生辰纲的刘唐是流浪汉,是职业流氓,白胜是闲汉,公孙胜是"巫",三阮装束是渔民,实际是赌徒,晁盖是黑社会首领,其他人,石秀是流浪汉,时迁是小偷,金毛犬段景住是马贼,打虎将李忠、病大虫薛永是江湖卖膏药的,张顺是黑社会渔霸,穆弘、穆春是牛二式的地霸,混江龙李俊是开贼船的水盗,"花和尚""武行者"属于"僧",清风山燕顺一伙、桃花山周通一伙等属于"匪",林冲、武松、杨志等上山前属于"流窜犯"。梁山集团的世界观、人生观、生活观也属于流民无产阶级。见该书65、66页。

此外,欧阳健、萧相恺也早在《水浒新议》(重庆出版社,1983年版)一书中提出,参加智取生辰纲的人物及李逵多为游民无产者。见该书中《晁盖论》《李逵论》等文。

面性，如一方面慷慨重义，一方面为非作歹①；一方面散漫无羁，一方面又易产生极强烈的帮派意识。这里要说的是游民的帮派意识：游民大多无家无业，四海漂泊，居无定所，他们不能像士农工商那样，以血缘、地缘、业缘而构成集团，在他们风餐露宿、饱受歧视的人生行旅中，只能靠结拜、拉帮结伙来互相提携，求得发展。他们在社会上是孤立的，但越孤立越增强了帮派的凝聚力，使其帮派意识越强。接下来，书中以《水浒》为例，对帮派意识做了十分精辟的分析："帮派意识有着强烈的倾向性，这种倾向性甚至影响他们正确地判断极普通的是非曲直。它表现在一切皆以自己帮派为标准，认为自己的帮派永远是无懈可击的。帮派中的成员习惯于作单线思考，从道德上说，自以为是，从力量上说，认为自己是所向无敌的。"

书中说到，例如《水浒》中写了许多剪径打劫、杀人放火的绿林豪强，但只对与梁山有关的诸山头的人们加以肯定，对于其他山头，如生铁佛崔道成、飞天夜叉丘小乙、王

---

① 马克思在《1848 年至 1850 年的法兰西阶级斗争》一文中，指出了游民所属的流氓无产阶级的两重性，"这个阶层是产生盗贼和各式各样的罪犯的泉源，……虽能做出轰轰烈烈的英雄勋业和自我牺牲，但同时也能干出最卑贱的盗窃行为和最龌龊的卖身勾当"。毛泽东在《中国社会各阶级的分析》中也指出旧时各地秘密组织、帮会成员所属的游民无产者"是人类生活最不安定者。……处置这一批人，是中国最困难的问题之一。这一批人很能勇敢奋斗，但有破坏性……"马克思、毛泽东所论虽非农业文明时代之游民，但游民具有亦正亦邪之两重性格，亦可视为古今中外之通性。

庆、田虎等都持否定态度，其根子在于他们与说书人所肯定的梁山不属于一个系统。"另外在《水浒》前七十回中处处以梁山聚义为正义的坐标，以对未来梁山上的天罡地煞的态度为界线，有利的就肯定，不利的就否定。这实际上也是一种帮派意识。"如为了让秦明、朱仝、卢俊义等上山，梁山设计之阴险、用心之毒辣、手段之残酷，并不亚于高俅、蔡京之流的统治者。而秦明、卢俊义等人上梁山后对梁山头领设计使他们倾家荡产的阴谋并无强烈反感，似乎只要归顺了梁山这个帮派就是他们最大的幸福，其他皆可以忽略不计。甚至被无辜杀尽全家的扈三娘，"加盟"（当然是被迫）帮派后，立刻抛却不共戴天的深仇，嫁给粗鄙不堪的矮脚虎——只因是帮派老大的旨意，并且成为帮派的极为得力的战将。

梁山好汉上山前，确实有些人真诚地信奉并推行英雄信条，散发着热血担当的侠义精神，而一旦他们上山后，融入了由军官、财主、贵族、官吏、道士、书生、猎户、渔民、马贼、黑道人物、鼠窃狗偷等三教九流各色人物组成的鱼龙混杂的大帮会武装，他们个人的英雄色彩就消亡殆尽，个人绝对服从帮会意志，甚至这种帮会意志带有邪恶倾向时，也完全服从。除了充当战将，几乎完全泯灭了自我——最典型当数曾经光芒四射的鲁智深"泯然众人矣"。

所以，正如夏志清先生的《导论》一书所说的那样，官府的不义不公，激发了个人英雄主义的反抗；而众好汉结成的群体却又损害了这种英雄主义，它甚至能制造出比腐败官府更为可怕的邪恶与恐怖统治。一个秘密团体在求生存争发展的奋斗中往往会走向它声言要追求的反面。由此可见，一部《水浒》就是行帮道德压倒了个人英雄主义的记录。

活割黄文炳

在《水浒》第七十三回中说到，李逵闹东京后，和燕青回返，途中歇宿到狄太公庄上。听说太公女儿房中闹鬼，李逵便冒充法师，骗了酒肉狂吃一顿，而后闯入闺房，一斧砍死了那个装神弄鬼的后生，又将太公女儿揪到床边，一斧砍下头来。接下来，只见：

> （李逵）把两个人头拴做一处，再提婆娘尸首和汉子身尸相并。李逵道："吃得饱，正没消食处。"就解下上半截衣裳，拿起双斧，看着两个死尸，一上一下，恰似发擂的乱剁了一阵。李逵笑道："眼见这两个不得活了。"

将人砍死后，还要剁着血淋淋的尸体来助消化，来娱乐，次日还强逼狄太公酒食相谢，这里的李逵可说是彻头彻尾的嗜血恶魔。李逵如此作为，和武松鸳鸯楼连杀十五人还不完全一样，后者起码在最初是被道德义愤驱上行动之路的，而李逵作践人尸体，却并无丝毫对二人的道德义愤在内，而是消遣娱乐，是赤裸裸的嗜血、野蛮、残暴。令我们惊讶的是，故事的讲述人便如李逵的哥们儿一样，说起这事津津乐道，趣味盎然。

其实水浒故事的讲述者已是不止一次讲述这类血腥行径了，如杨雄在翠屏山处置潘巧云，"把刀先挖出舌头，一刀便割了，且教那妇人叫不的"，"一刀从心窝里直割到小肚子下，取出心肝五脏，挂在松树上"。然后扬长而去。

此外，如武松的鸳鸯楼十五命，如清风山的燕顺等人挖人心做酸辣醒酒汤，如李逵的活割黄文炳，等等，都是。书中细述了李逵炮制黄文炳的过程，"便把尖刀先从腿上割起，拣好的，就当面炭火上炙来下酒。割一块，炙一块，无片时，割了黄文炳，李逵方才把刀割开胸膛，取出心肝，把来与众头领做醒酒汤"。偌大的活人，绑在那里，如享用生鱼片般血淋淋边割边吃，在下不知若是列位看官身当其境会有何观感。

说到这，也许会有哪位朋友提出异议，说这黄文炳本就是个反动人物，阴险小人，本就该死，你替这厮叫什么屈？

是吗？如果这样说，在下倒要提两个问题：

第一个问题：黄文炳是否真的该死？

　　黄文炳人品是极差，说他是阴险小人，也是事实，但问题是，他身为一个官府中人，发现有人公然在餐饮营业场所题反诗，并且叫嚣要"血染浔阳江口"时，是否有义务向当地官府报告并穷究到底，清除隐患？这个问题古人便有争议，多数是不认可黄的为人，但认可他的做法。那么今天这个问题该怎样看，在下不做答案，请列位看官、列位朋友自己思考。

　　第二个问题是：就算黄文炳是真的该死，是否就该被如此残酷地活剐？

　　如果说"是"，那么在下就提第三个问题，一个根本性的问题，即是否可以为了一个高尚的目的而行使残忍的手段？

　　如果有哪位朋友还说"是"，那么在下便提第四个问题：请问，什么是高尚？是上天厘定的一个放之四海的先验的准则，还是是非由人自定？事实上，古往今来无数光天化日下的暴行有哪些不是在"高尚"的旗号下进行的？为了皇帝万岁，为了日耳曼民族的纯洁（纳粹所宣扬的），为了建立"大东亚共荣圈"（日本军国主义侵略者宣扬的），只要目的是"神圣"的，手段的卑劣和残忍就都不成其为卑劣和残忍，就都是必要的，这样的逻辑，在人类的历史中带来的灾难难道不比单纯鼓吹暴力的强盗逻辑远为巨大和可怕？

　　而且，水浒世界里的很多血腥气冲鼻的行为，连追求正义的幌子都没有，完全是为蛮荒的嗜血心理所驱使，如本节开头提到的李逵的所为。

　　这样的情节，也不是《水浒》的专利，如唐传奇《虬髯客传》中的虬髯客豪气冲天地将仇人心肝切了以后生吃了下酒，如清代夏敬渠的《野叟曝言》中说到如何享用人脑：就是将早已打就的一支铜管伸入人脑，骨嘟嘟一吸，便如今日喝酸奶一般，将脑髓吸进肚里。

　　列位看官不要把这些都当作小说家言，实际上，历史上确实有类似的悠久的虐杀传统。

　　首先，翻检史书，可以开出一长列吃人的名人清单：

　　如春秋时雄才大略的齐桓公，吃了红案大厨易牙先生烹制的婴儿肉，对这位将自己儿子烧成大菜的厨子提出了表扬；如汉高祖刘邦，将开国功臣勇将彭越杀了后，把他剁成肉酱"分赐诸侯"；如后赵石邃发明了一道大菜，以美女肉与牛羊肉合而烹之；如隋炀帝在一次朝会上把一个不听呵的大臣，烧成一道大菜，分给百官①；如明代太监高案为使阳

---

① 记得很久以前，在加西亚·马尔克斯的《族长的没落》里看到过一个情节，说的是身为某拉丁美洲国家总统的某大独裁者在一次招待近卫军高级军官的宴会上，命人上了一道大菜，只见他的亲密战友、国防部长在烤炉里烤得绯红，穿着礼服，佩着十几枚勋章，嘴里衔着一支香芹菜，填上核桃仁和香草做馅，直挺挺躺在一个大银托盘中，被端上来分切给众人食用，当时看到这个恐怖情节，不禁心惊肉跳，觉其写专制之邪恶残暴可谓入骨，叹为奇思异想，后读中国史书，才发现，这在我们老大中国，那是古已有之的了。

道复生，吃小儿脑……

除了这些身居高位者的"精致"吃法，因战乱饥馑而导致的大规模的吃人更是史不绝书。

除了吃人，中国历史上更有种种名目繁多的虐杀，如车裂，如凌迟，如腰斩，如抽肠，如剥皮，如点天灯，如汉高祖的吕后将戚夫人弄成了人彘，如前秦时的苻洪剥了人面皮后仍让人歌舞，如明代朱棣攻陷南京后疯狗一般地用剥皮术、轮奸术残害建文帝旧臣及亲族，如张献忠大掠湖北、四川时剁下人手足堆积如山，等等，这些内容在下实在不便做稍细致一点的描述，如果这样做了，说不定就会有哪位朋友吃不下饭。

说到这里，想起了过去偶然读过的两本书。一本是作家梁晓声的自序传《一个红卫兵的自白》，书中说到"文革"时，一伙"造反派"将对方势力的一个成员扔进了滚热的沥青锅里，被害者的亲人子女在旁急得用手伸到锅里，一捧一捧地往外捞沥青；还有一本是美国亨利·莫尔上校的《越战纪实——女人·战争的受害者》，看这本书的时候，简直如在人间地狱，我并不是说书中描写得如人间地狱（当然事实也是如此），我是说我自己当时便如在地狱中，压抑得透不过气，放下书，如梦游般走到室外，好半天才恢复清醒。

前一本书说明虐杀的传统并没有随历史而远去，后一本书说明，人性中自有凶残与狰恶，非独中国为然。

所以问题不在于故事的叙述里有没有嗜血凶残的内容，这本就是人性的真实，而在于以何种立场来叙述，有没有反省。上面提到的两本书尤其后一本对此做了比较深刻的反省。中国古人也不是没有对此反省的，如司马迁的《史记·吕后本纪》写道：

> 太后遂断戚夫人手足，去眼，煇耳，饮瘖药，使居厕中，命曰"人彘"。居数日，乃召孝惠帝观人彘。孝惠见，问，乃知其戚夫人，乃大哭，因病，岁余不能起。使人请太后曰："此非人所为。臣为太后子，终不能治天下。"

正如夏志清先生所分析的那样："尽管司马迁对吕后残害行为的描写颇为客观，但当他写到吕后的儿子的强烈的反感时，已对吕后做了永久的判决。《史记》肯定文明事业；而《水浒》在对英雄们采取的野蛮报复行为大加赞赏时，却并不是肯定文明。"

不要怪夏志清先生喝多了洋墨水就回过头来挑中国人心目中的英雄梁山好汉的理，实在是因为一部《水浒》中，值得我们今人深刻反省的内容是太多太多了。

余　论

　　从在下这两篇的分析来看，如果通读《水浒》的文本，就会发现，水浒世界里梁山好汉的行事有相当数量是经不起道德理性的审视的，但问题是几百年来，梁山好汉在民众心中却一直是被赞美对象，是英雄侠义的化身，原因何在？

　　这一方面，如上所述，可以归因于传统文化本身具有的价值缺陷如快意恩仇、蔑视众生等造成的价值理性判断的盲点，另一方面，与《水浒》一书的叙事顺序也不无关系，《水浒》一开始通过讲述王进与高俅的故事，将批判的矛头指向了上层，使人们一开始心中便形成一个判断：天下混乱的根源在于高俅这类身居高位的小人，错在朝廷，而不在江湖，接下来书中开头出场的几个人物，又确实都是可爱、可敬或可悯的汉子，如单纯重义的九纹龙史进，如慷慨豪侠诛锄人间邪恶的鲁智深，如无辜善良而被迫害的林冲，尤其是鲁达、林冲两位的故事，都是重头戏，在一部《水浒》中分量极重，给人留下了极深的印象，使人们会有意无意地认为梁山好汉都是这类除暴安良或逼上梁山的人物。接下来书中又演绎了智取生辰纲一段，由于这场行动一开始便将好汉的对手梁中书和官军定为不义的一方，它也便具有了某种正义色彩（在下对好汉们这次通过打劫官府的不义之财来改变自己命运的绿林行动也是比较欣赏的，只是反对将它"升华"得过高的评价），而行动的参与者吴用的机智和阮氏兄弟的快人快语、热血担当也都留下深刻印象，这些，都会无形中影响人们对整部书后面内容的总体判断，很早就将同情赞美放在了梁山好汉这一边。

再有，全书结尾写的是众好汉受招安后抵抗外侮，吊民伐罪，这都是正面内容，而征方腊时众多勇武的好汉如风扫落叶般凋零殆尽的悲剧结局，无疑也引起了读者深深的伤悼与悲悯。

这样看来，一部《水浒》，它的开头和结尾都是给人留下深刻印象的正面内容，而现代心理学研究又恰恰指出，在对一个事件的叙述中，开头和结尾对人的记忆和判断会产生至关重要的影响，因此人们阅读按上述顺序来叙事的整部《水浒》时，自然而然地忽略了一些本不该忽略的问题。

可以设想一下，如果《水浒》的叙事顺序不是如现有的这种安排，而是把第三十六至第三十八回宋江发配江州遇到那群为非作歹鱼肉众生的好汉的情节放在全书的开头或结尾，人们对整部《水浒》又会是何观感呢？

但无论怎样，一部《水浒》，几百年来对中国民众的精神世界产生了绝不可低估的深远影响。如梁启超在《论小说与群治之关系》一文中所说：

> 今我国民绿林豪杰，遍地皆是，日日有桃园之拜，处处为梁山之盟，所谓"大碗酒、大块肉、分秤称金银、论套穿衣服"等思想，充塞于下等社会之脑中，遂成为哥老、大刀等会……

其实受《水浒传》影响的不仅仅是绿林豪杰，它的影响面要远为广远：

如饥寒交迫的农民为求生存抵抗黑暗官府的反叛从《水浒》中汲取了力量。如明末崇祯年间，农民起义如星火燎原席卷整个帝国，官府疲于奔命镇压，他们捕杀了一个又一个自号"宋江""燕青""雷横""一丈青"的义军头领，又不得不目瞪口呆地面对雨后林间的蘑菇般冒出的一个又一个的"贼首宋江""贼首柴进"。

如下层士卒为抵抗异族侵略为国奋战时曾从中汲取力量；如据传聂荣臻将军就曾以梁山好汉为榜样，号召带领游击队在梁山脚下痛击日军；而除了这一支游击队，在当时中国辽阔的大地上与日军浴血奋战的千千万万的朴实勇敢的下层士卒中，也许会有不知多少人心头闪过他们心目中的英雄梁山好汉的身影。

又如现代革命的风云人物颇有曾从《水浒》中汲取过力量的。1917年中秋节，毛泽东和一群同学聚集在湖南第一师范后面的山上讨论救国之道，有些人提出进入政界，有些人提出利用当教员来影响后几代，而时年二十四岁的毛泽东的回答是："学梁山泊好汉。"①

但上面所说的只是《水浒》的影响的一方面，另一方面，又可以看到，正如陈宝良先生在《中国流氓史》一书中指出的那样，明清以降的土匪、流氓也同样深受《水浒传》的影响，如明末土匪余士藻，自号"靖海天王"，手下有李肃七、李肃十等同党，分称"十二天王""十八罗汉""二十四天罡""三十六地煞"，"焚杀淫掠，殆无虚日"；明代南京的流氓，也立有"三十六天罡""七十二地煞"，残害百姓。

此外，还有受《水浒传》影响极深的会党等秘密社团，在中国近代历史上扮演的角色，更是难以一言褒贬。

要之，《水浒》是一部功罪相半的文学、文化经典，它的内涵极为深邃复杂，它的影响（正面的、负面的）至为深刻广远，因此，目今当此大时代之转折点，以理性之眼重新

---

① 见美籍英国学者斯特尔特·施拉姆教授的《毛泽东》，24 页，中共中央文献研究室《国外研究毛泽东思想资料选辑》编辑组编译，红旗出版社，1987 年 12 月。

此外，"根据毛泽东自己的回忆，在他的启蒙期对他影响最大的读物就是《水浒》。他少年时代对梁山英雄的叛逆精神十分向往。毛泽东在少年时代与父亲发生过剧烈的冲突——这大概是他一生中无数次斗争的开端。他后来明确地告诉别人，他将专横的父亲视为《水浒》中的贪官，而他自己的角色无疑是'替天行道'的好汉。入小学后，《水浒》成了毛泽东批判历史教本的依据，以及率领童年伙伴砸土地庙、孔子牌位的向导。主持'新民学会'期间，毛泽东建议同学会友读一读《水浒》"。（朱学勤《风声·雨声·读书声》，85—86 页，三联书店，1994 年 9 月）

解读审视《水浒》精神，探讨了解中国旧有之文化心理、国民性格，以期重建现代之新文化、新精神，也许自有其不可轻忽的意义吧？

当然，在下这里所做的，仅仅是抛砖引玉。

五 好汉话题

水泊梁山除了宋江、卢俊义、吴用、公孙胜以及前期的晁盖组成的领导核心以外，其他好汉中的骨干力量大体可分为两类，一类是关胜、林冲这样的原朝廷的国手级战将，另一类便是鲁智深、武松、李逵、三阮这种草莽豪杰。本话题将要说的，就是其中几位响当当的汉子，看一看，为什么这几位梁山好汉能久远地活在中国民众的心中。

林冲：浮云蔽白日与压抑人生

乍一看，林冲是《水浒》中一个非常奇特的人物。

林冲身上，似乎有《三国》中三个人物的影子：相貌如张飞，身手如赵云，忍辱求全的性格像刘备。

说到林冲有像张飞的地方，有人也许会感到突兀，觉得《水浒》中那个谨细而能忍辱的禁军教头，和《三国》中性如烈火、暴躁鲁莽的猛张飞实在挨不上，要说李逵像张飞还差不多。但列位看官当还记得林冲的绰号是什么，是"豹子头"，第七回中他一出场，就说他的相貌是"豹头环眼，燕颔虎须，八尺长短身材"，和《三国》中所写的张飞相貌"身长八尺，豹头环眼，燕颔虎须"完全相同，就连兵器，也和张飞一样，是丈八蛇矛，此外第四十八回林冲出马擒捉扈三娘时，书中也有诗说"满山都唤小张飞，豹子头林冲便是"，这些都说明，《水浒传》的写定者一开始可能是想把林冲写成"水浒版"的张飞，甚至还可以推断，在我们今天已见不到的《水浒》成书前早期民间流传的水浒故事里，说不定林冲真就是个张飞型的人物（《大宋宣和遗事》里有林冲的名字，绰号就已经是"豹子头"，但没有他的独立故事），但到《水浒》成书时，已经有了个猛张飞型的黑李逵要写（在晚期水浒题材的元杂剧如《李逵负荆》里，李逵形象已与《水浒传》中的十分接近），于是，就重新写了一个八十万禁军教头的人生故事，并在故事里寄托了一些有别于鲁智深、武松、李逵这些草莽人物故事的深沉情怀。

列位看官当还记得，林冲这个八十万禁军教头是如何一步步被逼上亡命山林之旅的，可以说，林冲是《水浒》中唯一一个严格意义上被"逼上梁山"的人物。《水浒传》一开头便先后讲述了两个颇为相似的人物——王进和林冲——的颇为相似的命运：他们都是禁军教头，都武艺高强、无辜善良，都是很理想的国家良将，却先后被高俅这像他自己一脚

张旺 《林冲》

踢起的气毯般轻飘飘直升到高位的无赖小人横加迫害，一个被害得远走异乡，一个被害得家破人亡，最后只得上演一出风雪山神庙血腥复仇，然后窜入草泽。水浒故事的讲述者就是通过他们与奸邪无赖高俅反复对比，传达出对黄钟毁弃、瓦釜雷鸣、大贤处下、不肖居上的黑暗的政治格局的深深的无奈与愤懑。

这其实是一种非常古老的无奈与愤懑。早从屈原的《离骚》开始，千百年来，在诗歌、戏曲、小说里，它不知被反复传写了多少次。因为千百年来屈原放逐的命运一直就在一次次上演着，岳飞风波亭的命运一直就在一次次上演着，《水浒》中王进被逼逐的故事、林冲被迫害的故事和宋江最后被毒杀的故事，千百年来也一直一次次上演着。

这种"浮云蔽白日"（"古诗十九首"中的一句，常被古人用来喻奸邪主政）的格局其实是专制时代永恒的问题。《水浒》通过讲述林冲故事抒发的正是对这浮云蔽白日的深广的忧愤，有了这种忧愤，并把它作为后来众好汉暴烈的反抗的背景和前奏，就使《水浒》这部"强人颂"提升了一层品格。因此，可以说水浒世界里风雪山神庙、林冲夜奔等故事的意味，和鲁智深、武松等草莽豪杰的传奇故事是迥乎不同的，它在大碗喝酒、大块吃肉以及快意恩仇之外别抒怀抱，在水浒世界里独奏了一曲怨郁而又慷慨的悲壮之音。

另外，从更普适的意义来说，水浒世界里的林冲故事，还传达出中国人——尤其是有才干而善良的中国人那种深重的压抑人生的滋味。

林冲的被压抑，不仅仅是来自高俅这个身居高位的小人，而是来自各色人等：先是受高俅的陷害，几乎被问成死罪；死里逃生，发配上路，又被董超、薛霸两个人渣百计折磨，然后捆在野猪林，差点给一棍当头打死；到了柴进庄上，虽有柴进热诚相待，但仍不免一度得对趾高气扬的平庸之辈洪教头赔着笑脸；到了沧州牢城营，因拿银子稍慢，就被差拨骂得一佛出世、二佛升天。这一切，林冲都逆来顺受，忍了，可陆虞候又来沧州追杀，终于，林冲忍无可忍，一幕风雪山神庙中，灵魂深处的"匪魂"，如睡狮猛醒，在漫天的风雪中，在火烧草料场的熊熊大火映过来的火光中，猛下杀手，血溅山神庙前的风雪大地，遗下一幅血红雪白的惨烈森冷的图景，而后，踏上了夜奔梁山的不归路。

风雪之夜，经过柴进的庄园，进入看米囤的草屋烤火，接下来：

> 林冲烘着身上湿衣服，略有些干，只见火炭边煨着一个瓮儿，里面透着酒香。林冲便道："小人身边有些碎银子，望烦回些酒吃。"老庄客道："我们每夜轮流看米囤，如今四更天气正冷，我们这几个吃，尚且不够，那得回与你！休要指望！"林冲又道："胡乱只回

三两碗与小人挡寒。"老庄客道："你那人休缠休缠。"
林冲闻得酒香，越要吃，说道："没奈何，回些罢！"
众庄客道："好意着你烘衣裳向火，便来要酒吃！去便
去，不去时，将来吊在这里。"（第十回）

为了在风雪之夜买(！)两碗酒挡寒，再三软语商量，这
还有些林冲一向的行事性格的遗留（若是李逵、武松哪有这
等耐性一味相求？十九会是径来抢夺），但在遭到呵斥拒绝
后，再接下来却是：

林冲怒道："这厮们好无道理！"把手中枪看着块
焰焰着的火柴头，望老庄家脸上只一挑将起来，又把枪
去火炉里只一搅，那老庄家的髭须焰焰的烧着，众庄客
都跳将起来。林冲把枪杆乱打，老庄家先走了；庄家们
都动弹不得，被林冲赶打一顿，都走了。林冲道："都
去了，老爷快活吃酒。"土炕上却有两个椰瓢，取一个
下来，倾那瓮酒来，吃了一会，剩了一半，提了枪，出
门便走。一步高，一步低，踉踉跄跄，捉脚不住。走不
过一里路，被朔风一掉，随着那山涧边倒了，那里挣得
起来。大凡醉人一倒，便起不得。当时林冲醉倒在雪地
上。（第十回）

这是水浒世界里林冲唯一的一次快活饮酒，甚至是他唯一的一次从嘴里道出"快活"二字。梁山好汉中说"快活"说得最多的是李逵，李逵也的确是梁山好汉中最快活的一位，而这时林冲的夺酒及自称"老爷快活饮酒"，那腔调，那行事，正宛如李逵。也许压抑了太久太久的林冲杀过人之后，终于可以一伸郁怀了，那蜷缩了太久的疲惫而沉重的灵魂也终于可以一得舒展了，需要放怀一醉，而这个一向谨细的林冲也果然醉倒了，在唯一一次"快活饮酒"后，醉倒在山涧边的雪地上。①

但是他的压抑人生还没有结束，为了躲避官府的缉捕，他不得不再次收束起心底已经醒来的恣肆的匪魂，扮成柴进的庄丁，蒙混过关，雪夜投上了梁山；不承想，上了梁山又受尽没本事的王伦的苦苦逼逐和排挤，直到火并王伦，经过再一次的血祭，他的自由意志才终于得以彻底舒张。此后林冲为梁山作战，屡屡奋勇争先，一个如此安分善良的良民终于蜕变成了大泽龙蛇，变成一个强悍的叛盗，这其中传达出的感慨太深沉了，意味深长，让人感叹不尽。

---

① 对于此段林冲"撒野"的情节，有人如王珏、李殿元先生在《〈水浒传〉中的悬案》一书中认为和《水浒传》对林冲的前后描写并不一致，这种不一致应视作技术处理不当带来的裂痕。此固不失为一说。但从人物的遭际、处境来看，林冲此时的"爆发"并无悖于性格的逻辑。甚至可以说，这一次"爆发"实乃"火并王伦"那一次大"爆发"的前奏。

说不尽的黑李逵

在今日山东境内的梁山上，塑着一条梁山好汉的像，这好汉不是晁盖，不是宋江、吴用，也不是武松、鲁智深，而是黑旋风李逵。

让李逵享受如此殊荣，不知道理何在，也许是因为在一些人心中，李逵还被看作农民起义中最坚决最彻底的革命派？

是不是革命派这且不说，可以肯定的是，李逵是水浒世界里极为重要的角色，是梁山好汉中十分特殊的一员，一般的梁山好汉上山前，可以演出各种轰轰烈烈的江湖壮剧，而一旦上山，个人的英雄主义就要被山寨的帮会意志所吞没，而只有李逵，上山后却依然能自由地舒张自己的生命意志。

对于这个水浒世界里异常活跃的黑旋风，究竟可以从他身上读出哪些意味呢？

也许首先便是：

"劫变神学"的人格化

——说李逵

黑旋风李逵的星号是什么？

是"天杀星"。

在第七十一回中梁山英雄排座次时，天门开，石碣出，石碣上赫然刻着一百单八将的星号，其中便有"天杀星"李逵。

其实关于黑旋风的这点天机早已泄露，早在第五十三回中，罗真人便对戴宗道："贫道已知这人是上界天杀星之数。为是下土众生作业太重，故罚他下来杀戮。"

这样说来，李逵挥向众生头上的两把板斧，竟是天意的体现，是下土众生造孽太重，所以才遭天谴，被黑旋风倏忽挥来的两把板斧砍得血肉横飞。

当然这种天戮众生的神学观也并不是水浒故事的讲述者的新发明，在中国的文化传统中，向来就有两种神学观：

一种是"天地之大德曰生"，天是至善的本体，赋予万物以生命，此即天地之仁，这种仁贯通于天地人物，周流于六合之间，是众善之本，百行之源。《周易》乾卦的象辞云："乾道变化，各正性命，保和太和乃利贞。"大意便是上天之道是为万物提供和谐生存的保证。所以程颐劝宋哲宗不要折春天的柳枝，以体现上天的好生之意，二程的弟子谢良佐从作为生命发端的果核桃仁杏仁中领悟到上天令万物生长的一片仁心，而"万物静观皆自得，四时佳兴与人同""等闲识得东风面，万紫千红总是春"的诗句则正是这种观念的诗意的表达。

另有一种，就是"天地不仁，以万物为刍狗"。上天对待众生（包括人类）并无慈爱之意，而是漠不关心，任其生灭的。到了后来，这种观念与佛教的"劫运"之说相结合，高居于众生之上的最高主宰"天"便越发不那么仁慈了，它时常向随世俯仰的芸芸众生露出狞恶的面目，通过各种方式，比如降生些坑赵卒四十万的白起之类的屠夫，来大开杀戒，以惩众生的过错与罪恶。这种观念在中国古代小说中可说随时可见，特别是经过明清易代之社会惨剧后的多部小说（或曰此乃受到传教士"原罪"观念影响所致。聊备一说）：

　　上帝先与如来、诸佛祖、三清道祖稽首而言曰："元运告终，民生应罹兵劫三回。……今又命天狼星下界。计民生应遭杀戮者五百余万。"

（《女仙外史》第一回）

　　因上帝恨这人人暴殄，就地狱轮回也没处报这些人，以此酿成个劫运，刀兵、水火、盗贼、焚烧，把这人一扫而尽，才完了个大报应。……

（《续金瓶梅》第十三回）

　　世运将变，人民应该遭劫，一旦付之妖人助以为乱，此时杀死、饿死、屈死者，不可胜数。……
　　天道恶恶人之多，故生好杀之人，彼争此战。如生

白起坑赵卒四十万人；柳盗跖横行天下，寿终于家。助
金主返江以乱中原，赐元太子金桥以存其后，原非天道
无知，乃损其有余故也。……

（《豆棚闲话》第十二则）

在水浒世界里，近似于半神半兽的李逵，承担的就是这种奉
天杀戮的使命。[1]

那么，这种劫变观掺入《水浒》里到底好不好？

答案很显然，不好！《水浒》本已在第一回用高太尉逼
走王进的故事来强调乱自上作，指明世间动荡祸乱的根源不
是那些崔苻啸聚的好汉，而是高俅、蔡京这样身居高位的朝
廷显宦，是奸邪主政，才导致天下大乱，这一笔，本是《水
浒》难得的深刻一笔，现在又来说下土众生作孽太重所以该
杀，两者格调明显不协调。

这种因为因果、劫运框架的引入而导致的价值判断的混
乱，也是中国古代小说常出现的弊病。随便举个例子，比
如，《说岳全传》开篇说，在西方极乐世界如来正说法时，
忽有一女土蝠在莲台下听讲时撒出一个臭屁，被大鹏金翅明
王啄死，那女土蝠一点灵光直奔东土投胎，就是后来秦桧的

---

[1] 对李逵"半神半兽"之考语，出自张火庆先生《〈水浒传〉的天命观念——非
抗衡的》一文，不敢掠美，专此说明。该文收入龚鹏程、张火庆《中国小说史
论丛》，台北学生书局，1983 年。

老婆王氏，而大鹏鸟则被佛爷呵斥一番，命"这孽畜""降落红尘，偿还冤债"，于是大鹏鸟也去投胎，成了岳飞，后被王氏害死了账。要照这么说，那岳飞被王氏害死就是他前世自找的了，死有其由，这对它表现"岳武穆之忠、秦桧之奸""懊恨风波屈不申"的创作初衷有什么好处？但作者还是扯进了这些。这种毛病在中国古代很多小说里时常能见到，《水浒传》赋予黑旋风李逵以天杀星的神学品格就是一个明显的例子。

本我的象征

——二说李逵

李逵还可以看作"梁山人格"的本我的象征。

"梁山人格"是在下新造的词，它混融了梁山精神的各个侧面，既有替天行道，也有快意恩仇，既有大碗喝酒、大块吃肉，也有血腥嗜杀，有理性追求，也有感性冲动，这些加起来（而不是仅仅其中的某一侧面），就是对中国下层社会影响相当深远的复杂的"梁山人格"。

"本我"则是借用奥地利精神分析学家弗洛伊德的术语，指一个人人格中体现生物本能冲动的部分，与遵循社会理性规范的"超我"人格相对，它遵循的是快乐原则。

可以毫不牵强地说，《水浒》里的李逵行事，主要遵循的就是快乐原则，黑旋风最常挂在嘴边的词，就是

"快活"。

他生割了黄文炳后称"吃我割得快活",他屠了扈三娘一家后道"吃我杀得快活",杀人不是为了复仇,不是出于战阵厮杀的需要,而竟仅仅是为了快活!

此外,李逵回家接老母时遇到回家的哥哥李达,就劝李达"同上山去快活"。就连黑旋风那最被一些人称道的一番话,即李逵初上梁山时叫嚷的"放着我们有许多军马,便造反,怕怎地?晁盖哥哥做了大皇帝,宋江哥哥做了小皇帝,……杀去东京,夺了鸟位"一番话,也远不是出于什么彻底革命的高尚动机,因为就在"夺了鸟位"句后还有最关键的一句:"在那里快活,却不好?"说来说去,所有的目的就在于此,杀去东京,夺了鸟位,不是为了等贵贱均贫富,不是为了打土豪分田地,而是为了喝更大碗儿的酒,吃更大块儿的肉,这才是李逵的心思所在,"坚决的农民起义者"云云根本扯不上。

总之,李逵行事几乎全凭"快活"二字,少理性,无算计,率性而为,因此他的举动有近于童趣的天真烂漫的一面。如第七十四回寿张乔坐衙、闹学堂诸事,充满喜剧色彩,隔着一段审美距离来看,你会觉得黑李逵蛮天真,蛮可爱,就如李卓吾所赞的那样:"李大哥做知县,闹学堂,都是逢场作戏,真个神通自在,未至不迎,既去不恋。活佛!活佛!"金圣叹也赞李逵"一片天真烂漫到底",对李逵这一点大为激赏的人历来就不少。但是，恕在下在这里做一个煞风景的假设，假设黑李逵闯到学堂时，那吓得"哭的哭，叫的叫，跑的跑，躲的躲"的孩童中有列位看官中哪位的公子，您还会觉得这一脸煞气的黑厮可爱么？再假设，你有个亲朋在江州打算看杀头时被李逵没来由地一斧砍倒，那又如何？你还会赞李逵蛮得可爱？这说明什么？这说明真强盗之"可爱"，尤其是与伪君子相比时之"可爱"，只是限于隔着审美距离的时候。所以，千万不要让这种审美趣味迷惑价值的理性判断。《水浒》中的李逵固然可说有赤子童心，但弗洛伊德也指出，所谓童心，远不是像一般人想象的那般美好，它同样可以表现得非常凶残，因缺少成熟的社会理性规范意识，蛰伏在潜意识深层的破坏性本能往往便毫无避忌地释放出来。儿童虐杀小动物以取乐的行径即是，李逵纯粹为快活而杀人与此不正相似吗？

所以，话头回到李逵身上，这黑旋风固然有天真烂漫的美学趣味，但不要忘了，他的多出于生物本能冲动的行为多半是反文明的，蛮荒的，强破坏力的，因此夏志清先生在《中国古典小说导论》里将李逵看作梁山耽于杀戮的凶险的破坏力量的象征，而鲁迅先生也早在《集外集·序言》中说道："我却又憎恶张翼德型不问青红皂白、抡起板斧来排头砍去的李逵，我因此喜欢张顺的将他诱进水中去，淹得他两眼翻白。""文革"时，鲁迅先生《三闲集·流氓的变迁》中一段关于《水浒传》的议论，被无数人引用来骂《水浒传》鼓吹投降，但上面《集外集·序言》中的这段，就只好全当没看见，因为实在不好解释伟大的思想家革命家鲁迅怎么会对彻底的农民革命派李逵如此反感。

其实李逵哪里是坚决的农民革命派，他只是梁山人格中强悍而又冲动的"本我"人格的体现，是个几乎不知理性的价值规范为何物的长不大的野孩子。所以一旦离开野性冲动大有用武之地的战场，为了执行诸如搬请公孙胜这类任务进入城市这种文明的社会，他必得有一个外力制约者如戴宗、吴用或燕青同行方可，此类描写便颇具象征意味。

同样，黑李逵对宋江那种格外的、特殊的忠心与依赖也可以从这个角度来理解，深具"儿童情结"的李逵同样需要一个价值的标尺，一个能确认他存在的意义的精神之父，于是他那颗天真的心灵仰慕了许久的宋江终于在他的生命里出现了。试看李逵初见宋江时是何等的狂喜，而宋江也是又送银子，又带李逵喝酒，对他那鲁莽的行事一味微笑着任从，你说需要银子还债，便给你银子还债，你说小盏吃酒不过瘾，便吩咐酒保专给你换大碗，看你吃鱼吃不饱，又专为你要了两斤肉，临别还送了五十两一锭大银。这一切都和宋江初会武松时的意味有微妙差别。宋江在柴家庄厚待武松，要出钱给他做衣服，又连着几天带他各处吃酒，这并不是为了满足武松的口腹之欲，而是为了熨帖武松那因柴进的慢待而受伤害的自尊，表现得确实如一个温厚的兄长。而宋江初会李逵的那一日，那举止，那神态，却全如外公疼爱外孙。这一日奠定了宋、李二人终生的情感格局。此后，宋江因题反诗入狱，戴宗因受知府差遣进京需离开一段时日，李逵怕贪酒误了宋江饭食便"真个不吃酒，早晚只在牢里伏侍，寸步不离"，这是何等情分！须知粗卤的黑李逵能做到这种地步也是绝无仅有，这只怕要比他后来跳楼劫法场还难得多。再往后，二人一个说"他与我身上情分最重"，一个道"我梦里也不敢骂他，他要杀我时，便由他杀了吧"。宋江带数人元夜上东京时，曾对李师师戏称李逵是"家生的孩儿小李"，难道这种玩笑也可移用到武松、鲁智深、大刀关胜身上？所以李逵对宋江，既不是手足之情，也不是部属对统帅的愚忠，而是更近于儿童对父亲的深深的依恋。宋江名义上是他的大哥、首领，而实际上，却是这个具有"儿童情结"的好汉的永远的精神之父。①

不可或缺的宣泄功能

——三说李逵

现在不妨再把李逵和宋江作为一组相对照的形象来看。

---

① 分析李逵的本我人格，冯文楼先生撰有一篇十分精彩的文章，《义：价值主体的建构与解构——李逵新论》，《陕西师大学报》，1993 年 4 月，本小节受教此文良多，诚谢！

从最表层的社会意义来看，可以说李逵和宋江分别代表了反政府武装中的两种倾向，李逵代表的是狂暴、猛烈、破坏力强的一面，宋江代表的是温文、和缓的一面，这两种倾向，历来就共存于各反政府武装中吧？

但是如果把观察视野再放宽一点，也许还可以再深开掘出些意义。

多翻一些中国古代小说，就会发现，这种"宋江+李逵"式的组合，或者说这种"儒将+莽将"式的组合，在中国古代类似题材的白话小说中是太多见了，如刘备和张飞，如岳飞和牛皋，杨六郎和孟良或焦赞，秦琼和程咬金等，现在要探讨的是为什么这种组合如此常见？

在在下看来，这种组合体现了作品的两种艺术功能。

先看儒将（当然有些人如刘备、秦琼也称不上典型的儒将，但就理性、稳重而言庶几近之。这里为行文方便，先姑用这一词来概称）这一系列，宋江也好，刘备也好，岳飞也好，杨六郎也好，他们的共同特点是，行事谨慎，理性，节制，对既定的价值规范如忠义持认同态度，是中国式的榜样、楷模。像岳飞这样的人，不仅仅是那个时代的忠臣，甚至还可以说，在任何一个时代，他的行事都可称模范公民。这一组人物，体现的是作品的引导功能，他们是作品树立给红尘众生的立世样板。

但是可以想象一下，如果作品中的人物，都是一心想招安的宋江、被昏君勒死而不反抗的岳飞、受奸臣陷害而认命的杨六郎、明知道罗成是给人害死而不敢多说的秦琼，如果作品中出现的全是这类忍气吞声的中国式的楷模，列位看官读来那还不得给憋闷死？那怎么办？这时就需要莽将这一系列的人物了，秦琼不敢骂唐天子没良心，让程咬金来骂；杨家受了得势小人的窝囊气不好发作，那就让孟良连夜去杀那小人；岳飞不便犯上反抗昏君，但牛皋可以造反；宋江老是念叨招安，这在那个时代也不能说不应该但让人心烦，那就由李逵来叫喊夺皇帝的鸟位……不便由样板人物说的话做的事全交给莽将去说去做，这样作品（包括说书这类口头艺术）在大体不冒犯忠义之类社会正统价值的前提下，又能提供宣泄渠道，让作品的接受者通过代入式的审美幻想，获得畅快淋漓的宣泄的满足。这些就体现了作品应具有的宣泄功能的一面。

因此，李逵、张飞、牛皋、程咬金这类人物，一般不会是大部头作品的第一主角，但他们却又实实在在是作品里不可或缺的异常活跃的角色。可以这样说，如果没有了这一系列的人物，这类作品便少了一大半鲜活的生命。李卓吾以"趣"来概括李逵在文本中的价值、意义，倒是深得其审美三昧的高论。

喜剧趣味及其他

——四说李逵

接着上面的话题要说的是，李逵、牛皋、孟良、程咬金这类莽将形象又集中体现了民间文学的喜剧趣味。

当然《水浒传》《说岳全传》《说唐》等不能说是纯粹的民间文学，但毫无疑问的是它们极大程度地体现了下层民众的趣味，这可以有个简单的判断标准，即看它们能否被改造成说书艺术。《儒林外史》《红楼梦》显然不能。而《说唐》《说岳》们不但毫无问题，还多半益见精彩——《水浒》的"武十回"更是为各种说唱所青睐。从这个意义上来说，把《水浒传》《说岳全传》《说唐》等说成广义的民间文学也未尝不可。

而民间文学的很重要的一个特点就是，十分强调趣味性。可以说趣味原则是民间文学极重要的一个创作原则。而上述一类作品中频频出现莽将一系列的人物，讲说他们的滑稽行事，也是这种趣味原则的集中体现。在下少年时代颇听了不少评书，记得几乎每部书中（包括"呼家将""曹家将"以及"三侠剑"之类）都有这类角色，只要一讲说到这类角色出场，那效果一定就好，听者喜笑颜开，不厌重复，绝不会皱着眉头嘀咕"怎么又出来这么一号人物"。同样，新派武侠小说大宗师金庸先生笔下的周伯通、周颠、桃谷六仙之流也是莽将这一系列的"变种"，他们也使作品趣味盎然，

张旺 《燕青 李逵》

也没见谁计较这类人物在不同作品中应否重复出现，以及他们的形象以现实主义的眼光来衡量有多大的合理性之类。

为什么会是这样？说穿了也很简单：对趣味的追求，本就是人类永恒的精神需要。

另外，和在下上面说的第二点"本我的象征"相似的是，有一些人把水浒世界里的黑李逵看作宋江的潜意识的人格化，如夏志清先生，在《中国古典小说导论》中就说，李逵的叫嚣造反要拥戴宋江做皇帝，"道出了宋江强压着的想当皇帝的心声"，而宋江对李逵的呵斥，则"似乎是在谴责自己内心那不可告人的部分"。夏志清的这一结论也许是受金圣叹的启发。金圣叹在评改《水浒》时，一直就认定宋江是满口忠孝却心怀不轨的伪君子，而直肠直肚的李逵则常常将宋江那不可告人的心事叫喊出来。如多数版本的《水浒》在写到晁盖中箭死后吴用等推宋江为寨主宋江谦让时，写的是李逵在旁边叫道："哥哥休说做梁山泊主，便做了大宋皇帝却不好！"而到了金圣叹评改的《第五才子书施耐庵水浒传》，李逵叫嚷的一句就变成了："哥哥休说做梁山泊主，便做了大宋皇帝，你也肯！"这一改，是够毒的。三字之差，意味全变，也开启了后人将李逵解做宋江潜意识的现代阐释思路。

再有，在下上面多采用泛文化视角分说李逵，对将李逵定为农民起义骨干分子的说法不以为是，这并不等于判定阶级分析法毫无用武之处。恰恰相反，在下以为只要循科学理性之精神，实事求是地从文本出发，而不是理念先行，此法同样自有其不可替代之价值。如欧阳健、萧相恺于70年代末所撰之《李逵论》（收入《水浒新议》一书），以游民无产者的两重性分析《水浒》中李逵言行的阶级本质，力抗"农民起义革命派"之权威旧说，就十分客观、精当而有说服力。珠玉在先，且阶级分析法究非在下所长，故此处藏拙，就请列位看官多多谅解。

一句话，《水浒》是说不尽的，李逵也是说不尽的，在下才疏学浅，"说不尽的李逵"便说到这种地步，就此收尾何如？

武松："完美"的义侠与复仇之神

某种意义上，武松可看作整个梁山大寨的缩影。

慷慨重义，神武好胜，快意恩仇，重人伦，轻女色，水泊梁山好汉群体推重的义侠素质，都集中突出地体现在武松身上。

可以说，武松是《水浒》刻意经营出的一个完美的义侠形象，是下层民众心目中理想的英雄，正义的裁判，是惩恶与复仇之神，胆量、勇武和侠义的化身。

清初怪才金圣叹品定梁山人物时，推武松为上上人物，又拿鲁智深和他做比说：

"鲁达自然是上上人物，写得心地厚实，体格阔大。论粗鲁处，他也有些粗鲁；论精细处，他亦甚是精细。然不知何故，看来便有不及武松处。想鲁达已是人中绝顶，若武松直是天神，有大段及不得处。"

鲁达是否真的及不上武松，这话要看怎么说，若以侠义胸怀而论，鲁达未必便不及武松，在在下看来，甚至还可说稍胜。但金圣叹所说又有一定道理，若就一般人的阅读感受而论，恐怕对"鲁达不及武松"的说法多会持模糊的认同态度。原因何在？也许是因为水浒中的鲁智深性格还相对单一，对他的描写也相对简单，而武松故事则文戏武戏交错，故事内容更为丰富，性格更为复杂，人物形象也更加丰满，给人的印象因之也就更为深刻。

武松故事主要集中在第二十三回到三十二回即著名的"武十回"中，这是全书最精彩的笔墨。

这部分从柴家庄宋江夜遇武松开始讲起，接下来便讲述了著名的武松打虎的壮举，写出他的神武好胜，从此这位打虎英雄就开始了一系列的除暴行动：斗杀西门庆，醉打蒋门神，大闹飞云浦，血溅鸳鸯楼，夜走蜈蚣岭……刀光拳影，自掌正义，俨然是社会正义的裁判。

武松除了神武过人外，还慷慨坦荡，不拘形迹。以他对财货的态度为例，是既不贪财也不拒财：打虎下山后，县令赏赐了一千贯钱，武松转手便散给了众猎户；夜走蜈蚣岭格毙王道人后，又把王道人历年劫掠来的二三百两金银让被王道人掳来的女子悉数拿走；但同时，江湖朋友的馈赠和他在张都监府上替人通融公事时别人送的人情钱，他也大方自在地收下，在鸳鸯楼连杀十数人后，更是卷了桌上的银酒器才走路——对财货，一切顺其自然，不贪吝，也不矫拒，这才是真正的豪杰行事。

此外武松故事里还有一个引人注目的成分，就是人伦亲情，表现在武松对兄长的骨肉情深。而这种重人伦也同样是水浒世界里好汉所推重的品格。当然，梁山好汉并不是重所有的人伦，比如夫妇一伦，对多数好汉来说是可有可无，说不定没有还更好。但对孝悌尤其是孝，那却是无条件地尊奉。现在就来探讨一下这种重人伦背后的历史蕴涵。

中国古代社会是宗法社会，这种社会的特点是家族本位，它的稳定很大程度要依赖孝悌等家族伦理来维系，因此经过世间各阶层一代代反复强化，孝悌之念便极为强固地进入民心深处。中国古代虽然向来"忠""孝"并称，但忠这种政治伦理在社会大动荡时期如魏晋容或还会受到质疑、动摇，即使是太平盛世，处于社会结构底层的民众和社会结构边缘的游侠也未见得就买它的账。但是相形之下，孝之一念却极少受到质疑和挑战，即使是游侠者流也不例外：《史记·刺客列传》中的聂政事母至孝，《汉书·游侠列传》中的原涉因守父丧而"显名京师"。再看水泊梁山上的一群魔头，他们冲州撞府，杀人放火，不怕天，不怕地，有的宣称"俺这里兀自要和大宋皇帝做个对头"，有的叫喊要夺皇帝的鸟位，个个一副浑不吝的劲儿。在一些好汉心中，"忠"那的确就是个"鸟"，但一说到孝，立刻不一样，却是半点含糊不得：最突出的当然要推宋江，人称孝义黑三郎，他的孝名也是他博得江湖好汉敬意的一项本钱；再如公孙胜，这个神仙般的高人为了侍奉老母也一度下山返乡；还有雷横，见老母被殴便枷打白秀英；就连杀人不眨眼的李逵也知道要接老母上山快活。武松上无双亲，他的重人伦便体现在与兄长的手足情深。

而且，再深想一步，就又会发现，武松和武大郎间的兄弟组合与书中孔明、孔亮，穆弘、穆春，孙立、孙新等兄弟的组合其实不同。后种组合中的兄弟同属好汉级别，说他们是手足情深，还不如说是血气相投。而武松和武大不一样。武松勇武超凡，而武大却短矮丑陋，懦弱善良，时受欺凌，正是你我众生中人。因此，武松对他这个无辜善良软弱众生中的兄长的骨肉情深，对同属众生的故事接受者们来说，就别具了一种感人的意味。有了这一段刀斧杀伐之外的琐细的伦常生活的描写，就使武松这个复仇之神在刚猛血性之外，还有了一份人伦的温暖与亲切（这是鲁智深故事所没有的）。因此，武松这个人间超人的义侠形象也就更深入了民众心中。

另外，《水浒》还花了大功夫写武松的不好色。不好色是梁山人物重要的好汉信条。除了王矮虎这种极个别的人物以外，大多数好汉都能做到这一点。极端如李逵，更是一见到美貌的大姑娘就极为厌烦。但是《水浒》真正花大功夫写一个堪称大丈夫的好汉是如何抵御女性的诱惑的，还是写武松这段。第二十四回写武松遇嫂和潘金莲勾引武松等几处，是《水浒》这部粗犷之作中少见的精致笔墨，如：

> 那妇人脸上堆下笑来问武松道："叔叔，来这里几日了？"武松道："到此间十数日了。"妇人道："叔叔在那里安歇？"武松道："胡乱权在县衙里安歇。"那妇人道："叔叔，恁地时，却不便当。"武松道："独自一身，容易料理。早晚自有土兵伏侍。"妇人道："那等人伏侍叔叔，怎地顾管得到，何不搬来一家里住？早晚要些汤水吃时，奴家亲自安排与叔叔吃，不强似这伙腌臜人。叔叔便吃口清汤，也放心得下。"……"叔叔青春多少？"……"叔叔今番从那里来？"……那妇人拿起酒来道："叔叔休怪，没甚管待，请酒一杯。"……那妇人笑容可掬，满口儿叫："叔叔，怎地鱼和肉也不吃一块儿？"拣好的递将过来。……

　　笑语盈盈，殷殷相问，潘金莲之绮思荡漾，之妖娆作态，之口角含春，均如在目前，一声声"叔叔"甜腻腻的娇唤，也如在耳畔——后来潘金莲勾引武松不成，武松临上京前到兄嫂家辞行，用话点了潘金莲几句，潘金莲再开口便是"你这个腌臜混沌""你胡言乱语""你既是聪明伶俐，却不道'长嫂为母'"，自称也由"奴家"升格为"老娘"——笔触可谓穷形尽相。不要忘了，潘金莲可是个出色的美女，一个美女发动这一轮轮攻势，那冲击力对凡夫俗子来说大概是不能视若等闲的吧？但武松却当真是视若等闲。这一轮轮的攻势，以及直到潘金莲最后发动的"总攻"和最后落得铩羽而归，都叙述得十分细致出色。

　　叙述出色就说明作者是花了大心血、充分调动了想象力来写的。如此用力，当然不是出于塑造潘金莲形象的兴趣，作者用意还在于武松。套用一个金圣叹打过的比方来说，看这段就如看狮子滚绣球，狮子使出全副手段，看得人眼花缭乱，而它的心力所在却是绣球。这里潘金莲便是那狮子，武松方是那绣球，穷形尽相地写潘金莲，根本目的还是写出武松不近女色的英雄做派。而这一点也确实给人留下了深刻印象，也成了武松被奉为水浒世界里的完美义侠的一个重要因素。（武松形象与《三国演义》的关云长有相似处，如神勇、重义、高傲等。塑造关羽形象也有一笔渲染其敬重兄嫂，二十五回有："曹操使关公与二嫂共处一室。关公乃秉烛立于户外，自夜达旦，毫无倦色。"）

此外，武松性格里还有一种特有的心高气傲。如书中说在他夜上景阳冈时，经过山神庙，见到了阳谷县的印信榜文，得知山中果然有虎，便欲回转到山下店中，但一转念，回下山必被人耻笑，于是又冒死上山。这是值得欣赏的一笔，它写出的并不是武松凡人的怯懦，恰恰相反，而是他心中特有的高傲。若是李逵当此情境，哪里还会有这等周折，必是大叫一声"大虫算甚鸟"之类径直上山。而武松却并非一味莽撞之徒，他是个成熟的谨细的好汉，他后来在十字坡对付孙二娘的手段便足证这一点。因此，当他断定山中确实有老虎时，谨细的性格使他心中转过回返一念，但他性格里特有的高傲，却旋即战胜了这谨细的一面，终于明知山有虎，偏向虎山行。

此后，他初发配到安平寨时，拒绝送给差拨分例银两，反而加以嘲骂；他初见管营时，不肯装病，主动请打杀威棒；他醉打蒋门神前，一路连喝数十碗酒；他在打蒋门神前后屡屡声称"景阳冈上酒醉里打翻了一只大虫，也只三拳两脚，便自打死了""看我把这厮和大虫一般结果他""景阳冈上那只大虫也只三拳两脚，我兀自打死了""再撞见我时景阳冈上大虫便是模样"，以及血溅鸳鸯楼后撕下衣襟蘸血在墙上大大写上："杀人者打虎武松也"，等等，等等，都表现出武松特有的高傲。

　　这就是武松，一个有强烈个性的成熟的好汉，他不仅不同于李逵的一味莽撞，他性格之丰富也是鲁智深所不及的，而且在他身上，集中体现了当时下层社会所推崇的义侠应具有的各种道德信条。

　　但即使是在这个《水浒》花大力气刻画出的完美义侠身上，以今人的道德理性眼光来审视，也能见到一些阴影，如混乱的侠义观，如快意恩仇。

　　混乱的侠义观表现在他的江湖义气。如十字坡张青、孙二娘夫妇开的是杀人劫财的黑店，"只等客商过往，有那人眼的，便把些蒙汗药与他吃了便死。将大块好肉，切做黄牛肉卖；零碎小肉，做馅子包馒头"。武松随张青参观人肉作坊时，也亲眼见"壁上绷着几张人皮，梁上吊着五七条人腿"，在他一开始制住孙二娘时，如果没有张青赶来，他十九会为民除害，平了这黑店，很可能一把火便烧作白地。但是问题是菜园子张青赶来了，与武二郎攀上江湖交情了，结拜了，那事情就得另说了。此后的结果是武松上路，十字坡的黑店照开不误。后来武松在鸳鸯楼做下那桩大血案后出逃时，还被张青的黑店伙计拿住，差点也被大块切做了黄牛肉。

　　又如武松醉打蒋门神时声称："凭我胸中本事，平生只是打天下硬汉，不明道德的人。"是的，蒋门神一顿拳脚收拾得施恩在床上趴了两个月，还夺了他的快活林，对施恩来说蒋门神的确是"硬汉""不明道德"的人。但是武松在发出他这番侠气凛然的宣言时,却忘了,那金眼彪施恩对孟州道的其他芸芸众生来说又何尝是软汉、明道德的人!他和他父亲老管营一直就在联手诈害囚徒。武松如果不是曾有当年打虎的神勇具有利用价值而被施恩看中,只怕他早已被这父子用土囊或盆吊送上了西天。施恩在孟州城外开店也并非纯出于商业动机,而是为了向当地那百十处大客店、三二十处赌坊收取流氓保护费(请参看本书的"金银话题")。这样一个鱼肉一方的小恶霸,几顿好酒好肉的管待,便令武松慨然而往,替他夺回了黑道地盘,还和他结为兄弟,从此,英雄和恶霸,兄弟情深。

武松和张青、孙二娘夫妇以及施恩这样的黑道人物、地方恶霸相结交,在水浒世界里是并不被看作违背英雄信条的,因为后者虽然祸害众生,但他们都好赖会几手拳脚,又对武松十分相敬,大家都属于好汉这一级别,于是自然就"四海之内皆兄弟"了。这就是武松的"义"的重要构成,也是水浒世界的"义"的重要构成,这也就是中国旧时社会的"江湖义气"。对此种"义"究竟该如何看待,这就留给列位看官去评说。

现在再要说的是武松的快意恩仇。

什么叫快意恩仇,就是有恩报恩,有仇报仇,这被视为好汉们行事的绝对信条,而无须经过理性、良知的拷问。

　　武松是从斗杀西门庆开始他的复仇与报恩行动的：为给无辜被害死的兄长申冤，武松痛下辣手诛杀潘金莲、西门庆，这是报仇；然后，在他被押往东平府申请发落的上路前，取了十二三两银子送给郓哥的老爹，因为此前他叫乔郓哥帮同打官司时，曾许下给郓哥十几两银子做本钱，这是报恩——列位看官须知武松此时并不宽裕，在他投案前，曾委托四邻变卖家中一应物件（当是指武大郎那点不多的家产，估计也卖不了几个钱）作随衙用度之资，现在要上府城听候最终发落，更是处处需要用钱，在这种自顾不暇的情况下，武二郎还能不忘对一个小孩子的许诺，这是他作为一个顶天立地的好汉的难能之处（这种事列位看官是万万不要指望李忠、周通辈能做到的）。

　　此后武松的人生之旅，就更成了报恩与复仇的双重变奏：发配到孟州城安平寨，吃了施恩几顿酒肉，就去替他平了蒋门神；张都监赞他两声“大丈夫”“男子汉”“英雄无敌”，要收他做亲随体己人，就跪下称谢道：“小人是个牢城营内囚徒。若蒙恩相抬举，小人当以执鞭随镫，伏侍恩相。”武松是真心感激张都监的“抬举”的，张都监设下圈套，使人诈喊“有贼”时，武松立即做出反应：“都监相公如此爱我，他后堂内里有贼，我如何不去救护。”这是何等的忠心耿耿！简直要让人替张都监的因愚蠢而失一人才而惋惜了。

但是勇烈的武松一旦复仇，那也是彻底血腥：大闹飞云浦，一举诛杀两个公人、两个杀手；而后折返鸳鸯楼，杀马夫、杀丫鬟、杀张都监、杀张团练、杀蒋门神、杀亲随、杀张都监夫人、杀张都监儿女、杀张都监养媳……月光里，烛影中，刀光霍霍，腰刀砍缺了口，再换朴刀，杀，杀，杀，走出中堂，闩了前门，折返回来，再寻着了——不是撞着了——两三个妇女，都搠死在房中。

就这样，武松郁积的愤怒终被漫天血雨所冲刷，而在这怒焰冲天的杀戮的背后，正是血祭的快意——恩情应铭心，仇恨也同样要入骨，在复仇的血腥杀戮中，获得了生命尊严强烈的自我认定的快感，便如武松连杀十五人后所说："我方才心满意足"，这正是"快意"二字的最好注脚。

于是有十几人——多是女人、儿童——成了英雄义侠武松刀下的冤魂。容与堂本在"又入来，寻着两三个妇女，也都搠死了在房里"句旁，批了个字："恶！"又批曰："只合杀三个正身，其余都是多杀的。"（李卓吾毕竟是李卓吾，这里的基本是非分得很清楚。金圣叹只着眼于文笔，批道"绝妙好辞"，显然逊色不少）夏志清先生在《中国古典小说导论》里干脆将此时乱砍乱杀的武松称为被恶魔驱使的代表。

也许这种评价会让列位看官中喜爱尊崇武松的某些朋友难堪，但遗憾的是这是事实。水浒世界里奉行快意恩仇的也

不是武松一人，实际上整个梁山大寨就是如此，试看一部
《水浒》中，举凡梁山好汉的对头，如清风寨、扈家庄、祝
家庄、高唐州、青州、华州、大名府、曾头市、东平府，一
旦破了庄园和城镇，对庄主、太守及他们的将佐，哪一次不
是"老少悉数不留"、满门尽灭！（前后只逃脱了扈成、梁
中书、梁夫人，还有一个被双枪将董平强霸去的东平府太守
程万里的女儿）。宋江攻破祝家庄后，还一度与吴用商议要
尽屠祝家庄，总算石秀因曾得钟离老人之助而求情，全庄才
免了灭顶之灾。

　　但是梁山好汉的故事，包括他们这些大肆屠灭的壮举，
却一直被传颂着，如清人金圣叹在批点血溅鸳鸯楼这段时，
在旁一再批上"杀第一个""杀第二个""杀第三个""杀
第七个""杀第八个""杀第十一，十二个""杀十三个，
十四个，十五个"，通过这些批语，似乎可以看到他好像一
直在得意扬扬地替武松掰着手指头数着，直到最后，在
"武松道：'我方才心满意足，走了罢休'"句中"我方才
心满意足"旁，又批上："六字绝妙好辞！"心态之失衡，
乃至于此！

　　但这就是中国历史上的国民性的一个不可忽视的侧面。
无论是"完美"的武松的快意恩仇，还是金圣叹的大唱赞
歌，以及血溅鸳鸯楼故事的被久远传颂等背后，都有值得现
代中国人深长思之的地方。它实在应被现代每一个中国人深

刻地反省。［参看"匪魂话题（上）"之"快意恩仇"］

吴用的地位与品位

吴（无？）用，其实是水泊梁山最有用的人。

中国有句老话，叫"秀才造反，三年不成"，这话的意思其实是说秀才领头造反三年不成，并不是说秀才在造反队伍中毫无用处。

为什么很少见秀才领头造反？萨孟武先生在《水浒与中国社会》中开篇便说道：

> 在中国历史上，有争夺帝位的野心者不外两种人，一是豪族，如杨坚、李世民等是。二是流氓，如刘邦、朱元璋等是。此盖豪族有所凭借，便于取得权力，流氓无所顾忌，勇于冒险。

这话说得是。豪族造反这且不说，单说这流氓一类草莽人物的造反，除了刘邦、朱元璋外，其实还大有人在，例如五代十国时期，南北十几个开国君主连带他们的从龙将佐，有过偷鸡摸狗、放火打劫、贩卖私盐前科的可说比比皆是，那时真称得上是流氓的黄金时代。那么为什么中国历史上有这为数不少的流氓成了气候，而同样没有背景的文人却不行？其实道理很简单，那些有担当的流氓不像文人，满脑子忠孝节义，性格保守，行事又框框过多，他们豪爽豁达，敢于铤而走险，所以天下大乱时往往能应运而起。

这个历史的奥秘早在《史记·高祖本纪》中便已揭示：在陈胜、吴广起兵天下汹汹之际，沛县子弟也怂恿县令"反正"，并与因私放刑徒、斩白蛇而拉了一支绺子在外流窜的刘邦取得了联络。可这沛县令答应后旋即反悔，关闭城门，搜拿图谋造反分子。这时刘邦闻讯带人来到城下，威胁城中说如果城里人不杀了县令起兵，等他刘邦攻进城去那可就要挨家灭门。于是沛县父老率子弟杀了县令，造反遂成定局。但是谁来挑头呢？有人把目光投向了萧何、曹参——他们后来成了中国历史上第一流的宰相，也应该是万中无一的杰出人才吧，可是他们却无法担当起这历史的使命，"萧、曹等皆文吏，自爱，恐事不就，后秦族其家，尽让刘季（即刘邦）"。他们是文吏，害怕事情如果不成，秦廷灭他们的族，于是，这支逐鹿天下的队伍的大旗上就飘扬起了大大的"刘"字，而不是"萧"或"曹"，历史重任便落在了刘邦这个充满传奇色彩的流氓身上。

这就是历史的宿命。文人也不是没有梦想，但他们的梦想是最上者为帝王师，退而求其次为帝王友，再退而求其次为帝王臣。他们称不了王，只能为佐贰，但他们也很重要，他们无胆也无力去独力破坏，但出谋划策及建设新秩序却也离不开他们。所以历代聪明的流氓也懂得礼贤下士那一套，需要文人在他们的世界里扮演重要角色。

水泊梁山这个鱼龙混杂的反政府武装，同样也离不开吴用。吴用坐不了梁山第一把交椅，他个人的威望不及原东溪村的准黑社会头子托塔天王晁盖，更不及名动江湖的孝义黑三郎及时雨宋江，靠他个人的号召力是不足以缔造梁山泊的，但是可有一样，梁山大寨可以没有白胜，没有王矮虎，甚至鲁智深、武松或关胜、秦明、呼延灼中少一个也无妨，但是不能没有吴用。

吴用在水浒世界里是智慧的化身，地位近于诸葛亮，重要性近于诸葛亮，在一般民众的心中，他其实就是水浒版的诸葛亮吧？

但现在要问的是，在中国民众的精神世界里，《水浒》中的吴用能否比得上《三国》中的诸葛亮？

恐怕不能。也许还可以说，是远远比不上。

原因何在？

首先，应说吴用的智慧，感觉上不及诸葛亮。这句话的意思并不是说吴用跟诸葛亮较量过，输给了诸葛亮，而是说《水浒传》对谋略的描写相对来说是简单化的。《三国演义》展现出的是一个猛将如云、谋臣如雨的喧嚣壮伟的历史大动荡时代，这个时代称得上英杰辈出。《三国》告诉我们在这个时代，除了诸葛亮用兵如神以外，还有很多运筹帷幄决胜千里的智谋之士，如郭嘉，如周瑜，如庞统，如司马懿，等等，等等。诸葛亮的才华和智慧就是在和杰出对手的碰撞中闪出耀眼的光华的。如比较经典的诸葛亮智算华容一段，诸葛亮和戎马倥偬老于用兵的曹操推算对方的军事谋略，双方对对方的用兵方略和决策心理展开一层层逻辑推理，最后诸葛亮在这场智慧的较量中技胜一筹，使对手落入彀中（《孙子兵法》中所谓"得算多也"）。这样充满了深刻的辩证法和对策论思想的笔墨，无疑给人留下了深刻印象，给人以智慧的启迪。但是这样精彩的谋略描写《水浒》中有吗？显然没有。水浒世界里的吴用是全无对手的。这句话的意思还不是说对手都不及他，而是说扮演他的对手角色的人根本就没有。只要他竖起两个指头，说出一番计谋，对手保证就会乖乖上套，听凭梁山人马痛揍，这也未免太简单化了，很难给人留下什么深刻印象。吴用的计谋中真正可圈可点的大概也只有智取生辰纲吧！

而且吴用谋略的品位也远不及诸葛亮，行事时常不择手段。为了逼朱全上山，竟和宋江定下计策，让李逵活活劈死四岁的小衙内。这手段正与宋江屠灭一村来逼反秦明相似，残忍毒辣全无人性；又如为了强拉卢俊义上山，就去骗卢俊义题反诗，又对卢的管家李固谎称卢已立意上山造反，唆使李固去出首，险些害了卢俊义的性命，这恐怕也只能用阴险二字形容。总之，吴用使的尽是些典型的流寇手段，能成什么气候？或许这些怪不得那个子虚乌有的吴用，怪只该怪作者计谋描写的低劣。无论怎样，《三国》是不会把这些写到诸葛亮身上的，我等也难以这样想象。

吴用的品位低于诸葛亮，也许还有一个更重要的因素，那就是，在《三国》中，诸葛亮一方面是智慧的化身，但同时，他还是个知其不可为而为之的抗争天命的悲剧英雄。诸葛亮为了报答刘备三顾茅庐的知遇之恩，更为了兴汉灭曹的正义事业，一生以欲凭只手将天补、鬼神泣壮烈的奋斗，来与强大的天命做悲壮的抗争。正是在这种奋斗与抗争中，恢宏了生命主体的尊严与伟大，寄托了一代又一代仁人志士的心愿与向往。《三国》写诸葛亮，颇多动情、感人之笔，如秋风五丈原：

> 孔明强支病体，令左右扶上小车，出寨遍观各营，自觉秋风吹面，彻骨生寒，乃长叹曰："再不能临阵讨贼矣！悠悠苍天，曷此其极！"（《三国演义》第一百零四回）

这种悲怆情调，数百年来不知令多少人为之深深感动，为之泣下，《三国》中的诸葛亮实有一种感人至深的人格魅力。而这些正是《水浒》中的吴用，以及后来作品中的徐懋功、刘伯温这一军师系列形象所没有的。

因此可以说，《水浒》中的吴用，虽是个重要角色，但只能看作一个单向度的类型人物。

赤条条来去无牵挂

在《红楼梦》第二十二回里，宝钗点了一出戏，对戏中的一曲《寄生草》激赏不已：

> 漫揾英雄泪，相离处士家。谢慈悲剃度在莲台下。没缘法转眼分离乍。赤条条来去无牵挂。那里讨烟蓑雨笠卷单行，一任俺芒鞋破钵随缘化！

曲词慷慨悲凉，曲中那"赤条条来去无牵挂""一任俺芒鞋破钵随缘化"的人物，便是梁山好汉花和尚鲁智深，这出戏是《鲁智深醉闹五台山》。

花和尚鲁智深是一部《水浒》中最具光彩的好汉。

不说是"最具光彩的好汉之一"，而只说是"最具光彩的好汉"，是因为以在下的眼光来看，鲁智深是水浒世界里唯一一个真正具有侠义精神的人。

换一句话来说，如果拿金庸、梁羽生笔下的武侠人物的行事作衡量标准，那么在水泊梁山一百单八将中鲁智深是唯一可以入选新派武侠小说的人物。

再换一句话来说，就是：鲁智深是一百零八人中唯一带给我们纯粹光明和温暖的人物。

在第二回中，鲁智深，准确一点说那时还应叫鲁达，一出场便是"大踏步"地走来。仅这"大踏步"三字，就已预显出此人一生的慷慨磊落。果然，从他的身影在水浒世界里出现以后，从打死镇关西，到大闹野猪林，一路散发着奋身忘我的精神：在酒楼上一听到金氏父女的哭诉，便立即对李忠、史进道："你两个且在这里，等洒家去打死那厮便来。"被两人一把抱住好歹劝住后，又慷慨资助金氏父女，当晚回到住处，"晚饭也不吃，气愤愤的睡了"，这种人间鬼蜮的龌龊行径在他那慷慨鲁莽而又阔大的心地里无疑激起了如火的义愤（这种义愤在其他好汉身上并不多见甚至可以说十分少见，他们更多的是一己的快意恩仇），终于，他愤然而往，打死镇关西，从此踏上亡命之旅，上演了一出出如火如荼的壮剧；直到上了梁山，去少华山欲与史进等人会合时，一旦闻听史进被华州太守捉入狱，又立即不顾武松等劝阻，毅然孤身深入险地去行刺，以致身陷囹圄。这就是鲁智深，他所奋身干预的事情，没有一件和他切身相关，关涉他个人利害，而他无不慷慨赴之，这才是十足烈火真金的路见不平拔刀相助，也难怪，金圣叹评鲁智深为一百单八将中上上人物，又道：

> 写鲁达为人处，一片热血直喷出来，令人读之深愧虚生世上，不曾为人出力。

前文已经点赞了这一点赞。又如台湾学者乐蘅军先生在《梁山泊的缔造与幻灭》一文里说到了鲁智深，有一段话，饱含着感情，说道：

> 鲁智深原来是一百零八人里唯一真正带给我们光明和温暖的人物。从他一出场不幸打杀郑屠，直到大闹野猪林，他一路散发着奋身忘我的热情。……他正义的赫怒，往往狙灭了罪恶（例如郑屠之死，瓦罐寺之焚），在他慷慨胸襟中，我们时感一己小利的局促（如李忠之卖药和送行）和丑陋（如小霸王周通的抢亲），在他磊落的行止下，使我们对人性生出真纯的信赖（如对智真长老总坦认过失，如和金翠莲可以相对久处而无避忌，如梁山上见着林冲便动问"阿嫂信息"，这是如武松者所不肯，如李逵者所不能的），而超出一切之上的，水浒赋给梁山人物的唯一的殊荣，是鲁智深那种最充分的人心。在渭州为了等候金老父女安全远去，鲁智深寻思着坐守了两个时辰；在桃花村痛打了小霸王周通后，他劝周通不要坏了刘太公养老送终、承继香火的事，"教他老人家失所"；在瓦罐寺，面对一群褴褛而自私可厌的

老和尚，虽然饥肠如焚，但在听说他们三天未食，就即刻撇下一锅热粥，再不吃它——这对人类苦难情状真诚入微的体悟，是《水浒》中真正用感觉来写的句子。这些琐细的动作，像是一阵和煦的微风熨帖地吹拂过受苦者的灼痛，这种幽微的用心，像毫光一样映照着鲁智深巨大身影，让我们看见他额上广慈的觳皱。这一种救世的怜悯，原本是缔造梁山泊的初始的动机，较之后来宋江大慈善家式的"仗义疏财"，鲁智深这种隐而不显的举动，才更触动了人心。水浒其实已经把最珍惜的笔单独保留给鲁智深了，每当他"大踏步"而来时，就有一种大无畏的信心，人间保姆的呵护，笼罩着我们。……①

是的，每当鲁智深大踏步而来时，"就有一种大无畏的信心，人间保姆的呵护，笼罩着我们"，这话说得真好。还有一节，乐先生没有说明的是，花和尚虽疾恶如仇，却从无李逵两把板斧排头砍倒一片百姓的凶残，也没有武松鸳鸯楼连杀十五人的血腥，在他"禅杖打开生死路，戒刀杀尽不平人"的个人行侠旅程里，从没见他的禅杖挥向无辜弱小，这在梁山众好汉中也属罕见。总之，这是水浒世界里唯一一

---

① 乐蘅军《梁山泊的缔造与幻灭——论水浒的悲剧嘲弄》，见乐氏《古典小说散论》，67—69页，（台北）纯文学出版社，1976年。

个真正具有纯正侠者胸怀的好汉，如果水浒世界里少了鲁智深，那么它在品格上将是一大降低。

但是这里接下来要说的是，鲁智深形象在后来被接受的过程中，发生了作者始料不及的变化。

就是在后来一些人心中，出现了一个文化化的鲁智深，哲学化的鲁智深，再准确点说，就是狂禅化的鲁智深。

说到狂禅，这是个大题目，不是三言两语能说清的，在下这里只能粗略地说一下：狂禅是由南宗禅发展而来的，禅宗中土六祖惠能倡直指人心、见性成佛之说，认为人能成佛的根由全在自心，即心即佛，佛性就在你我心中，一旦明心见性，悟了，那就是成佛了，什么拜佛祖、菩萨、观音之类，什么持戒、禁欲、坐禅之类，统统可以免去，只要一心能顿悟，那便成。由这种想法再跨出一步，自然便是反对一切清规戒律、反对一切偶像崇拜，有不少禅师的行事便成了这方面的"光辉典范"：

如有位圆悟禅师，爱鼓吹"手把猪头，口诵净戒，趁出淫房，为还酒债，十字街头，解开布袋"的"事事无碍如意自在"论，只要心中有佛性，啃猪头、逛妓院都不是什么大问题，甚至根本就不是问题。

还有位酒仙遇贤禅师没别的正经修行，成天就喝酒，醉了就唱，唱的一首偈子说："……醉卧绿杨阴下，起来强说真如。……一六二六，其事已足。一九二九，我要吃酒。……只要吃些酒子，所以倒卧街路。死后却产婆娑，不愿超生净土。何以故？西方净土，且无酒酤。"（《五灯会元》卷八）看，多潇洒，没酒喝就不行，西方净土也不去。

又有位嵩岳元珪禅师讲过："若能无心于万物，则罗欲不为淫，福淫祸善不为盗，滥误疑混不为杀，先后违天不为妄，惽荒颠倒不为醉，是谓无心也。无心则无戒，无戒则无心。"（《指月录》卷六）只要"无心则无戒"，什么事儿甚至世俗意义上的恶事都可以干。

总之，什么清规戒律一概不理，简单一点说，就叫作："酒肉穿肠过，佛祖心中留。"其实能有"佛祖心中留"这就算客气的啦，不少禅师连佛祖都不要了。不光是佛祖，连带什么菩萨、观音、罗汉、达摩等通通滚蛋，有位德山宣鉴禅师一把火烧了经卷后坐在孤峰顶上放言大骂：

> 达摩是老骚胡，释迦老子是干屎橛，文殊菩萨是担屎汉，等觉妙觉是破执凡夫，菩提涅槃是系驴橛，十二分教是鬼神簿、拭疮疣纸……（《五灯会元》卷七）

德山宣鉴禅师经这一番"壮举"后名头大响，此后的禅师种种呵佛骂祖的事儿也都跟上，有的禅师拿佛像来烧火取暖，有的禅师说当年如见到佛祖就一棒打死喂狗，有的叫喊说要让文殊、普贤菩萨扫床叠被，有的干脆就宣称，要

"见佛杀佛，见祖杀祖，见罗汉杀罗汉"……

反对任何清规戒律，反对任何偶像崇拜，率情任性，惊世骇俗。

这些就是狂禅。

这一狂，所有的外在束缚全没有了，心灵达到了空前的解放，生命达到了一种极致的自由。

明白了这些，也就明白了为什么有的人从鲁智深身上读到了狂禅意趣。《水浒》中的鲁智深饮酒吃肉，杀人放火，不受任何约束而终成正果，这正深合狂禅的精神，尤其是他大闹五台山那段，在人们眼中已成了一个渴望自由、张扬生命而寻求解脱的象征。

另外，《水浒》中的一些叙述，确实也提供了和狂禅联想到一起的思路，如第五十七回中，有一首鲁智深的出场诗：

自从落发寓禅林，万里曾将壮士寻。
臂负千斤扛鼎力，天生一片杀人心。
欺佛祖，喝观音，戒刀禅杖冷森森。
不看经卷花和尚，酒肉沙门鲁智深。

第九十回，宋江和鲁智深来见智真长老，长老一见鲁智深便道："徒弟一去数年，杀人放火不易。"鲁智深默然无言。

第一百十九回，鲁智深杭州六合寺坐化前，作偈道："平生不修善果，只爱杀人放火。忽地顿开金绳，这里扯断玉锁。咦！钱塘江上潮信来，今日方知我是我。"

最有意思的是第五十八回，宋江与鲁智深第一次相见时道："江湖上义士，甚称吾师清德，今日得识慈颜，平生甚幸。""清德""慈颜"云云，用在杀人放火的鲁智深身上未免可笑，这固然可以理解为此处是宋江顺口掉文，但结合上引几段来看，说作者此处是有意嘲谑调侃也未尝不可，再进一步，从中读出狂禅意趣也未尝不可。

明代中后期的思想家李卓吾，就是从鲁智深故事读出狂禅精神的文化名流的代表。在容与堂本《水浒传》的批语里，他对花和尚的赞扬可说无以复加，称鲁智深为"仁人、智人、勇人、圣人、神人、菩萨、罗汉、佛"，对他的使气任性赞不绝口："此回文字（指大闹五台山）分明是个成佛作祖图。若是那般闭眼合掌的和尚，绝无成佛之理，外面尽好看，佛性反无一些，如鲁智深吃酒打人，无所不为，无所不做，佛性反是完全的，所以到底成了正果。"在"鲁智深大闹五台山"一回中，凡书中写到鲁智深狂喝酒、猛打人、骂和尚、吃狗肉、打折山亭、毁倒金刚、大呕吐等行为之处，李卓吾都连连在旁批上"佛"字，就连写到鲁智深赤着脚一道烟走到佛殿后撒屎时，李卓吾也照样毫不吝啬地在此批送了两个"佛"字，在这一回里，李和尚（李卓吾自称）前后奉送给花和尚的"佛"字，大约不下几十个，一句话："率性不拘小节，是成佛作祖根基。"

又如《红楼梦》中的宝钗，她对本节开头引的那支《寄生草》甚为欣赏，赞它"极妙"，那么这位大家闺秀欣赏的是什么呢？肯定不是吃了半条狗腿、连喝十数碗酒、露出一身花绣、使一回拳脚、打得满堂僧众差点卷堂大散这类行为本身。那么又是什么？就是上面所说的这种狂放行为背后的那种不为任何外物所限、发露真性情的狂禅精神，是一种生命的奔放与飞扬。也许宝钗这端凝持重的大家闺秀的内心底层，同样流动着对这生命的飞扬自由的赞叹与渴望吧？其实何止是宝钗，这种醉闹五台山、赤条条来去无牵挂背后的冲决网罗的狂放与解脱，召唤的其实也正是随世俯仰的红尘众生心底，一种对生命自由的永远的梦想与追求。

六　奸雄话题

　　说《水浒》，几百年来说得最热闹的是宋江。

　　晚明著名异端思想家李卓吾，大赞先造反后招安的宋江是忠义之士、英雄楷模；而清初怪才金圣叹，却又把宋江骂得狗血喷头，说他阴险狡诈，是不折不扣、十恶不赦的强盗头子。

　　到了现代，宋江一忽如坐了升空气球，是"农民起义雄才大略的领袖"，一忽又被打翻地上，踏上一只脚，成了地主阶级的野心家，瓦解农民革命的蛀虫，封建皇权的卫道士，赵宋王朝的忠实走狗，鹰犬，刽子手……一夜之间身价如从喜马拉雅山主峰狂跌至马里亚纳海沟沟底。后来又有人出来说了，不同的《水浒》，里面的宋江也不同，金圣叹评改的70回本里的宋江，那确实就是放射着万道金光的农民革命的领袖，除此以外，其他有排座次以后受招安、征方腊等情节的《水浒》里的宋江，通通都是坏货，是"叛徒、特务、战犯三合一"。

一个宋江，几百年来，身价倏而狂涨，倏而暴跌，这种现象本身就很耐人寻味，值得在下和列位看官好好探讨。

那么，为什么几百年来对宋江的毁誉差别如此之大？

大 分 裂

其实这也不奇怪，《水浒传》中的宋江确实非常难分说。

还不要说宋江的整个人物形象，就是他的一些局部的具体的作为，也让人很不好解释。比如，随便举一个例子，第四十一回说到，众好汉江州劫法场、智取无为军后，分五起向梁山进发。宋江、晁盖、戴宗、花荣、李逵先行，路经一处黄门山，只听得一声锣响，三五百喽啰拥出四条好汉，正是欧鹏、蒋敬、马麟、陶宗旺四人，拦住去路，指名要留下宋江。既然几个强人指名叫阵了，这时宋江就该有所反应，而书中的宋江也果然有反应了，只见：

> 宋江听得，便挺身出去，跪在地下，说道："小可宋江被人陷害，冤屈无伸，今得四方豪杰救了性命，小可不知在何处触犯了四位英雄，万望高抬贵手，饶恕残生。"

真是尿得不成体统。不要说武松、鲁智深、阮氏兄弟这些响当当的汉子，就是个寻常喽啰也不该如此脓包。下山拦路的四条好汉，后来在梁山泊中也就是二三流的人物，这边现摆着有花荣的神箭和枪法，再加上李逵这个杀人魔王的两把板斧，晁盖的武艺也还过得去。对付他们，谅已足够，即使稍有不济，后面还有二十几位好汉将带着一干人马陆续赶到，有何必要跪地哀求做此丑态？再说宋江这扑通一跪，又置晁盖、花荣等跟随在旁相护的朋友于何地？难道这几位名动江湖的朋友，都是些木雕泥塑、吃闲饭的饭桶？（而书中宋江同行的几个朋友，包括沾火星就爆的李逵，在这个过程中，也果真如木雕泥塑，就看着宋江跪下去哀求，不发一言，毫无举动。）

这段叙述就很怪，要说作者这里是存心要在宋江的鼻子上抹一道白粉，似乎没这个道理；要说作者没安这份心，宋江又确实给写成了这副不堪的德行。

可能合理的解释是，这里作者本打算是给宋江镀金的，是想说宋江一人做事一人当（所以用了"挺身出去"一语），也算有种，但行文火候欠佳，一道小菜给烧煳了。

问题就在这里。稍稍细心地翻一遍《水浒》，就不难发现，书中这种因叙事技术处理不当带来的毛病，实在多的是：

一方面，说宋江"于家大孝"，"人皆称他孝义黑三郎"，是地方上的道德模范；一方面，却又见宋江预先让他父亲"告了他忤逆",脱离父子关系。这还不算,宋江又在老父家中的佛堂下面挖了地窖。这样一来,一旦犯了事,既不至于牵连家里,又有一个藏身所在。这就怪了,列位看官中有哪位朋友听说过一个安分守己的良民、一个老实巴交的孝子会净转这种花花肠子?

又如,一方面,把宋江说成天下闻名领袖群雄的豪杰,一方面,又时不时说到他的一些给"好汉"二字抹黑的丢人现眼的举动(如上举的例子)。

再如,一方面,说宋江"更兼爱习枪棒,学得武艺多般",一方面又让大家看到,宋江几次面临宰割时,几乎从不做最起码的挣扎自卫,唯一会做的就是像兔子一样惊惶逃窜或苦苦哀求。

一方面,说晁盖、宋江兄弟情深,一方面又有很多情节,让人疑心宋江大奸巨猾,蓄谋架空晁盖。

……

在这本小书的第一篇"'水'边话题"里,在下就已说过,《水浒传》的作者,并不是像人们通常想当然地认为的那样,是屈原、李白、杜甫级的伟大作家,他的文学功底其实并不如何高明,书中不那么伟大、不那么高明的笔墨颇多。宋江这号核心人物给描画得有这么多这么大的毛病,就是一个明显的例子。书中种种由于技术处理不当造成的人物形象的分裂,给后人分析评说宋江,带来了极大的麻烦。

现在在下要开说宋江，当然也要面对这些麻烦，首先就要解决的是一个阐释立场的问题：如果话说宋江只能以几百年前那个水浒故事的最初编辑者的本意为标准，那么在下其实没多少事可做，只要对列位说一句："作者是想把宋江写成一个英雄人物，一个正面形象，但没写好，写出了很多毛病。"然后就可以卷地收摊儿了。但是，如果换一种立场，即干脆不管那个《水浒》最初编辑者的本意如何，就是就文本说文本，将《水浒》当作政治寓言来解读，也许会别有一番发现。这种做法，近于美国学者罗蒂(Richard Rorty)所鼓吹的"使用"文本①，也未必就不合文学阐释的游戏规则。很多海外学者研究《水浒》的文章，走的都是这个路子。那么在下这里便效颦一回，来个漫说宋江何如？在下姑妄言之，姑妄言之，那么就请列位姑妄听之，姑妄听之，如何？

在下要漫说的第一句便是：宋江是个奸雄，是个比曹操小一号的乱世奸雄。

宋江的声望问题

明代有位托名天都外臣的人物，在为一种版本的《水浒

---

① 参读《诠释与过度诠释》，14—16页，艾柯等著，王宇根译，三联书店，1997年4月。

传》作的序中说：

> 吴军师善运筹，公孙道人明占候，柴王孙广结纳，三妇能摄甲胄作娘子军，卢俊义以下，俱鸷发枭雄，跳梁跋扈。而江以一人主之，始终如一。夫以一人而能主众人，此一人者，必非庸众人也。

这话说到了要害所在。水泊梁山，什么样的人都有，有时迁、白胜之流的鼠窃狗偷，有关胜、呼延灼这样的朝廷名将，有鲁智深、武松一类的老江湖，还有柴进这种金枝玉叶，个个非同等闲，这些人论本事，吴用老谋深算，公孙胜呼风唤雨，其他身怀绝技、身手不凡之辈也是要多少有多少，有的人即使本事平平，也照样嚣张跋扈，如"天底下老爷只让两个人"的石将军石勇，总之，个个都不是省油的灯，但怪就怪在，他们都服宋江。

此中奥妙何在？

要想明白宋江为什么能成事，最好多拿他和其他人做些比较，在可能成为领袖这一点上，与他最可一比的，是晁盖和柴进。另外，宋江后来的副手，卢俊义也可拿来一比。

那就先说晁盖。

长短话晁盖

晁盖的身份挺特殊，表面上他是村落领袖、富裕乡绅，实际上却是一方豪强、"准"黑社会首领。

晁盖身为东溪村里正，薄有家财，同时又如刘唐所说"曾见山东、河北做私商的，多曾来投奔哥哥"，说明晁盖暗地里也做些不法勾当，坐地分赃之类只怕也是有的。因此晁盖手面儿虽不能像柴进那么阔，但也足够使他为自己在江湖上赢得了仗义疏财之名。所以刘唐、公孙胜这些流荡江湖的人物，一听说大名府那边有十万贯金珠启程押送东京，马上想到要来东溪村将这套富贵送与晁盖。接下来准备打劫生辰纲，晁盖、吴用、公孙胜、刘唐、阮氏兄弟等七好汉结盟聚义，晁盖坐了第一把交椅。此后，劫案事发，七好汉上山通同林冲火并王伦后，晁盖更是长期担任水泊梁山大寨主。

但名义上的山寨寨主、一把手，并不等于事实上的好汉领袖。实际上，等到众好汉江州劫法场将宋江迎上山后，大寨的权力中心便开始悄悄转移，山寨上贯彻的完全是宋江的权力意志。

那么为什么会是如此，这就要从晁盖的为人长短说起。

先说晁盖这人的长处。

头一条，就是他作为江湖老大，为人重义。尤其是对宋江，江州劫法场之役，晁盖亲自带队，梁山泊头领几乎倾巢出动，远征江州，真是不惜血本；宋江上山后，回郓城迎取老父，晁盖先派戴宗下山打探，再亲自带六个头领来接应，闻听宋江有危险，便教戴宗上山传令，只留下吴用等几个头领守山，其余共三十余个头领，既包括花荣、秦明这样的军官，也包括萧让、金大坚这种其实并不以武技见长的书生型的好汉，都全部出动，再一次不惜血本来迎宋江，这份义气，真是无可挑剔。

除此以外，这里要说的是，晁盖还有超出一般江湖义气的特有的温厚。

有两个典型事例。

一是救白胜。若拿后世武侠小说的标准，白胜做好汉，根本不合格，首先没听说白胜有什么超凡的武艺，只是一个"闲汉""赌客"，其次，公人从白胜家中搜出赃物，白胜吓得"面如土色"，被拿后，终于熬不过拷打，招认了曾伙同晁盖打劫，在义气上，不能说没有欠缺。但晁盖这个江湖老大并不计较，做了梁山寨主，却还惦着当初合伙做事的这个小角色："白胜陷在济州大牢里，我们必须要去救他出来。"吴用也果然遵命设法救了白胜上山。

与此恰成对照的是宋江对唐牛儿的态度。第二十一回，宋江怒杀阎婆惜，被阎婆骗到县里扭住，全靠卖糟腌的唐牛儿，拆开阎婆的手，宋江才得以逃脱。于是唐牛儿便替宋江顶了缸，被捉拿，被拷打，被刺配，此后却没听说仗义疏财、江湖人称颂不已的宋江设法解救唐牛儿，让这个为自己担了多少委屈的小人物，也上梁山大碗喝酒大块吃肉地享享福。也许是因唐牛儿只是个卖糟腌的，不够好汉级别，没有营救价值？还是因事关宋江杀惜这个有桃色背景的血案？血案的背后，有宋江被同僚戴绿帽的丑闻，这样的事，在厌烦女色的众好汉眼里，尤为不体面，大家不提不想最好，没必要还特地救了唐牛儿上山，让他到山上多口，有损领袖形象。

另一个能说明晁盖温厚的事例是，第二十回中，林冲火并了王伦，晁盖做了梁山寨主，又大败来征讨的官军后，众头领正饮宴庆贺时，忽有喽啰来报，有数十客商山下经过，于是三阮、刘唐下山去打劫，这时，晁盖特为叮嘱道："只可善取金帛财物，且不可伤害客商性命。"打劫成功，小喽啰上山报喜，晁盖又问："不曾杀人么？"喽啰回报不曾，晁盖便"大喜"，说道："我等初到山寨，不可伤害于人。"虽说打劫客商，和后来梁山屡屡标榜的只杀贪官不劫客商并不一致，但晁盖对此再三动问，可见晁盖是真心不想伤害客商性命。这很难得，不要忘了，第五回中，桃花山的李忠、周通劫杀客商，"有那走得迟的，尽被搠死七八个"，毫不手软。第十一回中，为人正直的林冲，为了在梁山容身，也一度下山，准备劫杀行人做"投名状"，一个为杨志挑担的庄客，就差点成了林冲刀下的冤魂。

但是温厚可以看作常人的美德，却是政治人物的短处。封建时代的政治讲究的是脸厚心黑，必得如宋江那样为达目的不惜心狠手辣（如为拉秦明下水，将青州城外一村百姓尽数屠灭），方能成气候。

更何况晁盖的为人，还有明显的几短，一是行事有些婆婆妈妈，不够果决，二是幼稚，再有就是粗心大意。

第一个最典型的事例，是生辰纲事发，宋江担着血海也似的干系通风报信后晁盖的表现。晁盖从得到消息，到官军来搜捕，当有足够的反应时间：何观察带着公文来到郓城县时，是"巳牌时分"，即上午九点到十一点，宋江从何观察那里得到消息，飞马报信，"没半个时辰，早到晁盖庄上"。宋江报信后回返，禀报县令后又提议："日间去，只怕走了消息，只可差人就夜去捉。"所以待到朱仝、雷横到尉司点了马步弓手及一百士兵，再向东溪村进发，到村里观音庵时，"已是一更天气"，约为晚八点左右了。朱、雷二人都是晁盖的朋友，他们消极怠工，带人磨磨蹭蹭走到晁家庄时，按情理，晁盖一伙早该一道烟走得无影无踪才对，可书中却道：

　　朱仝那时到庄后时，兀自晁盖收拾未了。

行事如此效率，未免可叹。晁盖得信后，已经让吴用、刘唐带着五六个庄客，将生辰纲打劫来的金珠宝贝挑走，投奔阮氏兄弟，剩下的家财，再多也有限得紧——晁盖不过是小小的里正，豪富不到哪去。可是从中午到入夜，大半日过去，官军来时，晁盖竟还在收拾，如果不是朱仝义气，设法私放了他们，真不知还能不能有后面轰轰烈烈的梁山故事。

晁盖的另一弱点是幼稚，晁盖能坐了水泊梁山第一把交椅，完全是吴用推动的结果，自己全无主张。生辰纲事发，宋江报知官府将要来擒捉后：

> 晁盖问吴用道："我们事在危急，却是怎地解救？"
>
> 吴学究道："兄长不须商议，'三十六计，走为上计'。"
>
> 晁盖道："却才宋押司也教我们走为上计，却是走那里去好？"
>
> 吴用道："我已寻思在肚里了。如今我们收拾五七担挑了，一径都走奔石碣村三阮家里去。今急遣一人，先与他弟兄说知。"
>
> 晁盖道："三阮是个打鱼人家，如何安得我等许多人？"

吴用道："兄长，你好不精细！石碣村那里一步步近去，便是梁山泊。如今山寨里好生兴旺，官军捕盗，不敢正眼看他。若是赶得紧，我们一发入了伙。"

晁盖道："这一论极是上策，只恐怕他们不肯收留我们。"

吴用道："我等有的是金银，送献些与他，便入伙了。"

晁数问，吴数答，活画出晁盖的无谋和吴用的老谋深算。事发后晁盖问"事在危急怎地解救"，莫不是说晁盖当初领头做下这桩弥天大案后，却从来没考虑过退路？吴用先说出到石碣村三阮家中，晁盖却还不明白，担心打鱼人家如何安得许多人，吴用只好明确地说出，准备上梁山入伙做强盗，晁盖又担心山上不肯收留，吴用只得再点明献些金银便可入伙。

上了山，王伦面儿上奏起山寨鼓乐、杀牛宰羊酒肉相待，心里却存了武大郎开店的想头，晁盖却毫无察觉，早已给哄得迷迷糊糊，感恩戴德，一味高兴，幸得吴用老于江湖、世事洞明，早瞧出王伦肚里那两根儿弯弯肠儿，也看出林冲的不平，设计火并了王伦，晁盖才在血泊之中被拥上寨主之位。

再说晁盖的粗疏。列位看官当还记得，生辰纲劫案之所以被官府勘破，一个叫何清的人物起了关键作用。何清是负责缉捕此案案犯的巡检何涛的弟弟，据他自己讲，他曾跟一个赌汉去投奔过晁盖，正是赌棍、闲汉一流人物。这赌棍凑了一班难兄难弟到城门外十五里安乐村王家客店内碎赌，兼帮店小二抄写歇宿客商登记文簿，一日正赶上晁盖一行七人来歇宿，何清写着文簿，问"客人高姓"，"一个三髭须白净面皮的"（大概是吴用）抢将过来，答说"我等姓李"，何清心疑，此事遂成为案件最终被勘破的突破口。

按：此事首先是吴用难辞其咎，一行人上路作案，便当早早预先分派身份，哪能临登记时才含糊地说一声"我等姓李"？一行七人形貌各异，怎么可能都姓李？这种低水平的谎话却来骗谁？其次，何清曾投奔过晁盖，晁盖便当识得何清，急思应变之策，然而晁盖居然对何全无印象。这种事想来不会发生在宋江身上，宋江待人，往往屈己结纳，必使每个投奔他的人有如沐春风之感，以他的精细和用心，当不会如晁盖这般居然会和投奔过他的人相逢对面不相识吧？

如此说来，晁盖作为江湖中人，为人宽宏，疏财仗义，是个够格的好汉，但作为一个政治人物，却全然不合格，后来他被宋江架空，那就不是偶然的了。

柴进的素质

再说柴进。

柴进一开始几乎和宋江齐名，用流荡江湖的赌徒石将军石勇的话来说就是："老子天下只让两个人，其余的都把来做脚底下的泥。"这两个人，一个是宋江，一个是柴进。

不要小看柴进的江湖名声，名是一种重要的政治资源，这是从古到今并无二致的。

除了名声，柴进与宋江比，更有许多其他优势或优点。

首先是血统高贵。柴进是大周柴世宗子孙，地道的凤子龙孙、金枝玉叶，身上有帝王血统，这在那个时代是绝对不可小觑的政治资本。

其次，柴进家底雄厚。一个人要想在江湖上博得仗义疏财之名，不是光有良好的愿望就行的，必须随时都能有大捧白亮亮的银子拿出来，以柴进的身世、地位、家业（书中前后写到了他有东、西两处大庄园），他想仗义疏财，无疑比晁盖、宋江更有条件。

再次，论个人的仪表风度教养，柴进当在宋江之上。梁山排座次后，宋江、柴进、燕青等人元夜入东京去钻李师师的门路，这宋江土头巴脑，哄起江湖好汉虽是一套又一套，但到了这种高级风月场所却难免捉襟见肘，"李师师说些街市俊俏的话，皆是柴进回答，燕青立在边头和哄取笑"。"酒行数巡，宋江口滑，揎拳裸袖，点点指指，把出梁山泊手段来。柴进笑道：'我表兄从来酒后如此，娘子勿笑。'"所谓梁山泊手段大概是指猜拳呼喝之类的粗相、野相吧？虽说一个人是不是英雄好汉用不着靠获得高级妓女的赏识来证明，但仅此一事也可证，在下说柴进仪表教养风度当在宋江之上，并非无根之谈。

第四，论武艺。从第九回洪教头的口中可知，"大官人好习枪棒"，但柴进的武艺究竟如何，因书中从无柴进与人对阵的镜头，也不得而知。从情理上推想，大概不会甚高，但同样从情理上推想，至少不会比面临宰割时只知哀恳求饶的宋江差吧？

第五，从第七十二回柴进簪花入禁苑的情节来看，柴进自有其非同小可的一面。柴进与燕青在东京城的酒楼上饮酒，只是偶然见到有班直（宋代御前当值的禁卫军）人等出入宫廷，便能计谋立生，设计混入宫中，转到宋徽宗的御书房，割下屏风上"山东宋江"四字安然而出，这份过人之胆加上超凡之智，在梁山大寨一百单八将中也不见得还能有第二个人物吧？

因此从个人条件来看，无论是血统、家底、风度还是胆识，柴进都比宋江强，而前面又说过，他在江湖上的名望并不输于宋江，那么最后为什么是宋江而不是他柴进成了水泊梁山大寨主？勘破这一层谜，也就勘破了宋江之谜的部分关键所在。

答案，其实就在书中。

柴家庄园的一幕

请列位看官同看一下第二十二、二十三回。

第二十二回中说到，宋江杀了阎婆惜后，逃官司投奔到横海郡柴进庄园，柴进设宴款待，饮至傍晚时分，宋江起身去净手，不料下面却风云俄起：

> 宋江已有八分酒，脚步趄了，只顾踏去。那廊下有一个大汉，因害疟疾，当不住那寒冷，把一锨火在那里向。宋江仰着脸，只顾踏将去，正趃在火锨柄上，把那火锨里炭火，都掀在那汉脸上。那汉吃了一惊，惊出一身汗来。

> 那汉气将起来，把宋江劈胸揪住，大喝道："你是甚么鸟人？敢来消遣我！"宋江也吃一惊。正分说不得，那个提灯笼的庄客，慌忙叫道："不得无礼！这位是大官人最相待的客官。"那汉道："'客官'，'客官'！我初来时，也是'客官'，也曾相待的厚。如今却听庄客搬口，便疏慢了我，正是'人无千日好，花

无百日红'。"却待要打宋江，那庄客撇了灯笼，便向前来劝。正劝不开，只见两三碗灯笼飞也似来。柴大官人亲赶到说："我接不着押司，如何却在这里闹？"

那庄客便把跐了火锨的事说一遍。柴进笑道："大汉，你不认的这位奢遮（奢遮：了不起，出色）的押司？"那汉道："奢遮，奢遮！他敢比不得郓城宋押司少些儿！"柴进大笑道："大汉，你认得宋押司不？"那汉道："我虽不曾认的，江湖上久闻他是个及时雨宋公明；且又仗义疏财，扶危济困，是个天下闻名的好汉。"柴进问道："如何见的他是天下闻名的好汉？"那汉道："却才说不了，他便是真大丈夫，有头有尾，有始有终，我如今只等病好时，便去投奔他。"柴进道："你要见他么？"那汉道："我可知要见他哩！"柴进道："大汉，远便十万八千里，近便只在目前。"柴进指着宋江，便道："此位便是及时雨宋公明。"那汉道："真个也不是？"宋江道："小可便是宋江。"那汉定睛看了看，纳头便拜，说道："我不是梦里么？与兄长相见！"宋江道："何故如此错爱？"那汉道："却才甚是无礼，万望恕罪。有眼不识泰山！"跪在地下，那里肯起来。宋江慌忙扶住道："足下高姓大名？"柴进指着那汉，说出他姓名，叫甚讳字。有分教，山中猛虎，见时魄散魂离；林下强人，撞着心惊胆裂。正是说开星月无光彩，道破江山水倒流。毕竟柴大官人说出那汉是何人，且听下回分解。

无须下回分解，在下这便告诉大家，这"山中猛虎，见时魄散魂离；林下强人，撞着心惊胆裂""说开星月无光彩，道破江山水倒流"的大汉不是别人，正是水浒世界里天神般的第一好汉武松！明白了这一节，也就明白了，上面不惮其烦所引述的这段，乍一看，也不见十分精彩，但它实际上包含了极为丰富的信息。

豪侠磊落的武松在水浒世界里如此出场，是一般人始料不及的：同一个柴家庄园，一面是尊客新到，觥筹交错，开怀畅饮，一面却是害了疟疾的武松，因挡不住夜寒，凄凉冷落地一人于廊下烤火，真是咫尺之隔，荣枯肥瘠，相去何啻霄壤。那么武松因何会落到这般田地？书中下面交代说：

> 原来武松初来投奔柴进时，也一般接纳管待；次后在庄上，但吃醉了酒，性气刚，庄客有些顾管不到处，他便要下拳打他们；因此满庄里庄客，没一个道他好。众人只是嫌他，都去柴进面前，告诉他许多不是处。柴进虽然不赶他，只是相待得他慢了。

武二郎在水浒世界里是何等英雄的人物，却"相待得慢了",柴进之不能识人,令人不胜浩叹。虽说此事也有武松的不是之处,但好酒使性,草莽人物本就难免,柴进本当明白这一节,有所优容才是,奈何却听庄客搬口?

柴进对武松相待得慢,与此相形对照的却是一味与沧州牢城营的管营、差拨"交厚",与白衣秀士王伦"交厚"。列位看官当还记得,林冲发配,投柴进庄歇宿后,临行,柴进道:"沧州大尹也与柴进好,牢城管营、差拨,亦与柴进交厚。可将这两封书去下,必然看觑教头。"(第九回)那么与柴进"交厚"的管营、差拨是如何看觑林冲的?设计火烧草料场,差拨且亲自点火,此便是二人的"看觑"了;风雪山神庙后,林冲再过柴进庄园,柴进又推荐林冲去投王伦:"(梁山)三位好汉,亦与我交厚,尝寄书缄来。我今修一封书与兄长,去投那里入伙如何?"(第十一回)结果与柴进"交厚"的王伦又是如何相待林冲的?这无须在下饶舌了。差拨固是小人,王伦亦是自己量窄,但柴进无识人之明却也是不必再说的了,所谓"交厚"云云不过如此,真真可叹且复可笑。

所以回过头再看上面宋江、武松初会的一段,字里行间的潜台词真可说无比丰富。

柴进款待宋江,无限殷勤,无比荣宠,却早把沉疴在身的武松忘在了爪哇国。宋江起身去净手,误踏武松烤火的火锨柄,武松惊怒,要打宋江,庄客过来喝叫:"不得无礼!

这位是大官人最相待的客官。"庄客只是随口一喝，却不知这"最相待"三个字，最是深深地刺伤了武松的自尊，更激起他心中久郁的冷落不平："'客官'，'客官'！我初来时，也是'客官'，也曾相待的厚。如今却听庄客搬口，便疏慢了我，正是'人无千日好，花无百日红'。"心中欲怒，欲要动手打，欲是偏要给柴进下不来台，欲是要打柴进这"最相待"的客官。

柴进赶来了，对武松道："大汉，你不认的这位奢遮的押司？""大汉，你认得宋押司不？"称呼里连姓名都没有，只一味叫几声"大汉"，武松在柴进心中的斤两是可想而知的了。（而后面宋江和武松识面后，称武松却是一口一个"二郎"）当柴进问武松为何要投奔宋江时，武松道："他便是真大丈夫，有头有尾，有始有终，我如今只等病好时，便去投奔他。"这话更是直通通、硬邦邦、冷飕飕，当面让柴进下不来台，但这也实在是心性高傲的武松所受委屈太过所致。

当柴进指点，宋江报名后，只见"那汉定睛看了看，纳头便拜，说道：'我不是梦里么？与兄长相见！'"武松定睛看到的是什么呢，使他认定了眼前的这位便是日思夜想的宋江，便决然下拜？书中没说，但是可以推想而知，那就是宋江谦冲、诚恳的微笑的面容，使武松骤感温暖，一霎时无限委屈、无限心酸涌上心头，最后却都化作一句："我不是梦里么？与兄长相见！"

这夜宋江拉上武松同坐一席饮酒，"酒罢，宋江就留武松在西轩下做一处安歇"。

"过了数日，宋江将出些银两来与武松做衣裳。柴进知道，那里肯要他坏钱，自取出一箱缎匹绸绢，门下自有针工，便教做三人的称体衣裳。"柴进此时如此作为，却是为时已晚，人情都已被宋江做了。

此后，宋江每日都带武松一处饮酒相陪，如温厚的兄长般熨帖武松那受伤的自尊，武松便不再使酒任性。

接下来，武松思乡，要回清河县探望哥哥，向柴进辞行。柴进赠了金银，置酒送行。饮毕，武松启程，这时：

> 宋江道："贤弟少等一等。"回到自己房内，取了些银两，赶出到庄门前来，说道："我送兄弟一程。"宋江和兄弟宋清两个送武松，待他辞了柴大官人，宋江也道："大官人，暂别了便来。"

按说，宋江与武松一样，也是客，他陪主人柴进一同送客则可，却并没有主人回返后他再送一程的道理，但粗枝大叶的柴进却什么也没想，自己回去了。接下来：

> 三个离了柴进东庄，行了五七里路，武松作别道：

"尊兄远了，请回。柴大官人必然专望。"宋江道："何妨再送几步。"路上说些闲话，不觉又过了三二里。武松挽住宋江说道："尊兄不必远送。常言道：'送君千里，终须一别。'"宋江指着道："容我再行几步。兀那官道上有个小酒店，我们吃三钟了作别。"

三个来到酒店里，宋江上首坐了，武松倚了哨棒，下席坐了，宋清横头坐定。便叫酒保打酒来，且买些盘馔、果品、菜蔬之类，都搬来摆在桌子上。三人饮了几杯，看看红日平西，武松便道："天色将晚，哥哥不弃武二时，就此受武二四拜，拜为义兄。"宋江大喜。武松纳头拜了四拜，宋江叫宋清身边取出一锭十两银子，送与武松。武松那里肯受，说道："哥哥，客中自用盘费。"宋江道："贤弟不必多虑。你若推却，我便不认你做兄弟。"武松只得拜受了，收放缠袋里。宋江取些碎银子，还了酒钱。武松拿了哨棒，三个出酒店前来作别。武松堕泪，拜辞了自去。宋江和宋清立在酒店门前，望武松不见了，方才转身回来。

读到"宋江和宋清立在酒店门前，望武松不见了，方才转身回来"一句，在下怅怅不已。正如读到《三国》中的一段，即曹操得知关羽终于离开他走了，启程去寻访刘备时，只道了声"云长去矣"，多少无奈，多少恋恋，多少惆怅，尽在这四字之中，每次读到这里，心中总要怅然感动良久。不要怪奸雄心术，如此殷殷相送，放在谁身上不会深受感动？何况武松这样身受其惠的直性汉子？由"尊兄远了，请回""尊兄不必远送"到"哥哥不弃武二时，就此受武二四拜，拜为义兄"，由"尊兄"而"哥哥"，在"哥哥"二字叫出口的那一刻起，武二郎心中便认定了眼前这位将是他永志不忘、生死以之的好大哥，今后为他赴汤蹈火、肝脑涂地那也是甘之如饴了！不要小瞧这几笔，这是真正深写人心、意蕴无限丰富的几笔，这是文学的真功夫。

武松与宋江相处的短短的几天，得宋江相待如春风化雨润物无声，真足以铭心刻骨。而列位看官不要忘了，这仅仅是书中写明了的一幕，宋江杀惜之前在郓城县是如何相待投奔他的好汉的，由此便可推想而知了，那些曾得他如此尽心相待的汉子奔走江湖时，又怎能不替他四海传扬？这样一个及时雨名动江湖谁曰不宜？

那么柴进呢？柴进可以和林冲这种上层出身的好汉声气相投，却并不真正懂得草莽英雄，很难真正得到他们的心，在这种地方，确实可以套用一句老话来说，这是他的阶级本质所决定的。这样的人因为还肯接济江湖亡命，故而可能成为强人集团中比较受尊敬的角色（事实也是如此），但却注定成为不了强人真正的领袖。正如看了《三国》中"温酒斩华雄"前后众诸侯的表现便可以断言天下是曹操的，而不会是袁绍的了。同样，看了上面柴家庄园内外那几幕后，就一样可以说，水泊梁山的天下，绝不会是柴进的，而只能是宋江的了。

骆驼卢俊义

再说宋江的副手卢俊义。

金圣叹评卢俊义说："卢俊义传，也算极力将英雄员外写出来了，然终不免带些呆气。譬如画骆驼，虽是庞然大物，却到底看来觉道不俊。"这话说得颇有道理，卢俊义在梁山的权力中心中，的确空有一个庞然大物的架子而毫无影响力。

卢俊义生擒史文恭后，宋江在众好汉面前表示要请卢来做寨主，并陈述自己有三不及卢："第一件，宋江身材黑矮，貌拙才疏；员外堂堂一表，凛凛一躯，有贵人之相。第二件，宋江出身小吏，犯罪在逃，……员外生于富贵之家，长有豪杰之誉，……第三件，宋江文不能安邦，武不能附众，手无缚鸡之力，身无寸箭之功；员外力敌万人，通今博古，天下谁不望风而服。尊兄有如此才德，正当为山寨之主。"

宋江所说大体符合事实。若论个人相貌、出身、武艺，宋江的确都不如卢俊义，尤其是卢俊义的武艺，即使在好手如云的梁山大寨中，也绝对够得上超一流水准。

但卢俊义却绝对坐不了水泊梁山第一把交椅。宋江说卢俊义"力敌万人"，这没问题，但接下来所说的"通今博古"就很难说了，一个通今博古的人会被吴用骗题藏头反诗这等小儿科的鬼把戏哄得团团转？吴用拉卢俊义下水那点计谋，根本就骗不过燕青，简直可称拙劣，但卢俊义却乖乖上套，让人怀疑他的智商大有问题。

至于宋江说卢俊义"天下谁不望风而服"就更不着边际。须知一个人的江湖声望并不纯以武力获得，若论武艺，曾头市的史文恭在与后来位列梁山五虎上将的霹雳火秦明对阵时仅二十余回合就将对手刺下马来，大名府梁中书手下的大刀闻达、天王李成也都有万夫不当之勇，但却没听说他们有什么江湖威望。恰恰相反，宋江、柴进武艺平平，却名动江湖，可见要想"天下谁不望风而服"，重要的并不是匹夫之勇，而是急人之困仗义疏财，而书中恰恰没说卢俊义具备这方面的品质。故而卢俊义在江湖中的声望，不但比不了宋江、柴进及已故的晁盖，只怕连原李家庄庄主扑天雕李应都及不上。因此他上了梁山后，除了燕青这一忠仆外，可说毫无人心基础，绝对不足与宋江抗衡。但他各方面条件又确实都不错，又无个人班底，这种人，正是理想的副手人选。

地窖之门

现在终于可以回过头来说宋江。

宋江是一个充满了矛盾的人物，他对王法的态度、对落草的态度乃至他的一言一行，似乎都充满了矛盾。

宋江，人称孝义黑三郎。这"孝义黑三郎"五个字不可等闲放过，宋江矛盾人生的密码其实尽已揭橥于五字之中。

关键就在孝、义二字。

孝是一种垂直的伦理，它注重的是秩序、服从，它的性格是保守的，由孝放大出来，就是忠。

义是一种横向的伦理，它追求的是放纵、自由、热血担当，它的性格是开放的，由义推衍开来，就是侠。

宋江的人格理想，无疑是孝、义两全，但可惜的是这两者不是任何时候都能统一于一体。在生活的常态也许能够，一旦出现了变态，很可能便是孝、义不能两全，依违摇摆于两者之间，因此人格里潜藏的矛盾就已预注了宋江独特的人生轨迹。

此外，不应忽视宋江官府下层小吏的身份。宋代政治制度的一个重要变化是严定官与吏的界限，且重官轻吏。在唐之前，州郡藩镇等地方长官可以自己组建一套行政班子，聘来的办事吏员随官而走，可以随时转官，爬入上层社会。到了唐代，官和吏界限渐严，但吏也还有转官的机会。而到了宋代，则限定官、吏不得相越，一旦投身做吏，便意味着终身沉沦吏流，像宋江这样的押司，无论你再有本事，就准备终生献身于押司事业吧，永远也别指望青云直上，进入主流社会的高层，一展宏图。这也就难怪"自幼曾攻经史，长成亦有权谋"的宋江一腔沉沦不平之气。宋江无疑是自视甚高的，他的胸中有特殊的抱负，自幼所受经史的教化，使他渴望青史留名，但机会却似乎永远将他摒于大门之外了。

宋江是不甘于僵化琐碎而没有激情、诗意、冒险的吏员生涯的，他广为接纳江湖好汉，其用意并非如晁盖那般坐地分赃，也非如柴进那般作为乏味的贵族人生的点缀，在自幼曾攻经史的他的心中，也许时时浮现的是在春秋战国那个多姿多彩的时代际会而起的孟尝君、平原君、信陵君、春申君等四公子的身影。他有特殊的抱负，对自己心中躁动、危险的质素也有清醒的认知，故此他对自己终有一日会逸出常态的人生轨迹似有一种特殊的预感，于是他让老父事先告了他忤逆将他出籍，于是他在宋家庄园的佛堂下面挖了地窖。

住宅往往就是一个人人格的外化。

宋家庄园地表之上的田宅，隐喻着宋江心灵的表层，一个安分守法的良民富户，而佛堂下的地窖，那座隐秘的黑暗的地窖，则正隐喻着宋江内心深底的潜意识层，代表着一个江湖强人之梦，蕴藏了一个未来的梁山泊。①

宋江杀惜后，踏上亡命之旅，是为其江湖生涯开端。但此时他依然依违于孝义两者之间，且主要摆向孝之一极，无论是投奔柴家庄，还是孔家庄，清风寨，都还只是消极的逃避，投奔对象都是良民。

但料想不到的是在清风寨却被刘高陷害，自己的一念之仁换得的却是恩将仇报、险些丧命。生死攸关之后，忠孝一念淡出，宋江初次决意为强人。于是一时温文尔雅尽去，为拉秦明入伙，竟下令于青州城外屠灭一村，而后又有效地组织起一行人等向梁山开进。秦明担心没人引进，梁山未必肯收留，"宋江大笑，却把这打劫生辰纲金银一事，直说到：'刘唐寄书，将金子谢我，因此上杀了阎婆惜，逃去在江湖上。'秦明听了大喜道：'恁地，兄长正是他那里大恩人。事不宜迟，可以收拾起快去。'"宋江这一阵大笑及自伐其功，正是强人心态的"破茧"。

但宋江初上强人之路却很快戛然中止。石勇带来老父亡故的家信，孝之一念，以及自幼诗书教育造就的超我，使他

---

① 韦勒克、沃伦《文学理论》："家庭内景，可以看作是对人物的转喻或隐喻性的表现。一个男人的住所是他本人的延伸，描写了这个住所也就是描写了他。"248 页，刘象愚等译，三联书店，1984 年 11 月。

　　本节对"孝义黑三郎"及地窖的隐喻特征的分析，均受教于胡万川先生的《谈水浒——说宋江》一文，收入《中国古典小说研究专集 4》，静宜文理学院中国古典小说研究中心主编，（台湾）联经出版事业股份有限公司，1981 年。

瞿然而醒，不肯再带人上山，自己回归了人生的常轨，接受发配江州的命运。

然而，宋江江州发配的途中，一路所见所历的却全是各色强徒莫不闻名而拜，使他对自己的江湖魅力有了更进一步的确认。自信愈增，随后自然便是更为抑郁不平。于是，一日于浔阳楼上，独自闷饮至醉，酩酊之下，表层意识的监控退场，内心深处的潜意识得以狰狞地探出头来，驱使他在酒楼的壁上书下了几句反诗：

他年若得报冤仇，血染浔阳江口。

他时若遂凌云志，敢笑黄巢不丈夫！

他年若得报冤仇？向谁报仇？向阎婆惜？阎婆惜已死。向张文远？张文远不在江州，为什么要血染浔阳江口？这不是无根之谈么？非也，宋江的报冤仇，是向命运！是向使他不能出人头地屡遭坎坷的命运报冤仇，是要恣肆地伸展自己的生命意志！

但是题反诗给他带来的却是灭顶之灾，即使是坐在粪便里装疯卖傻，受尽精神上的凌辱，仍难逃一死。

然而幸运再次垂顾于他，晁盖带着梁山人马来了，李逵从楼上跳下来了，江州结识的朋友也来了，宋江被救出来了!

鬼门关前再度转了一回,他心灵中那座地窖之门终于被彻底打开了!从此,宋江阴郁的生命意志终将在天地间得到大自由,大舒展,大飞扬。

上山一日

宋江刚刚被从江州法场上救出,在城外白龙庙内便立刻反客为主,置晁盖带众人速离险地先回梁山大寨的合理命令于不顾,发号施令,请众好汉为己血腥复仇。此举本是大大冒险,不料竟而一役成功,攻破无为军,活割了黄文炳。斯事遂为宋江此后将不顾一切贯彻自己权力意志之预兆。

宋江上山了。上山之后喘息未定便对山寨众好汉重排座次一事发号施令:"休分功劳高下,梁山泊一行旧头领去左边主位上坐,新到头领去右边客位上坐,待日后出力多寡,那时另行定夺。"须知排座次是梁山大寨极为郑重的组织大事,晁盖还没说话,是谁给了宋江如此拍板的权力?

结果,便可见重排座次后的格局是:晁盖坐了第一位,宋江第二位,吴用第三位,公孙胜第四位,这是梁山大寨的权力核心。其余人等,左边:林冲、刘唐、三阮、杜迁、宋万、朱贵、白胜,共九人;右边:花荣、秦明、黄信、戴宗、李逵、李俊、穆弘、张横、张顺、燕顺、吕方、郭盛……石勇、侯健、郑天寿、陶宗旺，共二十七人。

这一对比，就比出了妙处。因为在宋江上山之前，花荣、秦明、燕顺、王矮虎、吕方、郭盛、石勇等先期上山的好汉，在上山后便议定了座次，已经与林冲、三阮等旧头领融为一体，不料宋江一上山就来了一套"旧头领去左边主位上坐，新到头领去右边客位上坐"，这样一来，"新""旧"重新泾渭分明，所谓"旧"，就是王伦时代和晁盖打劫生辰纲时代的旧班底，才寥寥九人，而所谓"新"，即坐在右边一带的二十七人，除了萧让、金大坚二人外，其余全都是因宋江而来，也可说是宋江的新班底。宋江如此安排，是何居心？金圣叹认为是"欲夸其多也，贼！贼！""宋江此时，真顾盼自豪矣哉"，也不能说是冤枉了宋江吧？

然而，宋江的把戏还没完。梁山大寨为给宋江及新入伙的头领压惊、接风，大排宴筵，席上，宋江说起江州蔡九知府捏造谣言一事："叵耐黄文炳那厮，事又不干他己，却在知府面前胡言乱道，解说道：'耗国因家木'，耗散国家钱粮的人，必是家头着个'木'字，不是个'宋'字？'刀兵点水工'，兴动刀兵之人，必是三点水着个'工'字，不是个'江'字？这个正应宋江身上。那后两句道：'纵横三十六，播乱在山东。'合主宋江造反在山东。以此拿了小可。……"宋江在众好汉面前讲说这段童谣意欲何为？还不是为了暗示这些直肠汉子，自己其实是上应天命。果然，脑筋缺弦儿又对宋江无限狂热崇拜的李逵立刻跳将起来："好哥哥，正应着天上的言语！虽然吃了他些苦，黄文炳那贼也吃我割得快活。放着我们有许多军马，便造反，怕怎地？……"本来给宋江带来灾难的童谣，现在成了他上应天命的象征，宋江此时是何等的踌躇满志，这也预示着水泊梁山将进入一个新的时代，将由晁盖的守成时代转向宋江的扩张时代。

奸雄本色

宋江上山不久，便因时迁偷鸡的鸡毛蒜皮的小事而借端启衅，发动三打祝家庄之役。这是梁山发动的第一场以主动态势出击的大规模的集团作战。三战终获大捷，不但为山寨掠得三五年粮食，且网罗了扈三娘、李应、杜兴、孙立、孙新、顾大嫂、解珍、解宝、邹润、邹渊、乐和等一众好汉，使山寨声势大盛。经此一役，由不得众人不对宋江刮目相看。此后攻打高唐州、大破连环马、取青州、征华州，屡屡扩张，累战累捷。每战之前宋江都来一套"哥哥是山寨之主，不可轻动"之类话语，将晁盖挡出战事之外。甚而如呼延灼发兵来打时，宋江闻听此信开口便道："我自有调度，可请霹雳火秦明打头阵，豹子头林冲打第二阵，小李广花荣打第三阵，……"对当时亦在座的晁盖连"山寨之主，

183

不可轻动"之类的门面话也懒得讲了，就片言而决。而每战之后招降纳叛也都是宋江拍板，根本就没有请示晁盖这个山寨老大一说。长此以往，战事的指挥者宋江自然就不仅以仗义疏财名动江湖，而且以能征惯战、招贤纳士而声闻天下。[1]

宋江上山时，本就有清风寨、江州城两地结识的好汉组成的雄厚班底，又有暂未上山但受过其厚待的武松等好汉为他四海传名，待其掌握梁山的实际军权后，更借战事不择手段地延揽人才。所谓不择手段，无非李宗吾先生曾拈出的"厚""黑"二字："厚"，即宋江每每于擒获被俘的官军将领之后，来一个喝退左右，亲解其缚，扶入交椅，纳头便拜，然后可能再加一个"情愿让位于将军""就请为山寨之主"。宋江这套把戏越练越熟，而那些被捉的将领，正如张火庆先生所说："这一捉一放、一扶一拜之下，便把人的自尊和灵魂收买过来了。本是待死之囚，乍为座上之宾，他们被生死攸关激动得糊涂了。"[2]

---

[1] "文革"时期，出现了大量的谩骂宋江架空晁盖的论述。抛开这些文章的"农民起义的革命派和投降派斗争"云云的主题先行的思路及它们对作者意图的背离不论，这些文章对作品所做的大量封闭式细读，许多具体分析今日读来颇有兴味。

另外，马幼垣先生撰有长文《架空晁盖》，收入《水浒论衡》一书，可参看。

[2] 见张火庆《〈水浒传〉的天命观念——非抗衡的》一文，收入《中国小说史论丛》，龚鹏程、张火庆著，台北学生书局，1983年。

　　于是这些捡了条性命的官军将领一个个迷迷糊糊地说道："人称忠义宋公明，果然有之。"细想来这真是笑话，宋公明若果然忠义，你带兵来征讨又所为何来？向你磕了两个头，说两句"情愿让位于将军""就请为山寨之主"，就证明了宋公明果然忠义？还有一层，宋江这套把戏玩了一遍又一遍，先前被哄得迷迷糊糊地投降了的将领亲眼见宋江在后来者面前将这套一演再演，心中又是何滋味？但是没关系，宋江脸皮厚，不厚怎能为梁山这个大军事集团网罗这许多一流战将？

　　再说宋江的"黑"。宋江"黑"，在上山前就有在青州城外屠村的前科，上山后最典型的事例是为拉朱仝下水，差遣李逵活活砍开了四岁的小衙内的脑袋。此事吴用也是同谋。砍杀小衙内后，在柴进庄园，吴用向朱仝赔罪说："兄长，望乞恕罪，皆是宋公明哥哥将令，分付如此。若到山寨，自有分晓。"待到朱仝果真到了山寨后，宋江却道："前者杀了小衙内，不干李逵之事；却是军师吴学究因请兄长不肯上山，一时定的计策。"看样子，宋、吴二人也知道他们干的是没天良的事，互相推诿，其实正都是一路货色，后来吴用设计拉卢俊义下水之歹毒，正与宋江交相辉映。

　　说到这，便请列位看官共赏一段奇文。朱仝被逼上山后，恨李逵入骨，要与李逵厮并，宋江打圆场，先用上引那段话劝解朱仝，复开导李逵，宋曰：

> 兄弟，却是你杀了小衙内，虽是军师严令，论齿序他也是你哥哥，且看我面，与他伏个礼，我却自拜你便了。

若教在下推举《水浒》中写人言语最妙之段落，在下便推举上面这段。列位请看，宋江先说"却是你杀了小衙内"，命李逵替他和吴用背黑锅，又一转，说"虽是军师严令"，这是怕李逵不服叫嚷，又用这话替李逵分点责任，且将刚才对朱仝说的那句"却是军师吴学究因请兄长不肯上山，一时定的计策"变相重复一下，进一步将责任推诿坐实到吴用身上，"军师严令"之后却又是再一转，不伦不类地扯出一句"论齿序他也是你哥哥"，随后话头又转到"且看我面，与他伏个礼"，"我却自拜你便了"，抬出个人面子，软压李逵就范。宋江此处短短几句话，连转了好几层意思，连哄带骗让李逵服了个软，这段圆图语活画出宋江的奸猾与怠懒，正是强人本色。

最后，无论是厚也罢，黑也罢，总之宋江手腕频耍，该架空的架空，该压服的压服，该拉拢的拉拢，又时不时地向平均文化水准偏低的众好汉兜售童谣、"玄女"之类，终于使自己声望如日中天，成了水泊梁山的真正寨主，而江湖之上，也渐渐地不知有晁，只知有宋。

于是，列位便可看到，事态发展到何种地步，一日金毛犬段景住这个北地的马贼来到梁山，据他自己讲，他从大金国盗了一匹"照夜玉狮子马"，"江湖上只闻及时雨大名，无路可见，欲将此马前来献与头领，权表我进身之意"。不承想马却被曾头市夺去，"小人称说是梁山泊宋公明的，不想那厮多有污秽的言语，小人不敢尽说。逃走得脱，特来告知"。段景住是否原打算要将马送给宋江，此事不得而知，千真万确的事实是，这个马贼来到山上在晁盖的大本营里便公然宣称，他在江湖上混，只听说过及时雨的大名，得了宝马，首先想到了要送给宋公明，言下之意，也只有宋公明配用天下至宝，其他人就免谈了。段景住说得很自然，宋江听着很自然，一众头领听了也很自然，唯一不自然的应该就是晁盖了。

于是，晁盖终于带兵出征了。他别无选择，只有亲冒矢石浴血而战，才能为自己寻回早已失去的威名。然而不幸的是晁盖竟而中伏，受了毒箭，一战而殁。

晁盖死了。宋江又费了番周折强拉武艺高强、班底全无的卢俊义上山，攻破曾头市，再破东平府、东昌府，网罗足了连己在内的一百单八将，自己也终于实至名归坐上山寨第一把交椅，标志着他的强人事业达到了顶峰。

不 归 路

这样说来，宋江也算是一个颇有心术的乱世奸雄，故而成就了他的一番江湖霸业。

然而，若与刘邦相比，就会发现，宋江毕竟还只是一个不彻底的流氓，坏就坏在他"自幼曾攻经史"，忠孝一念尚未完全消除，还要一刀一枪边庭立功，念念不忘的是封妻荫子、青史留名。他若果有桓温那般"大丈夫生于世不能流芳百世便当遗臭万年"的魄力，也许早就成为另外的人物。但是宋江却终于没有成为另外的人物，他的矛盾人格使他无可规避悲剧的宿命，最后经史教育形成的"超我"又压服了强人的"本我"，追求不朽的愿望战胜了追求自由的意志，他招安了，无怨无悔地走上了毁灭之路，完成了水浒世界里独一无二的宋江的一生。

"胡椒"与内圣外王之梦

记得那还是很早以前，看过一篇小品文。说的是一位外国朋友来到一个中国人家里吃饭，饭桌上，南方口音的中国人说了句："汤里有胡椒。""胡椒"念成了"Fu-jiao"，老外却听成了"佛教"，大为惊奇赞叹："东方人真神秘！连

张旺 《宋江》

汤里都有佛教。"

这个故事，可以作为文学阐释的寓言来读。"胡椒"代表的是作者意图，"佛教"代表的是接受者自由的解读，它很可能完全背离作者的本意，但却饶有兴味，富有活力。

上面的漫说宋江，其实就带有一些类似上述"佛教"意味的解读。如果进行"胡椒"式的还原，就会发现上面对许多情节的分析，还可以做出另外一种解释。比如说对晁盖的分析：晁盖得宋江报信后，夜半尚未走，那是为了安排美髯公朱仝私放晁天王的情节，好写上朱仝一笔，为后面的情节打伏笔，却忽略了从宋江报信到朱仝带人来捕，时间间隔未免过长这一点，使得在下对作品进行封闭性阅读，得出了晁盖性缓这种"佛教"式的结论。又如唐牛儿为宋江顶缸，后面却没再交代他的下落，这是行文疏漏，当然可以分析作者这种疏漏背后的忽视众生的民族心理，但可以肯定的是作者原意并非借此写宋江凉薄。以下其他分析不少可以依此类推。当然，"佛教"与"胡椒"相差太大，首先是作者行文粗疏难辞其咎。

作者塑造宋江这样一个名动江湖的道德楷模，本意并不是要曲写奸雄（作者还以为他写出的是一个光明磊落的宋江），而是中国文人内圣外王的古老梦幻的折光。

《水浒》里的宋江与《三国》里的刘备相似，都不以个人的武技、智谋见长，都代表了作者这样一种理念，靠个人

"仁德"的品格，即可以超越武技、智谋，奄有一方天下，或统领一方江湖。这实际就是儒家尤其是孟子极力鼓吹的由内圣而外王的政治理念。

这种理念，带有强烈的理想主义色彩，但经不住现实的考验。《韩非子·五蠹》中早就说过，孔子是天下圣人，学说风行海内，但只有七十二个弟子追随他，而像鲁哀公这样的下才之主，只要身为君主，境内的百姓，没有敢起不臣之心的，这说明民众真正畏服的是权势，就连孔子不也还得乖乖地给鲁哀公做臣子？这就证明即使"圣"也顶不了什么事，更别说由内圣而外王，完全是痴人说梦。

韩非子是对的。通观中国历史，大抵圣者不王，王者不圣，由内圣而外王，根本就不可能。所以即使是《三国》《水浒》想把刘备、宋江说成道德楷模，但也不得不写刘备的赖荆州、夺益州，以及宋江屠村等毒辣手段，而一般读者的接受，也多把刘备看作虚情假意，把宋江看作心怀叵测的乱世奸雄（在下并不是唯一做这种解说的人），这种"胡椒"与"佛教"间的差距本身，就是个意味深长、言说不尽的话题。

七　领袖话题

在"奸雄话题"里，我们已经对宋江进行了全面"体检"，发现了一些不为人知的"隐患"。不过，本医院也颇为谨慎，出院前特意发表声明，提出了"胡椒"与"佛教"疑似的难题。宋江这个人物，是《水浒传》最复杂的形象，确是"横看成岭侧成峰"。所以，我们再立一个话题，换一个角度看看，从这个人物的"血缘""遗传基因"的角度透视一下，找出他不同性格因子的来源，进而分析施耐庵为什么把他"组装"成这个样子。

闹剧"评《水浒》"的戏眼

"文革"中有很多荒诞的事情，但论起别出心裁、莫名其妙、古今唯一来，大约当数"评《水浒》"的闹剧。

那是 1975 年 8 月下旬，不到半个月的时间，《人民日报》《光明日报》《红旗杂志》在显要位置接连发表六七篇文章，刊载领袖的有关言论，提出"要重视对《水浒》的评论"，《水浒》"摒晁盖于一百零八人之外"，"这支农民起义队伍领袖不好"等观点，并要求各级组织开展"评《水浒》"运动。于是，在三四个月的时间里，几亿人忽然发了疯一样地热读热议一本六百年前的通俗小说。各地报刊发表文章几千篇，突击出版各种版本《水浒传》数以万计——笔者所在学校的图书馆的书库角落中，至今还便堆放着几十套影印容与堂本《忠义水浒传》。施耐庵九泉有知，必当苦笑：引发如此规模的"文学评论"，古今中外，唯此一书而已。

关于这场闹剧的真实意图，讲述者见仁见智。由于当时政治斗争的复杂、险恶，很多关键性细节其实扑朔迷离。这个留待治"文革"历史的朋友去争论吧。我们还是从"文学评论"本位的立场来讨论。

有趣的是，发起这一运动的"始作俑者"——不论怎样解释，最初的评论（包括"摒晁盖"之说等）著作权并无争议，后来的几次"同意"的批示也清清楚楚——是领袖人物，而批示的关键词也是"领袖"。也就是说，这场"轰轰烈烈"的"文学评论"的闹剧，戏眼正是在"领袖话题"。不论当时有何背景，各种言论如何荒诞不经，这一关键词，这一戏眼，提示我们：《水浒传》的"领袖话题"是一个值得关注的特殊话题。

领袖的"江湖基因"

前文已经给列位看官介绍过，在《水浒传》成书前的有关史料、话本、杂剧中，宋江的故事其实十分简单，其形象也是十分简单——除去"剧贼"的恶谥、山大王的身份，就只有"勇悍狂侠"（陈泰《江南曲序》）一语而已。这种性格的描述可能接近于历史上宋江的真实面目（三十六个人横行几个州，身手、胆气肯定不会弱了），但是和《水浒传》中塑造出的"孝义黑三郎"形象实在是相去甚远。不过，那也就没有了值得被几亿人热议痛批的资质。

那么，《水浒传》的宋江形象怎样诞生的呢？完全是施耐庵的心营意造，还是另有"配件"而经过他"组装加工"呢？我们不带任何褒贬的意图，只是做一做类似"知识考古"的工作，或者说是"基因图谱"的分析工作，看看在施耐庵以前的浩如烟海的各类文献中，有哪些隐现"宋江"的影像，潜藏着宋江的基因呢？

我们最先发现的是《史记》。司马迁在《游侠列传》饱含深情地描写了一个另类人物的悲剧一生。这个人物就是郭解。我们不妨抄录《游侠列传》中的一段：

（郭）解入关，关中贤豪知与不知，闻其声，争交欢解。解为人短小，不饮酒，出未尝有骑。已又杀杨季主……乃下吏捕解。解亡，置其母家室夏阳，身至临晋。临晋籍少公素不知解，解冒，因求出关。籍少公已出解，解转入太原，所过辄告主人家。吏逐之，迹至籍少公。少公自杀，口绝。久之，乃得解。穷治所犯，为解所杀，皆在赦前。轵有儒生侍使者坐，客誉郭解，生曰："郭解专以奸犯公法，何谓贤！"解客闻，杀此生，断其舌。……

太史公对郭解的评论是：

吾视郭解，状貌不及中人，言语不足采者。然天下无贤与不肖，知与不知，皆慕其声，言侠者皆引以为名。……

把这个郭解和宋江先生相比，类似的地方实在不少，大的地方至少有四处，小的地方还有若干。看官如果不信，咱们一条一条摆出来看：

先说大的地方——

第一，侠义之名满天下。

司马迁对郭解的介绍是"无贤与不肖，知与不知，皆慕其声"，翻译成现代白话，就是"社会各界都有他的很多忠实粉丝"。这样的评价，在整部《史记》中，好像还没有第二个。甚至在二十五史中，这样评价、介绍一个人，也是极为罕见的。可是如果把太史公对郭解的这一评语移到《水浒》的宋江身上，却好像是量身定做一样。初读《水浒传》时，印象很深的一个地方就是其中不厌其烦地重复着类似的情节：各个地方、各种身份的好汉们只要一听到宋江的大名，立刻"纳头便拜"。显然，这是作者刻画宋江时特别着力的笔墨。

第二，因为亡命出逃而连累到好朋友。

郭解本来在地方上声誉很高，官场、民间的人缘也都很好，可是卷进了一场人命案，于是辗转出逃。关于他逃亡的路线，司马迁记下的地名就有夏阳、临晋与太原。一路上郭解留下了一些踪迹，官差便跟踪紧追不舍。为了掩护郭解，他的一位"粉丝"借少公不惜自杀来中断线索。而《水浒传》集中写宋江的"宋十回"里，重头戏正是宋江的亡命出逃过程。宋江无意中卷入了阎婆惜的命案，出逃中先后到沧州柴进的庄上、青州白虎山孔家庄上与清风山清风镇花荣的寨里，得到柴进、孔明、孔亮和花荣的掩护。而最后几乎连累花荣送命。显然，这段吃了人命官司后的亡命经历，宋江与郭解也是大体相同的。

第三，受某个儒生进谗言之害，其友人代为残酷报复。

郭解案发被捕后，本来有"客"为他讲好话，也还有一线生机，可是有一个多嘴的"儒生"对审理案件的官员讲："这个郭解所作所为都是触犯刑律的。"直接影响了官员的看法。而这个儒生最终被郭解的"粉丝"杀死，而且手法很残酷——割下了儒生的舌头。看官们一定记得，类似的故事情节在宋江故事中也是一场重头戏。宋江被捕刺配江州后，得到了戴宗等人的庇护，却不幸碰上了个"多管闲事""维护法纪"的黄文炳，到太守那里告发宋江的不轨言论，害得宋江上了法场。而这个黄文炳自己落得个被李逵碎割的下场。这个倒霉的黄文炳，与《游侠列传》中这个"侍使者坐"而多嘴多舌且被"断舌"的儒生，从身份、行为到下场，真是"何其相似乃尔"！

第四，形象反差。

《水浒》写梁山好汉都是熊躯彪体，独独为其领袖设计了一副"面黑身矮""文不能安邦，武不能附众"（宋江自评）的形象。这初看十分奇怪，细想来却实在是生花妙笔。形象上的巨大反差会在众人中显得很特殊，而且更显示出他做领袖"以德不以力"的特质。可是以前的野史或杂剧中诸多"宋江"都不具有这种形象上的特色或是劣势。"勇悍狂侠"，绝不是这种看起来总是有几分窝囊的形象——到了电视连续剧中，李雪健把这一特色演绎到了十二分。

这样的形象反差——和周边的反差，和自己行迹的反差，在正史与稗官中同样属于珍稀现象。可是，无独有偶，太史公笔下的郭解也正是如此。值得注意的是,《游侠列传》中,太史公不是偶然提到一句半句郭解的形象,而是着力来描写、予以特别强调的,如"解为人短小""状貌不及中人,言语不足采"等。

这一点,恰恰也是《水浒传》一再强调的。甚至到了决定梁山领袖归属的关键时刻,还让宋江出来自我批评一番:

> 小弟德薄才疏……第一件,宋江身材黑矮,貌拙才疏……

这和《游侠列传》最后还要由太史公自己出面来议论一番郭解的形象、状貌,真有异曲同工的意味:

> 太史公曰:吾视郭解,状貌不及中人,言语不足采者。……谚曰:"人貌荣名,岂有既乎!"於戏,惜哉!

这么多近似相合的地方,而且都是宋江一生的"大关目",这就等于我们给宋江与郭解做了一次 DNA 检测,而所测的等位基因高度相合。

此外,《游侠列传》有些小地方和《水浒》的宋江故事也有近似的地方,例如,郭解虽然在江湖有很大的名声,日常在乡里却是谦恭有礼的姿态——"解执恭敬,不敢乘车入其县廷"；宋江也是一样，平日里对周边的各色人等都是谦逊和善，甚至对小商小贩。又如，郭解好客疏财——"邑中少年及旁近县贤豪，夜半过门常十余车，请得解客舍养之"；宋江则是"平生只好结识江湖上好汉，但有人来投奔他的，若高若低，无有不纳，便留在庄上馆谷"（"庄上馆谷"几与"客舍养之"同义）。再如，郭解偶遇一人，对他傲不为礼——"独箕踞视之"，后来却折服向他谢罪；这和宋江初遇武松一节，也有几分相似。如此等等，虽然看起来只是一些细节，但也属于两个形象之间相合度很高的等位基因。

因此，我们完全有理由断定，《水浒》的写定者是一位相当熟悉《史记》的人物（宋元明的文人对《史记》的兴趣是相当普遍的），因此当他要描写一个领导江湖群雄的义侠形象时，郭解的形象、事迹便自觉不自觉地浮现出来，成为他创作加工的"毛坯"。

领袖的"'庙堂'基因"

《史记》虽然被列入所谓"正史"，但其中颇有一些"异端"因素时而被统治者惊觉、排斥。如《汉书》就批评司马迁，说他"是非颇缪于圣人"，而列举的主要错误就在于《游侠列传》中对郭解等侠士的同情——"序游侠则退处士而进奸雄"。所以，我们在分析宋江 DNA 时，不妨把来自郭解的基因称为"江湖基因"，也就是不占有意识形态地位的草根"基因"。

那么，宋江除了"江湖基因"之外，是否还有其他性质的基因呢？

我们还是从具体的材料出发，来分析宋氏基因图谱的另外一些节点。

说宋江身上有郭解的影子，人们虽可能有些意外，但较为容易接受。如果现在我说宋江的形象与《论语》有关，与《孔子世家》有关，恐怕大家都会感觉是风马牛不相及了。

但是，事实摆在那里，"风马牛"还就是"相及"了。

金圣叹曾指出，施耐庵刻画宋江形象时，一个特别值得注意的手法是"把李逵与宋江合写"。不管他的具体分析是否完全准确合理（特别是痛贬宋江的话语），作品中存在大量二人合写的段落却是千真万确的。而把一个谦谦"君子"与一个黑凛凛"莽汉"组合到同一场景，相互映衬，也为突出彼此的性格特点起到了事半功倍的作用。

谦谦有礼的孔子身边是否也有类似的莽汉呢？且来看《史记》。

太史公在《史记》的《孔子世家》中，写到孔子与弟子言谈往来的地方共有 19 处，其中与子路合写的就有 10 处，在"七十二贤"中不仅最多，而且超过半数（在《论语》中，子路言行在众弟子中约占八分之一，也是最多的几人之一，但不像《孔子世家》这样突出）。更有趣的是，这8处中有6处是从反面落墨来衬托孔子的品行、道德，与其他弟子的写法大不相同。

大家知道，在孔门七十二贤人中，子路颇有点与众不同的色彩。本来孔子经常被社会闲杂人等欺侮，可自从有了子路做门徒，"恶声不闻于耳"——子路拳头的威力可想而知。孔老夫子提议学生们谈理想，别人都谦虚两句，"不敢不敢，请有水平的同学先讲"。可是，子路这兄弟毫不谦让（"率尔而对"），而且大讲军事战略思想，博得老师摇头苦笑。在我国叙事文学中，以"莽汉"衬托"君子"的笔法，孔子与子路这一对可算是滥觞。

下面，我们进一步看几个更具体的例子。

在《水浒传》的宋江、李逵合写情节中，最富有戏剧性的是李逵闹东京前后的一连串冲突，而其中故事的核心是宋江访名妓李师师的情节。作者饶有兴味地描写宋江见名妓李师师——皇帝情妇——的情景。宋江为了谋求政治出路，不得已设计了一条曲线求仕的路径，放下领袖的架子，带上柴进、燕青等，拜访了李师师，并一起饮酒谈笑。于是有了李、宋冲突一段：

> 李逵看见宋江、柴进与李师师对坐饮酒，自肚里有

五分没好气，圆睁怪眼，直瞅他三个。……头上毛发倒
竖起来，一肚子怒气正没发付处。……（第七二回）

"……我当初敬你是个不贪色欲的好汉，你原来是
酒色之徒：杀了阎婆惜，便是小样；去东京养李师师，
便是大样。……"（第七十三回）

这一段非常富于戏剧性。在书中不仅是梁山聚义后最为热闹
的一段，就是全书范围也是别开生面的一场好戏。那么，它
的戏剧性是怎样产生的呢？说通俗点，为什么这么热闹，这
么好看呢？

现代京剧《沙家浜》久唱不衰，主要魅力来自胡传魁、
刁德一、阿庆嫂的三角对手戏。李逵闹东京这场大戏也类
似，里边也有两个很特别的三角关系。一个三角是皇帝、皇
帝情妇李师师和山大王宋江。其中，皇帝情妇居于中间的
"顶角"位置。山大王要在她身上下功夫，实现曲线从政；
她却要在皇帝面前掩饰一切——这种场面、关系的设计，也
有些类似于《十日谈》甚或莎翁喜剧的情节。另一个三角是
皇帝情妇李师师、山大王宋江和莽汉李逵。其中，宋江居于
中间顶角位置。他一方面要讨好李师师（可谓"有欲则
柔"），一方面要面对李逵的误解。这两个三角的叠加，就
把宋江置于最尴尬的境地。而其中三个形象的对比则是产生

戏剧效果的重要因素。列位看官，我们不妨设想一下当时的景象：妖娆的情妇李师师，道德模范（不解风月的"孝义黑三郎"）宋公明，宋公明的超级粉丝（"好德"胜于"好色"）莽汉李逵——这样三个人之间的悬疑与误会，实在是最好的戏剧材料。

如此精彩的情节，有关宋江的正史、野史都不见端倪。那么，它是从哪儿来的呢？

我们要做的仍然是与上节一样的"基因考古"工作。

《史记》的《孔子世家》所记孔子与子路的第一个冲突，性质与"李逵闹东京"时宋江与李逵的冲突颇为相近：

> 灵公夫人有南子者，使人谓孔子曰："四方之君子不辱欲与寡君为兄弟者，必见寡小君。寡小君愿见。"孔子辞谢，不得已而见之。夫人在缔帷中。孔子入门，北面稽首。夫人自帷中再拜，环佩玉声璆然。孔子曰："吾乡为弗见，见之礼答焉。"子路不悦。孔子矢之曰："予所不者，天厌之！天厌之！"

这段文字历来为人们所特别关注，因为其中关于孔子处境描写，颇有几分尴尬，甚至还有一点暧昧。而这种意味因"子路不悦"四字而分外彰显。至于孔子指天誓日的辩解，其情态也是其他任何关于孔老先生的描写中所没有的。

孔子见南子与宋江见李师师，在基本情节上有三点是相似甚或相同的：

第一，孔子与宋江都是因为有求于君主，而不得已谋求通过"枕边路线"的。不同的是，孔子较为被动，宋江出于主动。而他们"枕边路线"的对象，一个是君主的宠姬，一个是君主的宠妓（深究起来，这位宠姬的名声比那个宠妓不过略胜一筹而已）。

第二，孔子与宋江身边都有一个性格鲁莽的侍从，都对此产生误解，并且都公开表示了自己的不满。

第三，孔子与宋江都因此事处于尴尬之地，也都不得已而在对自己误解的莽汉面前剖白、解释。

除了"子见南子"与"宋见李妓"两段情节"基因"的高度近似之外，《孔子世家》中孔子与子路的关系还有两个"基因"也被改造、移植到了宋江、李逵的 DNA 之中。

一个是因出仕而产生分歧。

李逵对宋江本是言听计从，五体投地的，后来之所以屡生冲突，根源乃在招安。宋江急于投靠、报效朝廷，而李逵不肯屈从，于是产生了一连串的矛盾、冲突。而《史记》中，子路对孔子有所不满的事件也大半与孔子急于用世有关。如：

（公山不狃）使人召孔子。……（孔子）欲往。子路不说，止孔子。

（鲁君）怠于政事，子路曰："夫子可以行矣。"孔子曰："……吾犹可以止。"

佛肸畔，使人召孔子。孔子欲往。子路曰："由闻诸夫子：'其身亲为不善者，君子不入也'。今佛肸亲以中牟畔，子欲往，如之何？"

可以说，太史公塑造"孔圣人"的生花妙笔就在于设置了子路这一"善意"的矛盾对立面，从而表现出孔子性格、心理的微妙、复杂处。为此，他舍弃了《论语》中孔子赞誉子路的内容，突出了二者之间的差异。

李逵在《水浒传》中，一个附带的功能，同样是由于他的反招安，从而反衬出宋江性格的特点与心理的微妙复杂。

另一个是子路之死与李逵之死。

《孔子世家》在写到孔子临终时，以不同寻常的笔法，把子路与孔子的命运联系到了一起：

子路死于卫。孔子病，子贡请见。……因叹，歌曰："太山坏乎！梁柱摧乎！哲人萎乎！"因以涕下。谓子贡曰："天下无道久矣，莫能宗予。夏人殡于东阶，周人于西阶，殷人两柱间。昨暮予梦坐奠两柱之间，予始，殷人也。"后七日卒。

南宋　佚名《孔门弟子像》局部"孔子、子路像"

无论有意还是无意，这一悲凉之笔使得孔子、子路二人合写、彼此映衬的味道更加显豁了。

令人惊讶的是，《水浒》为宋江临终时安排的情节与此颇相似：宋江知大限将至，特意"连夜使人往润州唤取李逵"，以药酒毒死，然后：

> （宋江）心中伤感，思念吴用、花荣，不得会面。是夜药发临危，嘱咐从人亲随之辈："可依我言，将我灵柩，安葬此间南门外蓼儿洼高原深处，必报你众人之德。乞依我嘱！"言讫而逝。（第一百二十回）

刻意安排李逵先于宋江一步而死，突出彼此之间不同他人的特殊关系；然后写宋江临终对丧事——特别是安葬的地点安排，作出具体细致的嘱托，这些地方和《孔子世家》上述悲凉之笔也是明显类似的。

作者为李逵设计的情节中，还有些似乎也与子路有蛛丝马迹的关联，虽不及前面几例重要，但也可作旁证。如第七十四回《李逵寿张县乔坐衙》描写李逵断案：

> 李逵道："那个是吃打的？"原告道："小人是吃打的。"又问道："那个是打了他的？"被告道："他先骂

了，小人是打他来。"李逵道："这个打了人的是好汉，先放了他去。这个不长进的，怎地吃人打了，与我枷号在衙门前示众。"李逵起身……大踏步去了。

有趣的是，《论语》中恰好也有子路断狱的话题：

子曰："片言可以折狱者，其由也与！"

"由"就是子路。细微说来，这段话的理解历来有歧义。不过，大致的意思没有问题，就是由于性格原因，子路如果断狱的话，会十分简单、利落。"片言"，多理解为"片面之词"。若以孔夫子这段话来描述、评价《水浒传》的李逵断狱，岂不是有如量体定做吗？

综合上述，我们可以得出三点结论：一、《史记》在刻画孔子形象的时候，使用了"合写——反衬"的手法，从而使子路与孔子的形象密切联系在一起，相形而益彰。二、《水浒》在刻画宋江及李逵形象的时候，也使用了"合写——反衬"的手法，其中在若干具体情节中出现与《史记》十分相似的安排。三、虽然我们不能据此简单得出施耐庵有意以孔子为宋江原型的结论，但考虑到那个时代文人（特别是《水浒》作者这样的文人）对于《史记》的了解，对于孔子事迹（主要来源于《史记》）的了解，指出《水浒传》的宋江在行迹、性格等方面与《史记·孔子世家》的孔子有或隐或显的相近基因——"庙堂基因"，应该说还是有较为充分理由的。

基因重组的结果

经过上面的检测分析，《水浒传》宋江的 DNA，是由两条基因链缠绕、互补构成的，从而造成了中国文学史上独一无二的"忠义'山大王'"形象。

这两条基因链都含有"领袖"的因素。但是，一是江湖的领袖，一是庙堂认可的道德领袖。

郭解基因的加入，使得宋江不再等同于以"勇武"立身的寨主、强人头领，而是以"义侠"服众的江湖领袖。施耐庵有意无意之间为宋江准备了两个反衬，一个是王伦，一个是晁盖。这两个形象着墨都不多，但性格基调还是相当清晰的。王伦的狭隘、刻薄、小气，晁盖的粗豪、简单、率直，都可做小团体的首领，而不可能成为号令江湖的领袖。

宋江的"义侠"一面，作品里有实写有虚写。前文已经交代，他与武松、与李逵的初次见面，只是几个很小的细节，就显出了"江湖"真"大哥"的气质。这很像《三国演义》"温酒斩华雄"一节，曹操为关羽斟酒的细节。那一杯酒就凸显了曹操不同于袁绍的领袖气质。宋江抚慰武松、包容李逵，事情都不大，但同样凸显出了不同于王伦、晁盖的领袖气质。对于一般读者而言（即不是金圣叹那种"别具只眼"的专业批评家），看到这里，不仅会喜欢上这个武功不高、其貌不扬的小个子，而且不知不觉间会在心中形成一种朦胧的预期，预期他必将接替晁盖，领袖群伦。

宋江的"忠孝"一面，是施耐庵特别重视的。施耐庵写这些，初衷绝不是要刻画一个伪君子，绝不是要曲笔描写两面派。施耐庵的本意就是要写一个道德上无可挑剔的人，要写一个因道德楷模而具有领袖资格的人。

这一点，正是孔孟毕生为之呼号的儒家政治哲学的核心。《论语》的《为政》篇有十分明确的表述：

> 为政以德，譬如北辰，居其所而众星拱之。

《孟子》也反复拿这种观点去游说梁惠王等君主。可惜，那些君主都缺乏理想色彩，所以，孔孟的政治理想只能停留在纸面与口头。

到了宋代以后，程朱理学的书呆子们，更把这种观念推到了极致，于是引发了一场著名的政治哲学性质的辩论——这一话题，我们后文再说。

还是回到"基因移植"的话题上来。施耐庵正是深受儒家政治哲学的影响，要让自己笔下的宋江登上道德制高点，成为"为政以德"的典型，于是反复在他如何不肯上山落草，如何时刻惦念朝廷，如何挂牵老父，如何为孝亲不顾生死——这些"忠""孝"品质上浓墨重彩地渲染。而在这个渲染过程中，孔子的某些行迹也就自然而然地影响到了有关情节的构思，上面提到的那些基因也就不自觉间移到了宋江的 DNA 中。

可是，令施耐庵始料不及的一个严重的问题出现了。

江湖领袖的基因和道德领袖（庙堂所提倡、认可的道德）的基因组合到了同一对 DNA 中，二者并不能水乳交融，而是如油入水，彼此排异。

金圣叹在分析宋江形象时，敏锐地指出了其中的矛盾之处——如我们在"奸雄话题"所讲，若江湖领袖是他的真实面目，那道德领袖就不可避免地有虚伪的嫌疑。

这种分析甚有道理，比起跟着施耐庵称许"忠义"要透辟得多，不过仍不免有简单化、片面化的毛病。问题的最大症结在于，施耐庵组合两类基因时，到底是没有料到彼此会排异呢，还是故意找来排异的基因，作为塑造"奸雄"的非常手段呢？

显然，是前者而非后者。

看看同一时代的小说，类似的人物形象无独有偶。

这首推《三国演义》中的刘备。

作为"为政以德"的领袖，作者极力渲染他的仁德，于是携民渡江呀，摔孩子呀，等等，可是，效果却同宋江差不多，"仁德"的高调与"枭雄"的身份（例如夺西川）很难协调，怪不得鲁迅先生要说"欲显刘备之长厚而似伪"了。

其次还有《西游记》里的唐僧。

作为西行五众的领袖，他的能力是最差的。那他的领袖资格靠什么呢？和宋江、刘备一样，靠的是道德制高点。

历史上的"勇悍狂侠"变成了"孝义黑三郎"；

历史上的一代"枭雄"变成了仁厚长者；

历史上刚毅卓绝的玄奘变成了教条至上的唐僧……

这种变化的共同点就是历史上的带有英雄气的人物，都被小说作者移入了道德领袖的基因。至于这些作家为何不约而同地从事类似的"基因工程"，我们不妨从一段历史公案说起。

朱熹、陈亮之争

儒学史上有一桩著名的公案，就是南宋时陈亮与朱熹的"王霸义利"之辨。

淳熙九年，朱熹以茶盐司使臣的身份到衢州巡查，陈亮以布衣的身份登门求教。两个人讨论起"王霸义利""天理人欲"这些儒学的根本性命题，意见出现严重分歧。朱熹的基本观点就是：好的政治领袖，最重要的是自己的道德修养；道德上有了瑕疵，功业再大也是枉然。陈亮和他大唱反调，认为衡量政治领袖的标准与常人不同，应首先看他们的成就，特别是给国家和百姓带来的利益。两个人谁也说服不了谁，一直辩论了十天没有结果。过了两年，陈亮因为批评时政而入狱。在他出狱后，朱熹去信劝诫，认为他的灾祸根源是错误的政治、道德观点，要他放弃自己的"义利双行、王霸并用"理论，和自己一样奉行"醇儒之道"。陈亮依旧不服气，写信和他争辩，你来我往的笔墨官司又打了多年，到头来各自坚持己见，这桩公案也就不了了之。

在这场辩论中，双方的一个焦点是对历史上政治领袖的评价。唐太宗李世民是双方争辩的标靶。陈亮称赞唐太宗的功业："其国与天地并立，而人物赖以生息。"他反问，如果这样给民众带来生存发展福祉的人物不合乎"天理"，那么"天理"还有什么存在的理由呢？朱熹先后回复了十五封书信，反驳陈亮，认为只有上古时的政治才合乎天理，尧、舜都是因其道德高尚而成为伟大的领袖，到了后世，大多政治领袖道德败坏、人欲横行，如实现"贞观之治"的李世民也不过是"以智力把持天下"，而私德甚亏，"专以人欲行"的庸劣之主。由此，他把历代英雄人物一笔抹倒。

对于朱熹持论之偏，后人多有讥弹，杨慎尖锐指出：

"朱文公评论古今人品……亹亹千余言，必使之不为全人而已。盖自周、孔而下，无一人得免者。"确实，以常理常情衡量，朱熹的这些观点都是"违公是而远人性"的。但是，平心而论，他又并非信口雌黄。他的臧否标准是明确的，就是"内圣外王""致君尧舜""修齐治平"的儒家理想政治观。而以此衡量现实中的历史人物，没有一个可以及格。

陈亮与朱熹的辩论，从口舌角度看，谁也不退让，可以说是打成了平局。但是朱熹的观点是宋明理学的主流观点，也就成为其后很长一段时间里的官方意识形态。尽管元、明、清的皇帝们依旧大多私德不修，但口头上"为政以德"却一直是官场认可的套话。除了极少数思考者如李卓吾稍有质疑外，一般读书人却都是奉为金科玉律的。虽然"修齐治平"理想从未有过真正的实现，但理论上却是不容置疑的，也是读书人乐于高谈阔论的。

尽管两千余年的封建社会中"修齐治平"的人格理想从未真正实现，但仍有儒者以之作为人生之梦、社会之梦。现实中失意、失望，于是，就把这种理想投射到自己塑造的文学形象上，于是，就有了通俗小说中"高调出演"的一系列"道德领袖"。

八　酒肉话题

成瓮吃酒　大块吃肉

《水浒传》第六回说到，花和尚鲁智深、九纹龙史进在瓦罐寺外，合力杀死了崔道成、丘小乙两个强人后，进入寺里，"寻到厨房，见有酒有肉，两个都吃饱了"。

这种举动有点意思，杀人后，不但要卷走对方打劫积下的金银，而且，还专门找到厨房，吃对方剩下的酒肉，这样的情节，在新派武侠小说中，大概不大容易找到吧？

如果说好汉是杀人后因力乏需补充消耗的体力而有此种举动，那还可以说是平平常常的现实主义，倒也不足为怪，但事实又并非如此。

就拿鲁智深、史进来说，两条好汉杀人后钻进厨房时，其实并不饥饿，书中已交代，就在双方动手前，史进已拿出干肉烧饼，和鲁智深"都吃饱了"，随后鲁智深和崔道成交手，只八九回合就办得崔道成想夺路逃命，接下来丘小乙、史进加入厮拼，以鲁智深数回合就斗得对手力怯的身手，两条好汉解决对方，大概用不了太长时间，没有斗得饥饿又需重新吃饱的道理，除非两条好汉患有甲亢，但书中没这样说，这只能说明梁山好汉对酒肉有种特殊的热情。

又如第三十一回血溅鸳鸯楼一段，武松连杀蒋门神、张团练、张都监后，拿起桌子上酒盅子一饮而尽，又连吃了三四盅才卷了银酒器走路。对饮酒这一细节，美国学者夏志清先生在《中国古典小说导论》里赞叹不迭，认为"颇有荷马史诗的风格，毫无浪漫传奇华丽的文饰"，"达到了现实主义创作的极致"。

不过这赞叹是就百二十回本《水浒传》中的叙述而言，而在一种一百一十五回的《水浒》中，同一情节里，则说武松杀了三个仇人后，大吃大喝了一顿。

夏志清认为后种写法不好，还是写只饮了三四盅酒合乎情理，"因为武松很可能会停下来喝酒，但在那个特别时刻痛痛快快地饱餐一顿则是不大可能的"。

真的不大可能吗？

这就要看怎么说了。其实水浒故事的叙述者讲述武松这种举动，未必就是从现实主义创作原则出发，更有可能是出于一种特殊的趣味，写大吃大喝，或许更合乎这种趣味。

为了说明这点，不妨再看一下第三十二回夜走蜈蚣岭一段。武松格毙王道人，救下张太公的女儿，听其哭诉自己全家被害及自己被掳的经过后，接下来是：

> 武行者道："你还有亲眷么？"
>
> 那妇人道："亲戚自有几家，都是庄农之人，谁敢和他争论？"
>
> 武行者道："这厮有些财帛么？"
>
> 妇人道："他也积蓄得一二百金银。"
>
> 武行者道："有时，你快去收拾，我便要放火烧庵也。"

救人救彻，杀人放火，几句对话均在情理之中，但再接下来，却突然是：

> 那妇人问道："师父，你要酒肉吃么？"
>
> 武行者道："有时，将来请我。"
>
> 那妇人道："请师父进庵里去吃。"

此时王道人和小道童的无头尸就横在血泊里，这当儿武松还能有好胃口吃酒吃肉倒也不足为奇，毕竟是好汉嘛，倒是难为"那妇人"，在如此血腥的气氛里，在张皇恐惧之际还能考虑到"师父"——武松在她面前可还是个出家人的面目——对酒肉的兴趣，这可是真真难能，难能得奇哉怪也！

水浒故事的叙述者就是这样一而再，再而三地告诉列位看官，好汉们诛杀奸邪，除了可以裹走对方积下的金银补充路费以外，往往还有一番大快朵颐作为酬劳。就连林冲，山神庙手刃仇人后，也是把葫芦里剩的一点冷酒吃尽了才上路。

还不只是杀人越货后要大吃大喝，好汉们平日便是酒肉不断。吴用往石碣村说三阮撞筹，其时阮小五、阮小七已是赌输得赤条条，阮小二也是精穷，就是这样的三位，为招待吴用，还在村旁小店里要了一桶酒，大块切了十斤(！)花糕也似肥牛肉，直吃到天色渐晚。而这一轮十斤肥牛肉还只是"热身"，紧接着就开始了第二轮，吴用回请三阮，沽了一瓮酒，又买了二十斤(！！)生熟牛肉，外加一对大鸡，到阮小二家继续朵颐。就在大碗酒、大块肉的气氛中，阮小五道出对"成瓮吃酒，大块吃肉，如何不快活"的强人生活的不尽艳羡和向往。正是有了这种艳羡和向往，吴用才终能说动三人，入伙做下劫夺生辰纲这桩江湖壮举。

三阮以外，其他好汉如鲁智深、武松、李逵等人的人生旅程中也无一不时时散发着酒肉的气息：鲁智深在五台山下的小酒店里放怀大嚼，吃了十来碗酒后，要了半只熟狗肉，"用手扯那狗肉，蘸着蒜泥吃，一连又吃了十来碗。吃得口滑，只顾要吃，那里肯住"；燕顺等清风山好汉款待宋江，

"杀羊宰牛，连夜筵席，当夜直吃到五更"；再如"武十回"中，不知多少处在写武松饮酒吃肉……

好汉上了梁山，更有吃不完的接风酒、饯行酒、庆功酒……众好汉攻破大名府，救了卢俊义上山后，"连日杀牛宰马，大排筵宴"，"端的肉山酒海"，排座次后，重阳节菊花会，又是"肉山酒海"，"开怀痛饮"……

就连梁山好汉破了呼延灼的连环马后，被钩镰枪钩伤的大半战马，书中也特地交代，都被梁山做了菜马。

据汪远平先生《水浒拾趣》一书统计，《水浒》中写到"酒"的有一百十二处，点明名称的肉食描写有一百零三处。

因此，有人说《水浒传》是一本用酒浸得湿淋淋的小说，也不是没有道理。

酒肉的意义

水浒世界的大碗酒、大块肉的背后，有着丰富的文化蕴涵。

梁山好汉们饮酒吃肉，首先惹人注目的是他们那惊人的好胃口，惊人的食量，上面已提到三阮和吴用的那连续两轮吃喝，照书中的说法，总得报销了二十几斤肉吧？

还有武松，景阳冈打虎前喝了十八碗"透瓶香"（又名

"出门倒"），外带吃了四斤牛肉；醉打蒋门神前，先一路喝了四五十碗酒，而后修理蒋门神时，照样如猛虎搏羊，哪里有半分酒意！

正因这种酒量，远远超乎你我常人之量，就有人研究考证武松景阳冈喝的酒是不是烧酒，它的度数是否够得上烈性酒等问题，这种研究当然很有趣，但以在下看来也不必太较真儿。不管宋代的酿酒工艺能不能造出蒸馏酒这样的高度酒，总之水浒故事的讲述者是在强调武松喝的是那个时代一般人难以多承受的烈性酒，而且喝得还惊人之多。重要的是这种故事整体上的传奇氛围，这才是欣赏它的要领所在。否则，别说是酒，就是连喝上十八碗凉开水，你我又如何能办到？

有这种惊人之量的还有鲁智深，两次大闹五台山，第一次在山腰上喝了一大桶酒，第二次在山下，先喝了二十几碗，又要了一桶，无片时，也喝光了。下山后，在桃花村乔扮新娘痛揍小霸王周通前，也喝了二十来碗。

至于吴用说三阮撞筹时，风卷残云扫荡酒肉的战斗主力当然也是三阮。

而这些"酒囊饭袋"却都是一点折扣不打的响当当的好汉。几乎可以说，能豪饮者必为豪迈不羁型的好汉。《水浒传》就没说鼓上蚤时迁、神医安道全之流在山呼海饮，我等也绝不会产生这样的想象。

超凡之量就是超凡的英雄气概的象征，这已几乎成了中国人的一个世俗信念。即使新派武侠小说中也有类似的描写，如金庸《天龙八部》中的乔峰，和段誉初会时拼酒以及聚贤庄大战前，都喝了几十碗烈酒，而全书第一重头戏——少林寺大决战前，更是着意写萧峰面对数千强敌，痛饮"少说也有二十来斤"的烈酒。给金庸小说挑毛病的很多，但鲜有对这一描写提出异议的，就因它虽不合现实主义美学原则，但却深合上述的那种中国人的世俗信念。

但是同样是讲述英雄侠客故事，在大仲马的《三个火枪手》里见不到类似描写，在与《水浒传》较接近的司各特的《艾凡赫》中，也极少见罗宾汉及他手下的绿林好汉在肉山酒海地大快朵颐。书中虽也有个酒肉和尚脱克和尚，但他的胃口和食量与花和尚鲁智深比可相去太远。总之，罗宾汉的天地不像水浒世界那样时不时蒸腾出一股酒肉的气息①。

原因何在？

还得从中国文化的根儿上来找。中国文化中，饮食文化一脉向来极为发达。

早在孔圣人时代，就有"食不厌精，脍不厌细""割不正不食"等诸多讲究，《周礼》《礼记》《吕氏春秋》等皇皇典册也辟有专章谈吃，后来更发展出《食经》《食谱》《随园食单》等一系列饮食专著，足见重吃的传统，绵远悠长。

---

① 查尔斯·维维安的《罗宾汉传奇》写到酒肉的笔墨要比《艾凡赫》多，但与《水浒传》相比，最多仍属"轻量级"。

有不少古人的趣闻逸事是围绕着吃展开的。《世说新语》里，张季鹰在外地好好地做着高官，忽然思念起故乡的鲈鱼、莼菜，于是干脆辞官不做，起驾回乡，这在历代文人高士中被传为美谈；还有一位毕卓，喝着美酒，吃着螃蟹，说如能在酒池里游泳，便足了一生；苏东坡也有诗云"我生涉世本为口"，更是上升到了人生观的高度，这位大名鼎鼎的文化人，在很多关于他的民间传说里，就是以美食家的面目出现的。

而词人骚客的笔下，说到饮食尤其是酒的，更是如河中的石子，数也数不清。

但同样是受这种重饮食的文化传统的影响，同样是写吃，各种文学作品尤其是古代小说写来也可能各个面目不同，旨趣各异。《金瓶梅》中多处写到吃，如第二十二回写西门庆家中的早餐：

> 两个小厮放桌儿，拿粥来吃。就是四个咸食，十样小菜儿，四碗顿烂：一碗蹄子，一碗鸽子雏儿，一碗春不老蒸乳饼，一碗馄饨鸡儿。银厢瓯儿，粳米投着各样榛松栗子果仁梅桂白糖粥儿。……

透着世俗的细腻。《红楼梦》里也多处描写茶酒饮食，但整体上力图传达出的是一种贵族的精雅的文化氛围。这些都和

张旺 《武松打虎》

《水浒传》不同。就连同具阳刚之美的《三国演义》，在这点上，也不同于《水浒传》。《三国》中见不到关羽、赵云在大吃大喝，即使是张飞，也只是偶尔写写他贪杯罢了。

那么，《水浒》中为什么频繁地出现大碗儿酒大块儿肉？

有一种说法，说这是强人文学的宣传策略。水浒故事，在最初本就是说给宋元时的社会下层分子听的，而这些人平日的物质生活应是十分困苦，尤其是汉民族，关内牧地本就极少，肉畜数量相当有限，社会底层分子，经年累月吃的是粗茶淡饭，少有肉类沾唇，酒也难得多喝，而现在，水浒故事的讲述者却突然在他们面前展现出一个酒池肉林的世界，穷形尽相地描绘那些杀人越货、啸聚山林的好汉们是怎样几乎无休止地享用酒肉，这无疑会在听故事的走卒负贩引车卖浆者流心中唤起油然的向往，发出阮小七曾发过的感叹："人生一世，草生一秋，我们学得他们过一日也好！"也许会有一些本是循规蹈矩的心灵突然不再甘于沉沦底层的困苦的命运，终于，抛下了一切，跟着讲述水浒故事的强盗宣传家们走了，加入了啸聚山林的队伍。

这是由学者孙述宇先生提出的。孙述宇在《水浒传的来历、心态与艺术》一书中，反复申说，说水浒故事最初是强人说给强人的故事，是强人的宣传文学。

这是一种有趣的解释，你可以对它的前提，即"《水浒传》是强盗的宣传文学"提出疑问，但应该承认，这种解释至少有合理成分，即《水浒》中的大量的饮酒吃肉，并不纯粹是现实的描写，它的确更多的是表现一种梦想，一种社会底层分子对物质丰盈能尽情享受口腹之乐的人生的梦想。中国古代农耕社会，肉类确实短缺。《礼记·王制》中记载："诸侯无故不杀牛，大夫无故不杀羊，士无故不杀犬豕，庶人无故不食珍。"当然士以上的贵族未必真是这样艰苦朴素，但当时肉食不多也确实是事实。如果能够保证一般的平民七十岁以上可以吃到肉，在孟子的眼中就是王道乐土了。相对于贵族被称为"肉食者"，平民历来多被称为"蔬食者"。水浒故事产生于宋元社会，当时讲说这些故事的民间说书人和听故事的市井中人，只怕多半是"蔬食者"，因此在讲听好汉故事时以白日梦的方式来一番番精神会餐，那是极有可能的，甚至可以想象，当初说书人口沫横飞地讲述鲁智深如何在连吃了十来碗酒后，又要了半只熟狗，"用手扯那熟狗肉，蘸着蒜泥吃，一连又吃了十来碗，吃得口滑，只顾要吃，那里肯住"这一类情节时，不知会有多少听者，直听得目瞪口呆，舌底生津，心底生出无限的艳羡之情。

消失了大块儿肉

不妨就这个酒肉话题再多说几句。

《水浒传》之后，又出现了很多描绘草莽人物的小说，自然也免不了要写饮酒吃肉，但奇怪的是却远不如《水浒》这样描写之频繁，也远没有《水浒》时时表现出的对酒肉的强烈兴趣。《水浒》的三部续书——《水浒后传》《后水浒传》《荡寇志》是如此，《隋史遗文》《隋唐演义》等演说瓦岗寨好汉故事的也是如此，莫非因为它们不同于《水浒》经过市井间长期口耳相传的演化积累，带有强烈的市井趣味，而它们却是文人独立的案头创作且别有寄托才会如此？

而且，有趣的是，这些书中，写江湖豪客饮酒的笔墨还不算少，却很少再有成堆的大块儿肉出现在他们的酒桌上。

这种变化在新派武侠小说中尤为明显，古龙《多情剑客无情剑》中的李寻欢，是个落拓的酒鬼，酒葫芦不离手，却从没见他风卷残云地吞食几斤牛肉；《楚留香》中的楚香帅是享乐主义者，但他的饮食却十分精致（见《血海飘香》第一部第一章结尾①）；梁羽生《萍踪侠影》中跳脱狂放的张丹枫

---

①　在《血海飘香》第一部第一章的结尾，可以看到楚香帅一餐的配置是：

> 盘中有两只烤得黄黄的乳鸽，配着两片柠檬，几片多汁的牛肉，半只白鸡，一条蒸鱼，还有一大碗浓浓的番茄汤，两盅腊味饭，一满杯紫红的葡萄酒。杯子外凝结着小珠，像是被冰过许久。

这一餐给人的感觉，首先是洋气十足，洋气不奇怪，古龙笔下的楚留香本就是中国古装版的007，除了洋气以外，再有值得注意的就是它想传达出的优雅情调，这是与《水浒传》不同的，试想一下，如果让鲁智深或李逵坐在这一桌前，会是何种情形呢？大概是不会有楚香帅那份风雅的，什么几片牛肉、半只鸡、几盅腊味饭之类，几口就没影儿了，也未免太不过瘾、太不痛快了吧？

也好，《云海玉弓缘》中独来独往快意恩仇的金世遗也好，这些狂侠也从不以山吃海饮来表示自己的豪迈。其中张丹枫倒是喜欢喝塞外的烈性酒，但是没见他有狂吃几斤牛肉的举动。以他在蒙古部落的地位，如果他想这样做，要比梁山好汉还方便得多，可他没这个兴致（准确一点说，是梁羽生不让他有那个兴致）。

金庸笔下也是如此，《笑傲江湖》里的令狐冲极好酒，却从未流露过对肥鹅大肉的兴趣；《天龙八部》中的乔峰极豪饮，但聚贤庄大战前连饮几十碗烈性酒时喝的却是寡酒，当时聚贤庄大会群雄，不会不备肉食，但金庸没提；《射雕英雄传》里的洪七公倒是极好吃，按说这位叫花子头最有可能喜欢大块吃肉，可怪就怪在他偏偏似乎是孔圣人"食不厌精，脍不厌细"的铁杆儿信徒，在吃上偏生有无穷的细讲究……

……

可以大碗喝酒，但是不再大块吃肉，而且与《水浒》相比，新派武侠小说中描写侠客的饮食，总体上是草莽气少，风雅渐增，这一点，金庸的小说尤为明显，《射雕英雄传》中黄蓉为洪七公烧制"好逑汤"和"玉笛谁家听落梅"一段，一字不改地搬入《红楼梦》，似乎也未尝不可吧？

那么此中种种，奥妙何在呢？

这些就留给列位看官列位朋友去探究吧，这个话题就此打住何如？

附论：

相同的酒，不同的功效

《三国演义》中有一段脍炙人口的战争描写，就是第五回的"温酒斩华雄"。这一情节的背景是曹操与袁绍率领十八路诸侯伐董卓，董卓派骁将华雄拒敌。华雄勇冠三军，连斩鲍忠、祖茂、俞涉、潘凤数员上将，联军的各路诸侯"众皆失色"。于是，出现了一幕戏剧性极强的场面：

（袁）绍曰："可惜吾上将颜良、文丑未至！得一人在此，何惧华雄！"言未毕，阶下一人大呼出曰："小将愿往斩华雄头，献于帐下！"众视之，见其人身长九尺，髯长二尺，丹凤眼，卧蚕眉，面如重枣，声如巨钟，立于帐前。绍问何人。公孙瓒曰："此刘玄德之弟关羽也。"绍问现居何职。瓒曰："跟随刘玄德充马弓手。"帐上袁术大喝曰："汝欺吾众诸侯无大将耶？量一弓手，安敢乱言！与我打出！"曹操急止之曰："公路息怒。此人既出大言，必有勇略；试教出马，如其不胜，责之未迟。"袁绍曰："使一弓手出战，必被华雄所笑。"操曰："此人仪表不俗，华雄安知他是弓手？"

关公曰："如不胜，请斩某头。"操教酾热酒一杯，与关公饮了上马。关公曰："酒且斟下，某去便来。"出帐提刀，飞身上马。众诸侯听得关外鼓声大振，喊声大举，如天摧地塌，岳撼山崩，众皆失惊。正欲探听，鸾铃响处，马到中军，云长提华雄之头，掷于地上。——其酒尚温。

这是《三国演义》中最精彩的段落之一。

这一情节的"戏眼"是那一杯热酒，而这杯热酒关联到两个人：饮酒的关云长和斟酒的曹孟德。这正是这一情节的两个主角。

这杯热酒对于刻画关羽与曹操的形象来说，可以说都是画龙点睛的妙笔。

先来看关羽。

浅层地说，这杯热酒是表现他的神勇程度的"一把标尺"。试想如果没有这个细节，那只能用一些抽象的词语来形容关羽取胜的速度了，诸如"不到片刻""说时迟那时快"之类。比起"其酒尚温"四个字来，其艺术表现力所差真不可以道里计。

深一层讲，关羽的个性也借这杯酒而凸显出来。本来，在诸侯们束手无策的时候他挺身而出，据常理应该得到表彰、鼓励；不料却被袁术、袁绍弟兄俩羞辱一番。而在这个敏感的时候，曹操出来支持关羽，并以"酾热酒一杯，与关公饮了上马"的方式，表达自己的鼓励与敬意。按照常理，关羽应该对曹操十分感激，"满饮此杯"来回应曹操的好意。但是，那样做就不是关羽了（如果换了赵云，大约是会饮掉的）。当他放言"酒且斟下，某去便来"之时，那股傲视群雄的自信，瞬间使这个形象有了神一样的气质。

我们不妨拿《水浒传》中塑造武松形象的手法来比较一下。①

《水浒传》的人物画廊中形象最生动、最饱满、影响最大的，当数武松。而武松与"酒"的关系也是作品着力描写的地方。

武松最为人们熟知、传颂的故事，首先是打虎，其次当数兄嫂情仇，然后是醉打蒋门神等。不过，这些故事都是他作为"孤胆英雄"在单打独斗。把武松与水泊梁山连接起来的一段情节却往往不被读者注意，那就是武松初逢宋江。武松流落江湖，闻名来投奔柴进。柴进徒有虚名，不识英雄，以致武松在柴家庄被轻贱，沦落到身患重病却只能在走廊里自己烤火取暖。这时，偶

---

① 关羽和武松，表面上差异很大，一个是庙堂名将，一个是江湖草莽。但如果从文学形象的角度看，二者颇多相似处。特别是在精神气质方面，如神勇、如争强好胜等。

遇同样亡命江湖的宋江。宋江与柴进全然不同，"看了武松这表人物，心中甚喜"，"携住武松的手"，"让他一同在上面坐"，"当夜饮至三更。酒罢，宋江就留武松在西轩下做一处安歇"。其后的半个多月里，宋江给武松做衣裳，"每日里饮酒相陪"。武松返乡，宋江送出十余里路，又厚赠银两，设酒饯行。

这一段与关羽、曹操之间的桥段颇多相似：

都是一个英雄在微末时被人轻贱；

这一英雄都是神勇无比而心性高傲的"超人"（武松的高傲，突出表现在对"三碗不过冈"的挑战，醉打蒋门神的主动"求醉"等细节上）；

都是遇到一位慧眼之人来赏识，抚慰其受伤的心灵；

这一慧眼之人都将成为叱咤风云的领袖；

而轻贱他们的人都是出身"高贵"，享有大名，但却是其实不副的"伪"领袖；

甚至宋江抚慰、结识武松的方式也与曹操相似——如上所述，反复写饮酒、敬酒。

那么，为什么这一段情节在"知名度""影响力"等方面都远逊于"温酒斩华雄"呢？

原因当在于两个方面：

其一，"温酒斩华雄"一段文字，关羽处在舞台中心，在聚光灯之下——在华雄嚣张而众诸侯束手无策之时，他挺身而出。当时，情势紧张，矛盾尖锐，所有人的目光（在场者与读者）都集中到关羽的作为上。曹操与二袁在这个意义上只是关羽的配角。而《水浒》这段文字，中心是宋江，武松只是被动承受。而宋、武相会之时，并无大的戏剧性冲突为背景，所以故事情节的冲击力不够，武松的个性也无由充分表现。

其二，"温酒斩华雄"中，曹操那杯热酒由于被关羽的搁置而使情节陡然增加了张力，而后面的"其酒尚温"一句，则借此张力把关羽的形象由"勇武"推向了"神武"，在关羽的形象基调上涂了浓厚的"神"的色彩。反观宋江虽然频频请武松喝酒，但都是写实性很强的"饭局"而已。这样的笔墨，用来表现宋江"仗义疏财""及时雨"的品格，倒是相当合适。但对于武松来说，就未免平淡乏味了。

即以《水浒传》自身所写英雄与酒的桥段而论，同样是喝酒，效果也是大不相同的。

先来看武松打虎一段：

酒家道："这厮醉了，休惹他。"再筛了六碗酒，与武松吃了。前后共吃了十五碗，绰了哨棒，立起身来道："我却又不曾醉！"走出门前来笑道："却不说'三碗不过冈'！"手提哨棒便走。

酒家赶出来叫道："客官那里去！"……武松听了，笑道："我是清河县人氏，这条景阳冈上，少也走过了一二十遭，几时见说有大虫？你休说这般鸟话来吓我。便有大虫，我也不怕！"

……

那时已有申牌时分，这轮红日，厌厌地相傍下山。武松乘着酒兴，只管走上冈子来。……

武松正走，看看酒涌上来，便把毡笠儿背在脊梁上，将哨棒绾在肋下，一步步上那冈子来。回头看这日色时，渐渐地坠下去了。此时正是十月间天气，日短夜长，容易得晚。武松自言自说道："那得甚么大虫？人自怕了，不敢上山。"武松走了一直，酒力发作，焦热起来，一只手提哨棒，一只手把胸膛前袒开，踉踉跄跄，直奔过乱树林来。见一块光挞挞大青石，把那哨棒倚在一边，放翻身体，却待要睡，只见发起一阵狂风。……

……那一阵风过处，只听得乱树背后扑地一声响，跳出一只吊睛白额大虫来。武松见了，叫声："阿呀！"从青石上翻将下来，便拿那条哨棒在手里，闪在青石边。

那大虫又饥又渴，把两只爪在地上略按一按，和身望上一扑，从半空里撺将下来。武松被那一惊，酒都做

冷汗出了。（第二十三回）

武松的三分莽撞七分豪情，情节的紧张曲折，在很大程度上得力于这十八碗酒。各类传奇小说中，写英雄与猛兽搏斗的并不罕见，但没有一部可以像这段一样脍炙人口。其原因就在于，《水浒传》不只是通过打虎写了武松的勇猛，更通过醉酒的细节生动传神地刻画出了武松独特的精神气质。

再看"醉打蒋门神"一段：

当日武松欢喜饮酒，吃得大醉了，便叫人扶去房中安歇，不在话下。

次日，施恩父子商议道："武松昨夜痛醉，必然中酒，今日如何敢叫他去？且推道使人探听来，其人不在家里，延挨一日，却再理会。"当日施恩来见武松，说道："今日且未可去：小弟已使人探知这厮不在家里。明日饭后，却请兄长去。"武松道："明日去时不打紧，今日又气我一日。"早饭罢，吃了茶，施恩与武松来营前闲走了一遭。回来到客房里，说些枪法，较量些拳棒。看看晌午，邀武松到家里，只具数杯酒相待，下饭按酒，不记其数。武松正要吃酒，见他把按酒添来相劝，心中不在意。吃了晌午饭，起身别了，回到客房里坐地。只见那两个仆人，又来服待武松洗浴。武松问道："你家小管营，今日如何只将肉食出来请我，却不多将些酒出来与我吃，是甚意故？"仆人答道："不敢瞒都头说：今早老管营和小管营议论，今日本是要央都头去，怕都头夜来酒多，恐今日中酒，怕误了正事，因此不敢将酒出来。明日正要央都头去干正事。"武松道："恁地时，道我醉了，误了你大事？"仆人道："正是这般计较。"

当夜武松巴不得天明，早起来洗漱罢，头上裹了一顶万字头巾，身上穿了一领土色布衫，腰里系条红绢搭膊，下面腿绷护膝，八搭麻鞋。讨了一个小膏药，贴了脸上金印。施恩早来请去家里吃早饭。武松吃了茶饭罢，施恩便道："后槽有马，备来骑去。"武松道："我又不脚小，骑那马怎地？只要依我一件事。"施恩道："哥哥但说不妨，小弟如何敢道不依？"武松道："我和你出得城去，只要还我无三不过望。"施恩道："兄长，如何无三不过望？小弟不省其意。"武松笑道："我说与你：你要打蒋门神时，出得城去，但遇着一个酒店，便请我吃三碗酒，若无三碗时，便不过望子去。这个唤做无三不过望。"施恩听了，想道："这快活林离东门去，有十四五里田地，算来卖酒的人家，也有十二三家；若要每店吃三碗时，恰好有三十五六碗酒，才到得那里。恐哥哥醉了，如何使得？"武松大笑道："你怕我醉了没本事，我却是没酒没本事。带一分酒，便有一分本事；五分酒，五分本事。我若吃了十分酒，这气力不知从何而来。若不是酒醉后了胆大，景阳冈上如何打得这只大虫？那时节我须烂醉了，好下手，又有力，又有势。"施恩道："却不知哥哥是怎地。家下有的是好酒，只恐哥哥醉了失事，因此夜来不敢将酒出来，请哥哥深饮。既是哥哥酒后愈有本事时，怎地先教两个仆人，自将了家里好酒、果品、肴馔，去前路等候，却和哥哥慢慢地饮将去。"武松道："怎么却才中我意！去打蒋门神，教我也有些胆量。没酒时，如何使得手段出来？还你今朝打倒那厮，教众人大笑一场！"（第二十九回）

要知道，武松面对的敌手是号称"一身好本事，使得好枪棒，拽拳飞脚，相扑为最。自夸大言道：'三年上泰岳争交，不曾有对；普天之下，没我一般的了！'"的超级好汉蒋门神。武松的战前姿态真是有点轻敌了。但结合前后文来看，武松之所以如此，实有三个方面的原因：一是对自己勇武的自信——如后文所形容的"虎一般的健"。二是对自己酒量的自信："若吃了十分酒，这气力不知从何而来。"三是高傲的性格。这第三点最为重要，也是"醉打"的神采所钟。正是因为得知施氏父子对自己"饮酒误事"的担忧，才激发了看似过分的反应。而唯其如此"离谱"的表现，才渲染出武松神一般的生动形象。金圣叹就此生发出"事为文料"的理论。他分析"饮酒"描写的文本功能："如此篇武松为施恩打蒋门神，其事也；武松饮酒，其文也。打蒋门神，其料也；饮酒，其珠玉锦绣之心也。故酒有酒人，景阳冈上打虎好汉，其千载第一酒人也。酒有酒场，出孟州东门，到快活林十四五里田地，其千载第一酒场也。……酒有酒题，'快活林'其千载第一酒题也。凡若此者，是皆此篇之文也，并非此篇之事也。如以事而已矣，则施恩领却武松去打蒋门神，一路吃了三十五六碗酒，只依宋子京例，大书一行足矣，何为乎又烦耐庵撰此一篇也哉？"他指出，作品的文学品格正蕴含在"饮酒"的笔墨之中——这既包括人物的形象塑造，又包括情节的起伏跌宕；如果删去了这些，那就只是事件梗概，文学性也就完全丧失了。

《水浒传》中，其他如鲁智深两番大闹五台山，武松做了行者之后的"醉打孔亮"，也都是读者过目难忘的情节。

相比之下，同样是饮酒，为什么宋江与武松初逢时的饮酒描写没有这样的艺术效果呢？前面提到的原因之外，武松、鲁智深在景阳冈、五台山的饮酒，都是他们主动的行为，甚至是逞强好胜喝下的；正如《三国演义》中关羽拒绝当时饮酒，也是主动而且逞强的。反之，宋江安排的饮酒，尽管"连续多日"，武松却始终是被动的。于是这些"酒"和他的精神气质就没有多大关系了。

"英雄——豪饮"，这几乎是英雄传奇小说的一个模式。如金庸小说中，第一豪情英雄萧峰，痛饮几乎是他的"招牌"；第一潇洒英雄令狐冲，更是把"酒"的精神与"笑傲"的姿态紧密关联。其他如文泰来、胡一刀等也是如此。若细推敲，作者所安排的萧峰、令狐冲等喝酒的时间节点、情节背景都是颇具匠心的。可见"英雄——豪饮"模式是否能产生理想的文学效果，却还是要看作者是否把握到上面所说的这些规律。

九　金银话题

郭大路的问题

记得古龙的新派武侠小说《欢乐英雄》里，侠客郭大路提了一个非常有趣的问题：

> 我虽然没有在江湖上混过，但江湖好汉的故事却也听过不少，怎么从来没有听过有人为钱发愁的？……那些人好像随时都有大把大把的银子往外掏，那些银子就好像是从天上掉下来的。

书中给的答案是："因为说故事的人总以为别人不喜欢听这些故事。"

其实这只怕未必。在一次新派武侠小说大宗师金庸参加的座谈会中，就有人问金庸，《笑傲江湖》里的华山派，有岳不群、岳夫人、令狐冲等师父、徒弟一大群人，每日习武练剑，不事产业，他们靠什么养活自己？金庸笑而不答。

新派武侠小说，刻意描绘、经营的是一个虚拟的、很大程度上理想化的江湖世界，活跃在这个世界里的侠客，既对金珠财货缺乏兴趣，又并不缺大把的银两，似乎只有这样，才既具有飘逸的古典神韵，又暗合潇洒的现代追求。

但水浒世界里却又是另一番景象，这个世界间的梁山好汉，对金银珠宝，有着非常引人注目的强烈兴趣。

好汉爱金银

先说"智取生辰纲"的七条好汉。"智取生辰纲"，是梁山好汉一番轰轰烈烈的事业的发端。这一段好汉壮举，轰动了水浒世界里的江湖，也为《水浒》读者津津乐道、广为传颂。但是晁盖这一土著地主，联络一伙冒险分子，做下这桩弥天大案，背后的真实动机又是什么？是为了劫富济贫？还是说为了准备"农民革命"？显然都不是。其实吴用说三阮撞筹时早已讲得明明白白："取此一套不义之财，大家图个一世快活。"果然，黄泥冈上，这一伙好汉劫得了十万贯金珠，而后大概经过坐地分赃，晁盖、吴用等回了晁家庄园，三阮则"得了钱财，自回石碣村去了"。随后并没听说他们有济贫的打算，也没见他们准备扯旗造反（或曰起义），如果不是东窗事发，保不准他们真的就此安心做了富家翁，一世快活。因此，黄泥冈上这桩大案，打劫的固然是不义之财，但其实质，说穿了，就是一次黑道行动。

再看一向慷慨粗豪的鲁智深，也曾从强人窝里卷走了一笔金银。这花和尚在桃花村假扮新娘，一顿老拳，将"帽儿光光，做个新郎"的小霸王周通收拾得晕头转向，随后上桃花山小住几日，却又看不惯李忠、周通二人的抠门小家子相，执意离去，并趁二人下山劫财之际，两拳打翻并捆了伺候饮酒的喽啰，踏扁了两个小气鬼摆阔设放在桌上的金银酒器，打在包裹里，然后，从险峻的后山，干脆一道烟滚（！）了下去；

再看鸳鸯楼上那幕血案，武松连刃十数人后，一片血泊之中，同样从容地将桌上银酒器踏扁，揣入怀里带走；

即使极是粗心鲁莽的角色如李逵，沂岭之上杀了假李逵后，也没忘进房中搜看，"搜得些散碎银两并几件钗环"，都拿了——李逵虽极端厌烦女色，但也知这些沾满了脂粉气的钗环可以换钱换酒，照拿不误。而后，还去李鬼身边，搜回了那锭被骗去的小银子，在这种事儿上，黑旋风也足够细心。

还有，解珍、解宝及邹闰、邹渊一伙好汉，血洗了毛太公庄后，也从卧房里搜捡得十数包金银财宝带走；

……

杀人劫财，这样的故事，在水浒世界里，发生了一幕又一幕。

仗义疏财

不过，水浒世界里的好汉们虽然如此看重金银，却不使读者憎厌，因为他们大多同时出手大方，在水浒世界里，仗义疏财是好汉们应具的美德：

鲁提辖为救金氏父女，送了二人十五两银子；

林冲发配沧州，途中投柴进庄上歇宿，临行，柴进捧出二十五两一锭大银相送；

晁盖，"平生仗义疏财，专爱结识天下好汉，但有人来投奔他的，不论好歹，便留在庄上住；若要去时，又将银两赍助他起身"。

宋江，"平生只好结识江湖上好汉，……尽力资助，端的是挥霍，视金似土"。发配江州，酒楼上初见李逵，便将十两银子交与李逵，李逵为此寻思道："难得宋江哥哥，又不曾和我深交，便借我十两银子，果然仗义疏财，名不虚传。"借十两银子（还不是送）便让李逵如此赞叹，可见十两银子并不是小数。随后，宋江、戴宗、李逵和新结识的张顺又到浔阳江边琵琶亭中饮酒，兴尽而散，宋江又送了李逵五十两一锭大银！诸位看官不要忘了，以柴进之豪富及对林冲之格外相敬，相送的银两，是二十五两，这已应算是很大数目了吧？而宋江一出手竟是五十两，李逵后来对宋江的死心塌地，固然不能全说成是这几十两银子收买所致，但宋江这超乎寻常的慷慨，无疑在李逵心中树立了非同等闲的高大形象。而且，还不只是李逵得过宋江的银两，据有人统计，《水浒传》中写宋江送银子有十七处之多，宋江之仗义疏财名动江湖，谅非偶然。

此外，还有武松，还有张青，还有史进……水浒世界里好汉间以银两相赠是极为常见的，往往是十两、二十两，少一点的，宋江赏助走江湖使枪棒卖膏药的薛永五两，也令薛永大加感叹。

那么这些好汉不时出手相赠的五两、十两、二十两银子，到底是个什么概念？

这可从书中寻到解答。第二十六回中，武松请郓哥帮忙打官司，答应送他五两银子养家，郓哥心道："这五两银子，如何不盘缠得三五个月？便陪他吃官司也不妨。"五两银子，够寻常人家过三五个月，而且郓哥应是往宽裕了计算的，否则也不会陪着打官司。再如，第三十九回里，李逵打昏了卖唱的歌女，宋江对歌女的父母道："我与你二十两银子，将息女儿，日后嫁个良人，免在这里卖唱。"二十两银子，可以改变这样一家人的命运。

又据学者孙述宇先生估算，十两银子，大约为封建时代一个农民或工匠太平时候一年的收入。

这就可以看出，梁山好汉们动辄出手的十两、二十两银子，委实不是小数，的确够义气，够慷慨。但问题是，他们的钱都是哪儿来的？

宋江的钱

柴进有钱，这没问题，天潢贵胄，金枝玉叶，庄园中养几十个闲汉谅无困难。此外，卢俊义、李应这样的大财主也应足够阔。晁盖也该有不算太多但也还不少的家财。

倒是宋江的钱，来路难说。

按说宋江家里不过是郓城县一个小地主，他本人也只是身为小吏，田里所得和俸禄收入，想来十分有限，但是接济江湖好汉，却又是淌水似的使银子，莫非他接济好汉的钱真的是从天上掉下来的？正常收入和开销相差如此之大，难怪有人推断，这钱，多半不是好来的。理由是，那时的官场，遍布的是贪官污吏，宋江却有本事在其中混得八面玲珑四方讨好（这从杀惜后县衙对他的百般维护可以看出），就说明他绝非清廉耿介之辈，同流合污及在做吏胥中巧取豪夺之类只怕是免不了的了，阎婆惜骂他"公人见钱如蝇子见血"，"做公的人哪个猫儿不吃腥"，难道都是空穴来风？

但也有不这样看的，说《水浒传》的主题之一就是反贪官，宋江是贪官的对立面，那就应当是廉吏。至于宋江的大把使银子，不过是作者的近于浪漫之笔，觉得有必要格外突出宋江的仗义疏财，就自然让他的包裹里有取之不尽的银两，这就叫"率性笔写率性人"，作者的本意，倒未必是在暗示宋江的钱来路不正，"思想中有丑陋的因素"。

其实，以在下浅见看来，两种说法都有合理成分。

《水浒传》是率性笔写率性人（这话说得真好），对宋江仗义疏财的描写浪漫想象的成分居多，这都没问题，但要说宋江因为是贪官污吏的对立面，就定是两袖清风的廉吏，这只怕也未见得。列位看官须牢记，水浒世界里的道德观，与今人的现代观念，每每并不相同，就拿以吏胥的身份捞取外快的行径来说，在那个世界里，就并不被视作德行有亏。

有一个典型的例子。第三十回中，武松被张都监陷害，下入孟州大牢，这时知府已得了贿赂，一心要结果武松，多亏有个"忠直仗义，不肯要害平人"的叶孔目一力反对，武松才得以保全。这样一个正直的小吏，施恩托人转送他一百两银子，他也照单儿全收了，随后，出豁了武松。叶孔目收了银两又怎样呢？水浒故事的讲述者不还是赋诗称颂了他"西厅孔目心如水"吗？连武松，在重过十字坡对张青、孙二娘追述孟州这场牢狱之灾时，也还称赞叶孔目仗义疏财呢！其实，"仗义"是有的，"疏财"可未必，书中说得清清楚楚，叶孔目不是"疏"而是得了一注横财。

再如第十四回中，来东溪村投奔晁盖的刘唐被都头雷横捉住，晁盖认作外甥，保了下来，随后又送雷横十两银子，雷横略推了推就收了，揣入腰包。这可就怪了，雷横和晁盖是朋友，捉刘唐又不是捉贼捉赃，只是见偌大一条大汉在庙里睡得蹊跷，便捆了，还吊了小半夜，晁盖既已认作外甥，放人就是，难道误捉了朋友的子侄还要收谢银？要说这种写法仅仅是为了引出下面刘唐追讨银两与雷横厮杀及吴用出场等情节，主要是出于增强故事戏剧性趣味的考虑，那也应有个大致的前提，就是雷横的做法，不会被水浒故事的叙述者视作贪酷无耻，就如同上一个例子中的叶孔目没有被看作口是心非一样。

也许下面这个例子更能说明问题，就是书中讲武松住进张都监府后，"但是人有些公事来央浼他的，武松都对都监相公说了，无有不依。外人俱送些金银、财帛、缎匹等件。武松买个柳藤箱子，把这送的东西，都锁在里面，不在话下"。武松是《水浒》中最着力描画的顶天立地的好汉，但他的这种行径，在今人看来也不是那么值得称道吧？可水浒故事的讲述者却不带半点贬义口吻地毫不避讳地讲了，这说明什么？说明当时官场通例就是如此，送者，收者，以及讲此故事者，听此故事者，都视为理所当然，不足为怪。

因此，从水浒世界通行的道德观来看，宋江的捞取外快，最好还是不要断其必无，不过话还得说回来，水浒世界里宋江的大把用银，主要还是出自叙述者的浪漫想象。

黑道攫财

除了宋江，其他好汉的钱财来路，就好解决了。

有诛锄奸恶后的副产品。如鲁智深、史进两条好汉，在瓦罐寺毙了强人崔道成、丘小乙后，转到寺里搜了些金银衣裳，背走上路。这钱来得可以说光明正大。

有做江湖黑道"生意"得来的。十字坡开黑店的张青、孙二娘，以及他们揭阳岭上的同行催命判官李立，时不时将客商麻翻，打劫钱财，兼做人肉料理。还有水泊梁山，除了明火执仗的打劫客商、杀官攻城以外，山下朱贵的酒店也兼营此项副业。此外，浔阳江上差一点请宋江吃了"馄饨"或"板刀面"的专做"稳善道路"的船火儿张横，也属此类。

有收取流氓保护费敛来的。揭阳镇上没遮拦穆弘、小遮拦穆春兄弟即属此类，第三十六回中，走江湖使枪棒的好汉病大虫薛永来到揭阳镇地面儿，没有拜穆氏兄弟的山头，就给自己带来无穷的麻烦，还差点送了性命。

有利用公门权力诈害来的。如江州两院押牢节级戴宗戴院长，新来的配军须向他纳上常例人情。

有将穆氏道路和戴宗道路二合一的，孟州城安平寨金眼彪施恩便是。施恩及其父牢城管营向安平寨的囚徒诈人情银两自不必说，单说他们开在孟州城外的快活林酒店，施恩如此这般向武松介绍道：

> 小弟此间东门外，有一座市井，地名唤做快活林；但是山东、河北客商们，都来那里做买卖；有百十处大客店，三二十处赌坊兑坊。往常时，小弟一者倚仗随身本事，二者捉着营里有八九十个拼命囚徒，去那里开着一个酒肉店，都分与众店家和赌钱兑坊里。但有过路妓女之人，到那里来时，先要来参见小弟，然后许他去趁食。那许多去处，每朝每日，都有闲钱；月终也有三二百两银子寻觅，如此赚钱。（第二十九回）

这就是施恩的快活林，说是营业场所，还不如说是当地一个黑道总部！施恩把"施家军"——八九十个拼命囚徒分到各店各赌坊里，总不会是让这些亡命徒去发扬风格义务劳动吧？各处赌坊兑坊（即以赌徒为对象的小押当）每朝每日都要纳俸"闲钱"，而且，连过往的妓女，也要先来参见，得到批准，才能在此地讨生活。这一点上，施恩还不及开黑店的菜园子张青。张青尚且时常提醒孙二娘，江湖上的妓女，冲州撞府，逢场作戏，赔了多少小心才得来些钱物，就不要为难加害了。施恩连这点最起码的恻隐之心也没有，就是靠这种无情的盘剥压榨，"月终也有三二百两银子寻觅，如此赚钱"。（施恩的父亲老管营却对武松说，他们在快活林做些买卖，"非为贪财好利，实是壮观孟州，增添豪侠气象"。到底是官府吏员讲话，比他的恶霸儿子有水平，但这种鬼话，除了白痴谁会相信？）后来来了更有背景、身手更猛、更大一规格的恶霸蒋门神，一顿拳脚，夺了这块儿地盘儿及黑道买卖。总算施恩够运气，几顿好酒好肉就搬来身手更横的武松，又将蒋门神修理出局，"自此施恩的买卖，比往常加增三五分利息，各店里并各赌坊兑坊，加利倍送闲钱来与施恩"。黑道营生更加红火。

但是梁山好汉上山前发了最猛一注横财的，还不是施恩，而是大名府的行刑刽子手蔡福、蔡庆兄弟，为了卢俊义的生死，两兄弟吃了原告吃被告，先后收了李固和梁山好汉双方的一千五百两黄金！（当时黄金和白银的兑换率大约为一比十三①）虽说这笔钱他们代为上下打点用了一些，但大头总应是归了自己吧？不久，蔡氏兄弟上了梁山，这一注极猛的横财，就此交公了吗？没听说。（附带说一句，水泊梁山并非如人们所想象，是实行共产主义的；相反，好汉打家劫舍后，是要分金银的，一些被诱裹上山的好汉，如李应和

---

① 中国古代金银的兑换比率长期在一比六点几浮动，但是水浒故事的背景时代即宋徽宗时代，因执政者蔡京等人失败的经济政策，金银兑换率一下子猛增到一比十三，当然，《水浒》中蔡福、蔡庆兄弟敲诈黄金乃小说虚构，并非史事，笔者这里言及兑换率，其实也是游戏笔墨，诸位听作笑谈即可。

徐宁，他们带上山的家财，大概仍归个人所有。）

总之，梁山好汉上山前的财路，黑道，白道，黄道，林林总总，无奇不有。

鬼　推　磨

水浒故事的讲述者，不厌其烦，一而再，再而三地讲述好汉不择手段地攫取金银的故事，是因为在那个世界里，金银实在是万万不可缺少的。

别的不说，没有银子，梁山好汉这群快活的享乐主义者，冲州撞府、闯荡江湖时拿什么来大碗儿喝酒、大块儿吃肉？没有钱，军官出身又是江湖上响当当角色的青面兽杨志，在二龙山下的小酒店里吃了饭后就得赖账，还打翻讨账的后生，做出这种不漂亮的近于流氓的行径。可见，没有银子，喝酒吃肉的快乐人生就别想。

此外，好汉们要仗义疏财，总得有可疏之财吧？

一旦这些好汉遇到麻烦，吃了官司，就更是片时也离不得金银保命。

先是在官府老爷审案时要上下打点。林冲下了开封府的大牢，他的丈人要拿银两来买上买下；宋江杀惜，亡命江湖，他的父亲要送银给朱仝代为衙门使用；武松斗杀西门庆，投案前委托四邻变卖家中一应物件（当是指武大郎那点不多的家产，估计也卖不了几个钱），作随衙用度之资，后来在孟州城再度入狱，施恩又为他花了几百两银子。有银子就可以重罪轻判，死罪问成充军发配。

发配上路，要给押送的公人银子。配军亲眷要给，这不必说，要说的是就连路上结识的好汉，往往也要顺手丢给他们些银两。武松过十字坡，张青、孙二娘送了差点被他们做成包子馅的两个公人几两银子；同样，宋江发配江州，路经梁山，上山住了一夜，次日启程，山上好汉取一盘金银送与宋江，同时也外送了两公人银子二十两，而就在头一天，刘唐还一度想砍了这两个男女；公人里最狼心狗肺的莫过于董超、薛霸，在野猪林差一点儿被鲁智深毙于杖下，鲁智深护送林冲往沧州的路上，对这厮们非打即骂，但是到了沧州地界，鲁智深临走，也还给了两个狗头几两银子。粗豪如鲁智深，也明白，不怕现官，就怕现管。

到了发配地，更得将银子备好，新一轮的盘剥——牢城差拨、管营的收取常例钱——马上就来。没有钱？那好办，有全国通行的杀威棒，也有富有地方特色的土囊、盆吊相候，保证让这榨不出油的贼配军免受牢狱之苦，直接超送上西天净土。有了钱，而且手面如果足够阔，就会满营上下无个不爱，如宋江之到江州，逍遥度日，哪里还像个囚犯？

如果做下弥天大案，死罪难逃，那就去做强盗。但做强盗也得用钱，晁盖等要投梁山王伦入伙，担心不被收纳，吴学究不慌不忙说道："我等有的是金银，送献些与他，便入伙了。"到底是智多星晓事，明白有了金银，买个强盗做有何难哉？

做了强盗，遇到麻烦，还得用钱！桃花山的李忠、周通被呼延灼攻打得灶上起火，山头难保，急请二龙山鲁智深等相助，开出的条件是："情愿来纳进奉。"

强盗做腻了，想招安，更要用钱。宋江为招安一事，求高太尉代为美言，钻宿太尉门路，请李师师吹枕边风，哪一路不是金珠财宝铺路？

招安后，平了四寇，个别好汉想归隐，还得带着银子。燕青临行，收拾了一担金珠宝贝挑着，大概是要做个照旧能大碗儿喝酒大块儿吃肉的"阔隐"了。

在水浒故事的叙述者眼中，就连"义"的重要价值，也在于能兑换成利，施恩靠武松的拳脚重霸孟州道快活林后，书中有诗道：

夺人道路人还夺，义气多时利亦多。

讲究的不是"义利之辨""君子喻于义，小人喻于利"，而是"义"要用"利"来体现，"义"可以生"利"，这就是水浒世界的一条重要信念。

市井人生

如果放开眼光来考察，就可以发现，这种重金银的价值观，不只表现在水浒世界里，在较多地体现了市民趣味的好汉题材的中国古代白话小说里，也是时时可以看到的：

宋代话本《杨温拦路虎传》里，身手不凡的主角好汉杨温，曾流落街头，挨饿受穷，为了回家，不得不向杨员外乞请三贯钱做盘缠；

明代拟话本《史弘肇龙虎风云会》里，郭威、史弘肇想搞几个钱买酒吃，办法是连偷带抢；

明末清初逐渐成形的瓦岗寨故事里，秦琼卖马一段更是道尽了英雄因穷困而落难的心酸；

就连《封神演义》这种神仙题材的故事里，也可以看到，颇有些法术的姜子牙，一度于朝歌城中讨生活，那时是何等的穷困潦倒。

特别值得一提的是趣味与《水浒》最为接近的《说唐》。《说唐》也是出自说书艺人的底本，其中的"仗义疏财"与"大发横财"同样是浓墨重彩的渲染之处。如坐地分赃的绿林大盗单雄信接济秦琼，是"打一副镏金鞍辔并踏镫，又把三百六十两银子打做数块银板，放在一条缎被内"，另外以"潞绸十匹，白银五十两"送做路费。待秦叔宝老母做寿，各路强盗头子及一些"白道"好汉齐来送礼，仅柴绍一笔就是"黄金一千两，白银一万两"，寿诞当日，"厅上摆满寿礼，无非是珠宝、彩缎、金银之类"。

有令人艳羡的财运还不只是秦叔宝。程咬金出道前卖竹扒，饿得前胸贴后背，但是一交江湖朋友便立刻发财。

有钱能使鬼推磨。

一个钱逼死英雄汉。

这就是这些好汉故事背后共同的人生感喟。这些感喟，当主要出于市井中人，因为恰恰是对于他们，货币（而不是土地或官爵）在他们的日常人生中扮演着至关重要、须臾不可或缺的角色。因此水浒世界里围绕着金银展开的种种故事，散发着强烈的市井人生的气息。

相形之下，那些主要体现文人情怀理想的文言小说如唐传奇中活跃的侠，则是杀人有之，越货却极鲜见，无他，这些小说中的侠，来去飘忽，神龙见首不见尾，寄托的是文人心中那种一空倚傍、纵横六合、逍遥天地的不灭的梦想，追求表现的是超逸的精神品格。这些，自然与来自市井的水浒故事大异其趣。

现在，把话题再延伸一下，看看目今风行海内外的新武侠小说，在这一点上，接近于哪一类。其实这也不难回答，不妨试想一下，如果乔峰、令狐冲或者张丹枫、李寻欢等大侠，在除暴安良或诛杀仇敌后，也像梁山好汉那样，进入室中翻箱倒柜，拣两套好衣服穿了，搜出金银，揣入腰包，这将是何观感？更不要说偷鸡摸狗、开黑店之类。再试想一下，《笑傲江湖》里向问天和令狐冲结拜后，如果向问天为表示兄弟情谊，塞给令狐冲一把银票，那又是何观感？恰恰相反，《天龙八部》里乔峰和段誉结拜时，乔峰明明已看到段誉阮囊羞涩（列位看官当还记得，结拜前二人拼酒一番后，段誉无钱结账，一度想用绣金荷包抵押酒资），但也并不见他捧出银子来接济，这就是新武侠小说中大侠们的行事风范。金庸的笔下，只有《射雕英雄传》以及《神雕侠侣》里的江南七怪，有偷窃和赌博行径，气质上与水浒世界里的梁山好汉最为接近，但有趣的是，他们恰恰是市井中人。还有个无赖韦小宝，莫名其妙地成了江湖豪杰的一方领袖，时不时大发横财，同时也好大把撒钱，在后一点上倒是有点儿像宋江，有点儿像梁山好汉的仗义疏财，但他也恰恰出身于市井（韦小宝的这些行径，就不会发生在正宗的"侠"如陈近南身上）。

　　这样看来，金庸和梁羽生的新武侠小说，虽然白话章回体的外在形式近于《水浒传》，但内在的精神旨趣，倒是远承了文人小说中的游侠传统。（新派武侠小说家中，古龙比较注重强调金钱，笔下侠客常常豪阔无比，陆小凤请一朋友帮忙，送了五千两的银票，接下来由叙事者出面说朋友间如此也是天经地义。与金庸、梁羽生比较，古龙的作品也恰好

北宋　张择端　《清明上河图》（局部）

更多地体现了现代市井趣味。当然，这个话题不是这里能完全扯清楚的，先就此打住。）

除了对金银的态度以外，梁山好汉的整体生活时空也与新派武侠小说笔下虚拟的江湖世界有诸多微妙的差别：新派武侠小说中的官府（及背后的法）至多是个虚设的乃至可有可无的背景，侠客杀个把人根本不当回事，甚至大开杀戒、屠戮至以百计也不会见官府有何响动，但是梁山好汉上山前一旦手中有了一条半条人命，就不得不窜入绿林，或在紧张忧惧中极为狼狈地亡命天涯；新派武侠小说中侠客鲜有冻饿之苦，即使个别作品中（如金庸的《侠客行》《倚天屠龙记》）写到了这方面内容，但也多是出于情节上的安排需要，很少意在传达人生艰难的感喟，侠客们多半衣食无忧（古龙笔下的武林势力常常更是莫名其妙地阔得惊人），他们的浪迹江湖，往往意味着一连串浪漫的冒险，意味着富有人生诗意的旅程，是不折不扣的"潇洒走一回"。而水浒故事的讲述者时时讲述的是，好汉们冲州撞府，在路安歇，免不了"睡死人床，吃不滚汤"，宋江去清风山投靠花荣，路经一座高山，天色晚了，心中便要惊慌："若是夏月天道，胡乱在林子歇一夜；却恨又是仲冬天气，风霜正冽，夜间寒冷，难于打熬，倘或走出一个青虫虎豹来，如何抵挡？却不害了性命？"江湖行旅，何等艰辛！更不必说途中一个个黑店的无比凶险。而一旦走江湖的好汉（如病大虫薛永）得罪了地头蛇（如穆弘、穆春兄弟）——这种事极有可能，就会无处吃饭无处住店，还有性命之忧。强悍如鲁智深，上路后两顿饭不吃，也会饿得手脚发软，在瓦罐寺外初斗崔道成、丘小乙两个强人时，敌不过二人且得夺路逃命。这就是好汉出没于其间并演绎了一段段人生故事的水浒世界，它不比现代新武侠小说中一定程度提纯化了、童话化了的江湖世界，更多地传达出的，是那个时代市井中人或游民深刻而又真实的人生体验，正如夏志清先生在《中国古典小说导论》中所言："正是这个熙熙攘攘并且常常是野蛮的世界，使《水浒》迸发出不同凡响的饱含人生真谛的气息。"

十　祸水话题

妖女与魔女

很早以前就曾听到过这样一种说法，说《水浒》的作者，一定是与姓潘的有仇，要不《水浒传》里两个姓潘的女人潘金莲和潘巧云怎么都是淫妇而且还不得好死？

这话十九是开玩笑，但它也说出了一定道理，即《水浒传》对女性有一种特殊的仇视。

说"特殊"，是因为中国古代社会虽然是个男权社会，在现实的伦常生活中，妇女的地位的确是很低，但在文学作品中，又是另外一种情形。实际上中国文学从《诗经》《楚辞》起，就一直待女性不薄，在文学世界里出现了许多可敬、可爱甚至可崇拜的女性，如《西厢记》，如《牡丹亭》，如《桃花扇》，如才子佳人小说，如《红楼梦》，尤其是《红楼梦》中的钗、黛、湘云等更是不知颠倒了多少男性。即使是文学作品中金戈铁马的尚武的世界，仍可以有女性大显身手，例如代父从军的花木兰，例如杨家将系列故事里的杨门女将，可说占尽了镜头，无限风光。也有确实不怎么提女性的，如《说岳》《说唐》，如《三国演义》，但也仅仅是不怎么提而已，对提到的不多的几位女性，如岳母，如徐庶的母亲，如貂蝉，如二乔，还可能多少有些敬意。而像《水浒》这样专门提了又费大力气去丑化的，可说是极少。

在下以为，水浒世界里的女性，大体可分为三类，一类是妖女，一类是魔女，一类是无面目女性。

妖女是那些美而不好的女性，如毒死武大郎的潘金莲，如私通裴如海的潘巧云，如私通管家并陷害卢俊义的贾氏，如给宋江戴绿头巾的阎婆惜，如卖俏横行的白秀英，如陷害史进的妓女李瑞兰，等等，等等，这些女人大都薄有姿色，但一个个全都是桃红陷阱，不知陷翻了多少好汉；

魔女是"好"而不美的女性。说"好"，是指可以进入好汉级别，能在水泊梁山大寨中坐一把交椅，说"不美"，那就很简单了，是指如注射了极大量的雄性激素，女性的生理特征和心理特征一概全无。水浒世界里就出现了两个此方面的"光辉"典范：一个是母夜叉孙二娘，一个是母大虫顾大嫂。只见那孙二娘：

　　　　眉横杀气，眼露凶光。辘轴般蠢坌（按：通"笨"）

腰肢，棒槌似桑皮手脚。厚铺着一层腻粉，遮掩顽皮；浓搽就两晕胭脂，直侵乱发。红裙内斑斓裹肚，黄发边皎洁金钗。钏镯牢笼魔女臂，红衫照映夜叉精。（100回本，第二十七回）

再看那顾大嫂：

眉粗眼大，胖面肥腰。插一头异样钗环，露两臂时兴钏镯。……有时怒起，提井栏便打老公头；忽地心焦，拿石碓敲翻庄客腿。生来不会拈针线，正是山中母大虫。（100回本，第四十九回）

真是一时瑜亮。有人说《水浒传》让妇女成了跟男子一样的英雄好汉，所以它的妇女观是进步的，不知列位看官是如何看待这种说法，在下是一看这话就想笑：那么，就请发明此高论者将孙二娘、顾大嫂这种规格的女英雄娶进家门何如？他肯干吗？这不是抬杠，因为如果说是要娶穆桂英、樊梨花式的女英雄，大概没有哪位会有意见，但要说到孙、顾这种女英雄，那还是离远点儿好。如果妇女观的进步要通过这种把女性异化成魔女的方式来实现，那也还是不进步的好。再则说，"让妇女成了跟男子一样的英雄好汉"这话也要看怎么说，孙二娘这样的人物能否算英雄也是要打个问号的，从现代的法律观念来看，潘巧云罪不至死，倒是孙二娘不知麻翻了多少客商做成人肉包子，这样的人才应该送上刑场，只不过水浒世界里奉行的是江湖道德而不是法治观念，二人的命运才完全颠倒了过来。

除此以外，还有一大批无面目女性。如为赔偿损失而嫁给霹雳火秦明的花荣的妹子，人们或许可以从她的文秀的哥哥花荣来推断，她大概容貌和品德都不错，说不定还是上选，但这也仅仅是推测而已，实情如何，不得而知。此外立地太岁阮小二、扑天雕李应、金枪手徐宁有家小是可以肯定的，因为书中明确写到了她们，梁山好汉中虽然光棍居多，但也还有些人尤其那些原官军将领是有家眷的，她们被搬上山后，从不露面，《水浒》也无兴趣讲述她们和丈夫的卿卿我我，这些女性所起的作用，大概就相当于后勤人员吧？

无面目女性中还有一类，就是梁山好汉对头的家眷。这些女性处理起来就更简单了，那就是无论她们有无过恶，只要丈夫所守的城池或庄园被打破，那就是末日来临：或者如祝家庄覆灭前，"顾大嫂掣出两把刀，直奔入房里，把应有妇人，一刀一个，尽都杀了"，或者由水浒故事的讲述者道一句"将×××一家老小满门良贱尽斩于市"便了账，用不着多花心思照看这些一个大钱也不值的妇人的命运。

除了上述三大类以外，此外还有王婆和阎婆这两个比较活跃的老年女性角色，至于她们是正面形象还是反面形象，就不用在下多说了吧？

说到这里，也许会有哪位朋友不服，说："《水浒》里也不见得就没像样的女人吧？比如林冲的娘子可说美而又贤，扈三娘漂亮而又英武，再有那个被鲁智深救了的金翠莲心肠也不坏，知道感恩图报，这又怎么说？"

对此，在下想说的是，金翠莲是不坏，但她地位低下，她的幸福（而且还只是做人外室的幸福）全出于好汉的恩赐，属于卑微的众生阶层，毫无独立人格可言，根本就不是能跟男性平起平坐的角色；林冲娘子的确是美而又贤，但她的花容玉貌却是惹祸的根由，夏志清先生认为林冲发配上路前写下休书是"下意识地责备妻子为他带来这许多麻烦"，这也许是一种过度诠释，但将林冲故事放在水浒世界这一大"语境"来看，说林冲娘子的美貌客观上给好汉林冲带来了麻烦，也还是说得通的。

现在再说这扈三娘。说到这位梁山女将，在下倒的确有很多话，要与列位看官分说。

扈三娘的婚事与座次

扈三娘英武而又漂亮，这都没问题，但水浒世界赋予她的命运却大成问题。

扈三娘原是扈家庄千金小姐，她的原许配对象祝彪也年轻勇武，她原本的人生命运，套用一句现代的文艺词儿来说，充满了玫瑰色。谁知造化弄人，三庄联防竟会被各个击破，祝家庄满门尽灭，她本人被俘，一门老幼又被李逵两把板斧砍瓜切菜般杀了个一干二净，只跑了哥哥扈成。身遭如此灭家惨痛，却又被梁山二寨主宋江做主，许配给了她的手下败将猥琐不堪的王矮虎。

现在就请列位看官一同来翻一翻扈三娘的老公王矮虎的履历表。这矮脚虎王英"原是车家出身，为因半路里见财起意，就势劫了客人，事发到官，越狱走了"，就此窜入绿林。王英上清风山为寇后，色心极重。清风山第一次将清风寨文知寨刘高的老婆拿住后，王英命人抬到自己房中，山寨老大燕顺听了，先是大笑，随后不过对宋江说了句"这个兄弟诸般都肯向前，只是有这些毛病"便丢开不管。由燕顺的反应不难推断，王矮虎如此作为绝非一次两次，山寨对他"这些毛病"也相当纵容。而王矮虎犯"这些毛病"的对象，不会总是运气很好地碰到"剥削阶级"的官太太，而绝没有良家妇女吧？待到清风山将陷害宋江的蛇蝎心肠的刘高的老婆第二次捉住后，王矮虎又想淫乐一番，见燕顺一刀杀了那女人，竟然要拿刀和山寨老大燕顺拼命。以他这种为人，谁又敢保证他一定没有祸害过良家妇女？这样的货色，根本就谈不上什么农民起义，在任何一个时代、任何一个社会都应该是严打对象，然而他却也上了梁山，成了响当当的梁山好汉。这好汉在攻打祝家庄与扈三娘阵上交手时，竟还色心蠢动，不三不四起来，结果只十余回合便被扈三娘阵上活捉。两人无论是人品、武功、相貌都相差甚远，但最后扈三娘竟被宋江极"仗义"地"配给"了这条色狼好汉王矮虎。[①]

扈三娘的婚姻极为不幸已不必说，再看她在梁山大寨中的地位。扈三娘归入水泊梁山后，业绩远胜于其他两位女将顾大嫂、孙二娘，屡屡上马冲杀，又屡屡有上乘表现，这都是有目共睹的。但梁山大聚义后，排座次时，她的排名仅仅是地煞第二十三，总排名第五十九。乍一看，排名中上，似乎也还过得去，但再一细看，就不对了，因为曾被她阵上活捉的原官军将领、呼延灼的副手天目将彭玘，就排名地煞第七，整高出她十六名，这是凭什么？再看她那低能猥琐的老公王矮虎的排名，不上不下不多不少，正排地煞第二十二，恰好骑在了扈三娘的头上，真是妙极。

而且，通读《水浒》，又会发现一桩怪事，就是书中扈三娘几乎从未开口说过话，这倒真可套用上"失语"一词。

---

① 对于扈三娘的婚事，在下曾读到某位现代研究者所发的如下皇皇高论："王英的'好色'行为不是品格低下，而是大胆地，顽强地表现了人的本能欲求，是多情，是人之常情，是对所谓'不重女色'的好汉标准的冲击。""要说扈三娘嫁给王英完全没有爱情也说不过去，因为他们都是江湖好汉，重义气，'好汉爱好汉'嘛。"类似的说法，在下见过不止一次，全都是脱离文本且理念先行的产物。

在百二十回本《水浒》中，扈三娘在全书中绝无仅有的一次开口，是在后人插增的征田虎部分。在第九十八回中，说到宋江军和田虎军交兵，田军飞出一骑银鬃马，马上一位少年美貌女将，正是会打飞石的琼英。宋军这边王矮虎却是江山易改本性难移，色心蠢动，纵马出战讨便宜，不料又几乎重演了当年祝家庄前的那一幕，十几回合后被琼英一戟刺中大腿，倒撞下马来。这时，哑美人扈三娘终于开口说话了——说出了在百二十回本《水浒》中唯一的一句话，那便是：

贼泼贱小淫妇儿，焉敢无礼！

如果说丑诋女性，在下以为全书这方面的笔墨加起来，也比不上这一句话十一个字。明明是自己的色狼丈夫邪心大动，讨便宜被打，反而骂对方"淫妇"，骂对方"无礼"，而且还在"小淫妇"前一连外送了三个形容词："贼""泼""贱"。对这句话可以有两种不同的解释：从女权主义的立场，可以说这是男性叙事，用男性的话语丑化女性；从现实主义的立场，可以说中国古代女性的思想也同样浸透了父权文化，因此她们横蛮地咒骂伤害自己丈夫——哪怕这丈夫系因品行不端咎由自取——的女性为"淫妇"，也绝非不可能。但无论是女权主义也罢，现实主义也罢，有一点是可以肯定的，即这段插增部分的作者，与水浒前七十回故事的最初编辑者，在轻鄙女性上达到了高度的一致。

李逵的愤怒

水浒世界里的女性观如此，那么众好汉对女性多持冷淡、排斥和仇视的态度，也就不是什么奇怪的事了。

前面说过水浒世界里的梁山好汉有些人是有家眷的，如军官、财主、文职人员型的好汉，加上草莽或黑道人物中的阮小二、张青、孙新等少数几人。但还有相当数量的好汉是光棍，如史进、鲁智深、武松、杨志、阮小五、阮小七、刘唐、李逵、雷横、石秀、燕青、时迁，又如李俊、童威、童猛、张横、张顺以及原来各山头的大王加上走江湖的薛永、石勇、焦挺等，如果开出一个光棍清单，在下估计不会少于一百零八将的半数。

梁山众好汉对女色的态度，大抵是有家室的对女人比较冷淡，每日只是"刺枪使棒、打熬筋骨"，结交江湖朋友，说些豪杰事务，这也就难怪有几位好汉的老婆空闺难耐，红杏出墙，给他们戴了绿头巾。当然，这些好汉也究非卖炊饼的武大郎之辈，最后他们无一例外地放出辣手，将枕边人彻底解决。有家室的好汉中，像金枪手徐宁这类军官出身的草莽气不多的人物对待女性也许稍好一些，但稍好到什么程度也不得而知，因为书中根本没兴趣表现他们的家庭生活。

　　至于那些原就没有家室浪荡江湖四海为家的好汉，他们对女色的态度几乎是无一例外地排斥乃至厌憎，尤其是李逵，几乎是一见到美貌的大姑娘就极不耐烦，其他好汉，也是个个身形如虎食量如牛，精力过人却毫无性欲。如第三十二回中，独火星孔亮出场，书中还特地赞了一句"相貌堂堂强壮士，未侵女色少年郎"。

　　因此，总的来看，不好女色，是水浒世界极重要的英雄信条，在梁山好汉这边，除了小霸王周通、矮脚虎王英、双枪将董平这几个个别人物以外，其他好汉差不多都能做到这一点。而与众好汉相敌对的江湖人物，如生铁佛崔道成、飞天夜叉丘小乙，如蜈蚣岭的王道人，再加上后几十回中的淮西巨寇王庆，在这一点上则恰恰相反，个个贪花好色。

　　正因如此，武松在蜈蚣岭松树林中，一见到身为出家人的王道人搂着一个妇人看月嬉笑，便立刻怒从心头起、恶向胆边生，杀机大动；也正因为如此，李逵一听到刘太公说抢走他女儿的是宋江，便怒火万丈地冲上大寨，砍倒杏黄旗，要当堂斧劈了宋江。

　　李逵负荆这一段，是一些现代研究者最喜欢引用的一段，因为他们从中读出了农民起义的骨干分子的正气磅礴、疾恶如仇。

　　其实要细说这一段的思想内涵，则非常复杂。这个故事是从元杂剧康进之的《梁山泊李逵负荆》演化而来的，原剧

本确乎是要表现梁山众好汉的浩然正气①，但这个故事移入
《水浒》中，虽然大致的情节没变，但思想蕴涵却发生了微
妙的转变。

　　说《水浒》里的李逵如此举动是出于疾恶如仇也可以，
只是在水浒世界里的李逵眼中，只有好色才是大恶，杀人放
火开黑店都不算，就是他自己也常常两把板斧不分青红皂白
地向众生头上砍去。在李逵心中，宋江一直是仗义疏财的完
美的好汉偶像，但就是这个偶像，竟还有过与烟花女子阎婆
惜同居的前科，这是令李逵一直遗憾地耿耿于怀的地方，而
后元夜逛东京，他心目中的"哥哥"竟去钻娼妓李师师的
门路，眉来眼去，丑态百出：

　　　　李逵看见宋江、柴进与李师师对坐饮酒，自肚子里
　　有五分没好气，圆睁怪眼，直瞅他三个。李师师便问
　　道："这汉是谁？恰象土地庙里对判官立地的小鬼。"
　　众人都笑。李逵不省得他说。宋江答道："这个是家生
　　的孩儿小李。"李师师笑道："我倒不打紧，辱没了太
　　白学士。"……（第七十二回）

----

①　元杂剧中的水浒故事与后来的《水浒》，在精神旨趣上有很多差别，大体来说
　　元杂剧中的梁山好汉是侠气足而匪气少，而《水浒》中则是匪气多而侠气少。
　　当然，这种是个比较大的话题，这里不便展开，就此点到为止。

李逵虽是个浑人，听不懂太白学士是哪个庙的和尚，但他肯定知道，他以往无比崇敬视为偶像的"哥哥"，现下正在他无比厌憎的美貌婆娘前拿自己开涮，并且叽叽呱呱笑作一团。原以为是响当当的好汉的"哥哥"竟是这等货色，心中的惊怒和失望可想而知。果然，书中说道："李逵见了宋江、柴进和那美色妇人吃酒，却教他和戴宗看门，头上毛发倒竖起来，一肚子怒气正没发付处。"恰逢宋徽宗来此"与民同乐"，李逵打翻了帮嫖贴食的超高级篾片杨太尉，又放了把火烧了李师师的香巢，才稍出心中这口鸟气。待到归途中听得刘太公说有梁山强人宋江抢走了他女儿，心中的偶像轰然崩塌，再也压抑不住心中强烈的失望与愤怒，对刘太公的话立刻全信，对燕青道："他在东京兀自去李师师家去，到这里怕不做出来！"冲上大寨后，又对宋江大叫：

> "我当初敬你是个不贪色欲的好汉，你原来是酒色之徒：杀了阎婆惜，便是小样；去东京养李师师，便是大样。"（第七十三回）

李逵的这句叫骂列位看官不要等闲放过，李逵要砍杀宋江，与其说是出于为民申冤的道德义愤，不如说是因宋江触犯了他心中不可动摇的神圣的英雄信条，即不贪女色，这才是李逵愤怒的真实动因所在。

那么，为什么水浒世界里的众好汉对女性抱有如此强烈的敌意？这倒是值得深入探究。

祸水观的由来

也许会有哪位朋友说，《水浒传》轻鄙女性，是因为中国古代女性的地位一向很低，素有轻视女性的文化传统。但这话也只说对了一半，因为前面已经说过，中国古代现实社会中的女性地位低，并不必然导致文学作品中的女性地位低，恰恰相反，文学世界里照样可以有很多光彩照人的女性。

也许有人会说，那是因《水浒》的作者只熟悉大碗喝酒、大块吃肉、月黑杀人、风高放火的绿林强人，不了解女性，不善于写女性，所以才写成那个样子。但这话也不对，通读《水浒》，就会知道，《水浒》写阎婆惜和阎婆以及潘金莲和王婆的几段，相当细致生动，尤其是第二十四回王婆贪贿说风情一段，笔触极为细致传神，单以艺术性而论，绝不逊于倒拔垂杨柳、武松打虎等经典段落，绝对称得上第一流的笔墨，就连《金瓶梅》这样的大手笔之作，对此段也几乎全盘照录，足见作者写女性之能。由此也可见，《水浒》贬低女性的写法，不是因作者才力不足，而是确实别有用心。

那么这个别有的用心到底是什么？

有两种见解值得向大家介绍：

一种是由孙述宇先生在《水浒传的来历、心态与艺术》一书中提出的看法，认为仇视妇女，着意宣扬一种女人祸水的观念，是强盗文学的典型特征。此书认为，在水浒英雄的故事被写定成书前在民间流传讲述的二三百年里，南宋初年北方当地的抗金武装在其中起了重要作用，一方面这些带有强人色彩的抗金武装的英雄故事与原来的淮南盗宋江的故事融合（参见本小书第一篇之相关部分），一方面，这些亡命之徒又通过讲述水浒故事向民众宣传，获取物质支援和兵员补充，同时又讲给自己人听来自娱并作为行动的指导。既然将水浒故事定为强人的宣传文学，里面的一些问题便迎刃而解，在这些强人的亡命生涯里，对妇女必然持一种防范疑惧态度：女人可能成为妨碍作战行动的累赘，女人可能使自己伤身，女人可能软化这些汉子强悍的亡命意志，女人可能使汉子们争风吃醋引发内讧，女人还可能和敌对势力的男人发生情感成为内奸而出卖自己人……因此作为强人宣传文学的水浒故事，通过各种情节反复向这些亡命汉子们灌输"妇女不祥"的观念，也就成为题中应有之义了。

另一种见解是王学泰先生在《中国流民》一书中提出的。此书认为，一部《水浒》，反映的是游民的价值观和人生理想，在它成书过程中，游民知识分子也扮演了重要角色。而游民的人生与农民不同，他们闯荡江湖，冲州撞府，流浪已久，家在他们心中早已淡漠了，妻儿对他们没什么吸引力，甚至还可能是他们成大事的累赘。在上世纪 60 年代出土的明成化年间（1465—1487）刊刻的《新编全相说唱足本花关索出身传四种》里，开篇便讲到，刘备、关羽、张飞桃园三结义后，为做一番大事业，关羽、张飞竟然决定互相杀掉对方的家小（刘备此时是光棍儿），于是张飞跑到关羽的老家，一口气杀了关家大小十八口，只因一时不忍才放走了有孕在身的关羽的妻子胡氏，而那边关羽也同时动手，将张飞一家杀得干干净净。这个血淋淋的故事今天读起来真是触目惊心，但这就是游民价值观的真实体现。同样，《水浒》中的梁山好汉为拉某人上山，也不惜设计锄灭其家室，断绝其对家的依恋，如秦明、卢俊义的上山便是明显例证。既然游民不重家室，对女性采取漠视乃至敌视的态度也就不足为奇了，《水浒》中对女性的种种特殊描写，正是游民心态的典型表现。

上面两种说法，具体结论不同，但大致思路是非常接近的，即都把《水浒》作为某一特殊社会群体或阶层的价值观和人生理想的体现，并认为这一群体或阶层在成书过程中起了重要作用。两种说法都能自圆其说，二者也有相通之处，因为历史中的游民去强人其实只有一步之遥，他们的心态本就多有相似之处。至于是否一定要二者间取舍其一，在下以为也未必，文学阐释之道，本就见仁见智，这样两说并存，也不错。

最后要说的是，这种排斥女性的英雄故事的格局后来出现了重大转变。清代出来个文康发愿要写一部书，既有《水浒传》的侠烈故事，又有《红楼梦》的悱恻情缘，于是女侠十三妹便在《儿女英雄传》中出笼了。这一恋爱加武侠的变局对后来的武侠小说产生了深远影响，此后的武侠小说包括目今风靡海内外华人文化圈的新派武侠小说中，出现了越来越多的蕙质兰心、魅力足以颠倒众生的女侠形象，描画英雄侠骨的同时讲说起缠绵故事，让现代读者大过其瘾。由此，从侠义小说中女性形象的演变，亦可觇知时代精神之动向，当然，这也是个有趣话题，且留待异日分解。

十一　佛道话题

　　《水浒传》不是宗教题材的小说，也不是所谓"神魔"小说，所以涉及佛与道的笔墨并不多。但是，这些为数不多的文字，却也不可轻忽。不少人物、情节受到影响，故事框架、叙事模式，也与之有或多或少的关联。

　　就拿叙事模式来说，《水浒》中有一僧一道始终关注梁山好汉的祸福休咎，并在关键时刻做出预言。这个僧人就是五台山的智真长老，道士就是二仙山的罗真人。智真老和尚对鲁智深讲："我夜来看了，赠汝四句偈言，终身受用。"（第四回）"遇林而起，遇山而富，遇水而兴，遇江而止。"（第五回）这里既预言了鲁智深的命运起伏，也涉及了梁山事业的发展脉络。到了后面，他又分别赠给宋江与鲁智深偈语，作了更具体的预言。罗真人在五十四回也赠公孙胜一段预言："遇幽而止，遇汴而还。"到了八十五回，再赠宋江法语，来预示前景："忠心者少，义气者稀。幽燕功毕，明月虚辉。始逢冬暮，鸿雁分飞。吴头楚尾，官禄同归。"

　　这种叙事方式说不上有什么高明，可是也有它特有的效果——例如可以产生神秘感，又如通过"预知"产生另类悬念，等等。所以，明清两代的长篇小说不少也来模仿，以致成为了一种叙事的模式。其中最引人注意的要算是《红楼梦》中的"癞头僧、跛足道"了，一个和尚，一个道士，始终关注贾宝玉的命运，时不时讲几句神秘的预言。不过，《红楼梦》的这一僧一道别有寄托，意味要比智真、罗真人复杂得多了——那已经超出我们话题的范围，这里只好略过。

宝姐姐与花和尚

　　这个题目听起来很像是在恶搞，而且是不入流的恶搞。

　　可真相却是，这非但不是恶搞，而且是《红楼梦》中很重要的情节——无论是推动故事的发展，还是丰富薛宝钗的人物形象，都是别开生面的一笔。

　　前文已提到，在《红楼梦》第二十二回《听曲文宝玉悟禅机》中，贾母命宝钗点戏，宝钗点了一出《鲁智深醉闹五台山》，宝玉颇不以为然，宝钗便郑重其事地教训了他一番：

　　　　宝钗道："你白听了这几年的戏，那里知道这出戏的好处，排场又好，辞藻更妙。"……

"……一套北《点绛唇》，铿锵顿挫，韵律不用说是好的了；只那辞藻中有一支《寄生草》，填得极妙，你何曾知道。"

在贾宝玉的央求之下，薛宝钗念出了这一被她激赏的曲词：

漫揾英雄泪，相离处士家。谢慈悲剃度在莲台下。没缘法转眼分离乍。赤条条来去无牵挂。那里讨烟蓑雨笠卷单行？一任俺芒鞋破钵随缘化。

结果，这段曲词不仅当时把宝玉"喜得拍膝画圈，称赏不已"，而且引出了曲终人散后宝玉灰心作禅偈、钗黛谈禅的情节。

淑女薛宝钗为何欣赏鲁智深自抒胸臆的这支曲子？显然不是为了这个莽汉的醉酒打人，而是为了文字间的"禅意"。推敲起来，所谓"禅意"，应该主要表现在"赤条条来去无牵挂"与"一任俺芒鞋破钵随缘化"两句，而又以前者为主。

《红楼梦》里，薛宝钗以"识大体"为性格基调，以"冷香丸"为性格象征，似乎少了点真性情，这也是一部分读者不喜欢她的原因。殊不知，基调以外尚有别调，象征物也并非一端。这一赏曲谈禅的情节，就表现出她的"别调"——心灵深处对自由的渴望。

别调被基调压抑，只好借机出头表现，于是，就有了对花和尚《寄生草》的共鸣与激赏。

而《水浒传》中的鲁智深虽然基调是莽汉，但作者却不愿把这个形象简单地止于此。我们只要看看作者安排他的结局，就会体味到特别的意味。第一百十九回，鲁智深杭州六合寺坐化前，作偈道：

> 平生不修善果，只爱杀人放火。忽地顿开金绳，这里扯断玉锁。咦！钱塘江上潮信来，今日方知我是我。

不仅后面四句写的是佛学义旨，就是前两句(如"杀人")也是禅门常见话头。整首偈语中，顿悟、脱去束缚、识得本来面目的禅悟意味十分显豁。

在《水浒传》的成书过程中，鲁智深虽然"出场"很早，但前期形象相当单薄，更看不到丝毫"禅"的影子。如龚圣与的《宋江三十六人赞》，称"有飞飞儿，出家尤好。与尔同袍，佛也被恼"，指出三十六人中有个僧人，不守清规戒律，其他则语不甚详，给人印象似乎与"精精儿""空空儿"有些类比的关系。《大宋宣和遗事》则仅有"僧人鲁智深反叛"数语而已。另外，《醉翁谈录》虽有《花和尚》的说话名目，详情却更是无从查考。

到了元明杂剧中，鲁智深的性格出现了较为复杂的色调。可是增加的色调和后来的小说《水浒传》中的鲁智深南辕北辙。杂剧的鲁智深不仅具有"喜赏黄花峪"的雅兴，甚至还有"难舍凤鸾俦"的柔情。当然，此类色调并没有被吸纳到《水浒传》之中。

看来，小说中有"禅味"的鲁智深是施耐庵的戛戛独造了。

是。

也不完全是。

"我子天然"

说"是"，理由已见上述——此前的"鲁智深"形象没有如此内涵。

说"不完全是"，因为施耐庵也有参考的蓝本。

这个蓝本就是《五灯会元》中禅门大德丹霞天然和尚的事迹。

中土的佛教在唐代前期有一个重大的事件，就是形成了奉惠能为祖师的禅宗。禅宗标榜"不立文字""顿悟成佛"，在读书人以及普通民众中产生了巨大影响。而后禅宗内部又分化出不同的派别与倾向，其中最为极端者"呵佛骂祖""唯我独尊"，被世人称为"狂禅"。天然和尚就是"狂禅"

的重要代表人物。

《五灯会元》是禅门要籍，北宋以后，流行十分广泛，所记天然和尚事迹大略如下：

天然未出家时，去参加科举考试，路遇一位僧人问他："仁者何往？"他回答："选官去。"僧人说："选官哪里比得上选佛呢？现在江西有一位马大师出世，那是非常红火的选佛之场。"于是，他放弃考试直奔江西。大和尚马祖道一看了他好半天，却不肯收留，把他打发到衡山的石头禅师那里。他赶到衡山，拜见石头禅师，石头二话不讲，就命他到厨房去做火头军。三年后的一天，石头禅师忽然宣布："明天义务劳动，除掉佛殿前的杂草。"第二天，大家拿着镰刀、锄头到了大殿前，却看见天然端着一盆水，到石头禅师面前。石头一见大笑就给他落了发，又要为他讲说戒律。哪知他捂着耳朵就跑掉了。他跑回江西后，又去见马祖。还没见面，却先跑到僧堂内，骑到一个僧人的脖子上。和尚们吓傻了，赶忙去报告马祖。马祖赶来，不仅不生气，反而微笑着说："我的小宝贝天性如此呀——'我子天然'。"天然马上翻身从高僧脖子上跳下，给马祖磕头道："谢谢老师赐我法号。"从此就得名为"天然"。

后来，天然和尚到慧林寺挂单，碰上了非常寒冷的天气，他就推倒了木佛像，劈开做柴来烤火。方丈大惊，责骂他："怎么能烧我的佛像！"天然和尚拨着炭灰说："我正在

元 佚名 《罗汉图》

张旺 《鲁智深》

眼界。"

当然，我们并不主张作者是完全自觉地以天然为原型来塑造鲁智深的形象——如果要说原型的话，智深的原型也不止一个，至少《西厢记》的"法聪/惠明"和尚可算其一。但是，我们可以肯定的是，作者十分熟悉丹霞天然的事迹，而且欣羡得很。所以在总揽旧有之"花和尚"材料进行再加工、再创作时，天然的这些极富个性的言行便自然流入笔下了。

鲁智深的身上带有了丹霞天然的影子，其意义绝不止于使故事更加丰富、生动，而是使人物形象以至作品的相关部分都发生了质的变化。

早期"花和尚"的形象不过是一个武勇、反叛的僧人，没有更多的文化内涵。而融入天然的投影后，也同时摄入了半部禅宗史所有的思想内涵。天然和尚是禅宗由祖师禅向越祖分灯禅发展过程中的代表人物之一。他出自石头希迁门下，却与马祖道一有极深渊源，因此在一定程度上可以说具有禅宗这两大统系的特点。他的"无道可修，无法可证""佛之一字，永不喜闻"之说，骑僧颈、焚佛像之举，夸张地表达了主体至上、任性率真、蔑弃戒律、破除迷信的新的禅学观念。这种即心即佛、当下解脱的修养观、人生观，大受被宗法礼教所困的才士、狂生欢迎，"吾子天然""烧佛取舍利"的事迹也就在他们之中广为传颂，并成为"呵佛骂祖"的狂禅作风的催化剂。当小说中的鲁智深做出类似天然和尚的"壮举"时，这些读书人同样体会到任性之痛快，解脱之愉悦，有的甚至会产生禅学的联想——于是，人物形象的深层文化内涵便由此形成了。

读者朋友很可能提一个进一步的问题：这个花和尚形象，涵摄了反叛僧侣、侠肝义胆与狂禅意趣这些看似风马牛不相及的文化元素，却毫无抵牾、分裂之感，原因何在呢？

我们的看法是：

首先，这与鲁智深的形象基础有关。他的最初始材料是"僧人—强盗"，僧人自然可以包容禅意，强盗也不妨演化为侠盗。当然，如果从创作过程分析，毋宁说作品的写定者正是由"僧人—强盗"的奇特身份才会产生联想，从而把自己熟知而又感兴趣的材料组织到形象中，使其丰富、生动起来。

不过，另一个原因恐怕更重要一些，就是狂禅与武侠在内在精神上的相通。南宗禅在"自性本觉"的基础上进一步发挥，不重打坐，反对偶像与教条的崇拜，主张"即心即佛""本来是佛""一切现成""当下即是"，把主体的地位提升到至高无上。当这种倾向趋于极端时，就表现为唯我独尊，反对任何清规戒律，认定"率性不拘小节，是成佛作祖根基"。这种率情任性，务求惊世骇俗的佛徒被世人称为"狂禅"。而这一"狂"，就标志着外在束缚全部摆脱，心灵实现了空前的解放，主体生命达到了自由的极致（当然，这只是理想化的说法，事实上，"狂禅"中装疯卖傻者大有人在）。至于"侠"，则"以武犯禁"，置个人于社会之上，以个人的力量充当正义的代表，以个人的意志充当道德的裁判。其实质也是追求个人自由意志的张扬，从而蔑弃权力的偶像，轶越既有的轨范。所以说，在放大个人、张扬主体、超越常规、自由行动诸方面，狂禅与武侠的精神是相通的。

唯其如此，"禅"与"侠"才有可能在同一个艺术形象身上并存而不悖。

但是，可能性并不等于实然性。鲁智深身上的"禅"与"侠"的妙合，还得力于作者恰如其分的处理。

"禅"与"侠"相比，前者虚而后者实，前者静而后者闹，前者远不如后者之"有戏"。"禅"如写不好，极易成为"释氏辅教之书"。察鲁智深身上的"禅意"之所以能够圆融，乃在于作者虽借用了天然和尚的行迹却未刻意写"禅"，"禅"的味道全在若有若无之间。不过作者又唯恐读者一无所感，"浪费"了这一重意味，于是时而点醒一二，为读者提供联想到狂禅的思路。如第五十七回中鲁智深的诗赞：

自从落发寓禅林，万里曾将壮士寻。臂负千斤扛鼎力，天生一片杀人心。欺佛祖，喝观音，戒刀禅杖冷森森。不看经卷花和尚，酒肉沙门鲁智深。

"欺佛祖，喝观音""不看经卷"固然是狂禅做派，"一片杀人心"其实也是"狂禅"常说的话头。又如第一百十九回，鲁智深杭州六合寺坐化前作的那首偈：

> 平生不修善果，只爱杀人放火。忽地顿开金绳，这里扯断玉锁。咦！钱塘江上潮信来，今日方知我是我。

其中禅悟的意味就更为显豁了。

另外，《水浒》中的一些看似无稽的笔墨，却因其乖悖而产生意味。如第九十回，宋江和鲁智深来见智真长老，长老一见鲁智深便道："徒弟一去数年，杀人放火不易。"鲁智深的反应是"默然无言"。长老的话与鲁智深的默然都似有弦外之音。最有意思的是第五十八回，宋江与鲁智深第一次相见时道："江湖上义士甚称吾师清德，今日得识慈颜，平生甚幸。""清德""慈颜"云云，用在杀人放火的鲁智深身上未免可笑，这固然可以理解为宋江顺口掉文，但结合上引几段来看，说作者此处是有意嘲谑调侃也未尝不可，再进一步，从中读出狂禅意趣也未尝不可。

由此而反观鲁智深的故事，也就不难明白为什么李卓吾、曹雪芹等会从鲁智深身上读到禅味、禅趣。其实，今天的读者同样可以从花和尚醉闹五台山、赤条条来去无牵挂的痛快与决绝中，读出禅的顿悟，而同时也可以感受到侠的豪情。从这个意义上讲，如果水浒世界里少了鲁智深，那么它在文化内涵上会明显减少，整体品格上也将是一大降低。

"转秃转毒"

那么，是不是可以得出结论，说《水浒传》对佛教非常推崇呢？

显然不是，因为作品写到佛教（主要是一系列市井中的僧人）时，颇多不敬之语。如第四十五回整回书细写僧人裴如海的奸情，是全书中少有的风月旖旎的细腻文字。作者从裴如海的淫行引申出对整个僧团乃至佛教的攻击之词：

> 看官听说，原来但凡世上的人，唯有和尚色情最紧。为何说这句话？……和尚家第一闲。一日三餐，吃了檀越施主的好斋好供，住了那高堂大殿僧房，又无俗事所烦，房里好床好铺睡着，没得寻思，只是想着此一件事。……古人评论到此去处，说这和尚们真个利害，因此苏东坡学士道："不秃不毒，不毒不秃，转秃转毒，转毒转秃。"和尚们还有四句言语，道是："一个

> 字便是僧，两个字是和尚，三个字鬼乐官，四个字色中
> 饿鬼。"

对待一种标榜慈悲的宗教，竟然使用这种激烈、恶毒的言语攻讦，古今实属少见——不过，这也从反面说明了佛教的和平特质，否则早起大的争端了。

接下来，作者让石秀把裴如海"赤条条不着一丝"地"三四刀搠死了"，然后意犹未尽，又填两支曲子来嘲讽这个可怜的和尚，略云："堪笑报恩和尚，撞着前生冤障；将善男瞒了，信女勾来，要他喜舍肉身，慈悲欢畅。""淫戒破时招杀报，因缘不爽分毫。本来面目忒蹊跷，一丝真不挂，立地放屠刀！大和尚今朝圆寂了，小和尚昨夜狂骚。头陀刎颈见相交，为争同穴死，誓愿不相饶。"金圣叹于此回批道：

> 佛灭度后，诸恶比丘于佛事中，广行非法，……我
> 欲说之，久不得便，今因读此而寄辩之。……或云讲
> 经，或云造像，或云忏摩，或云受戒，外作种种无量庄
> 严，其中包藏无量淫恶。……
>
> 敕诸国王、大臣、长者、一切世间菩萨大人，欲护
> 我法，必先驱逐如是恶僧，可以刀剑而斫刺之，彼若避
> 走，疾以弓箭而射杀之。在在处处，搜捕扫除，毋令恶

种尚有遗留。

由此，既可见小说中描写僧人淫行的内容很容易产生共鸣，也说明《水浒传》这种宗教态度在红尘俗世很有普遍性。

通俗小说中类似的笔墨还见于《禅真逸史》中。作品借大将军高欢之口，列举了佛教的三大罪状，即在情欲、享受、财产方面多有劣迹，其中又尤以情欲为贬斥重点。然后作者塑造了钟守敬的形象来坐实"罪状"。钟守敬的故事几乎可以看作裴如海故事的翻版。然而，似乎矛盾的是，全书名为《禅真逸史》，并以林澹然贯串全篇，让唐高祖敕封林澹然为"通玄护法仁明灵圣大禅师"，又从根本上肯定了佛教。这个林澹然身上隐隐约约带有鲁智深的影子（武将洗手，勇武绝伦，使禅杖等）。其实，《水浒传》《禅真逸史》这种看似矛盾的态度在当时是有代表性的。一方面，中晚明佛教戒律松弛，小说一定程度上反映出某些僧徒的真实情况，但另一方面，这也是对市民阶层立足世俗生活而臆想、讥讽，乃至敌视宗教的态度的迎合。

不过，要说明的是，同为宗教，《水浒传》对佛与道的态度还是有明显差别的。《水浒传》写了可爱的鲁智深，也写了"类"高僧智真长老，但没有写一个在故事中具有超凡法力的佛门人物（智真的本领只限于"入定"观看因果，不能解决任何现实问题）；相反，书中的道教人物虽也有逗弄妖术的郑魔君、包道乙一类，但绝无对待裴如海这样充满敌意的笔墨，而贯穿始终的公孙胜却是道术高强者，至于他的师傅罗真人，以及宋江的呵护者九天玄女，更是神通广大，而且直接使用法术、神通来帮助梁山好汉们。相形之下，不能不承认，施耐庵对道教偏爱有加。

九天玄女与罗真人

罗真人与九天玄女都是道教系统的神仙，又都是梁山的护佑神，似乎功能上大体重叠，那作者为什么做这叠床架屋的事情呢？

我们先来看看九天玄女，看她是怎样成为"不可或缺"的护佑神祇的。《水浒传》中，九天玄女正面出场两次，都是在宋江最狼狈的时候。第一次是第四十二回"还道村受三卷天书 宋公明遇九天玄女"，宋江被官差追得走投无路，躲入"玄女之庙"。在玄女的庇佑下，躲过一劫，并最终死心塌地上了梁山。玄女还对宋江前程做出"遇宿重重喜"的预言，又传授给他三卷天书，并对他提出"汝可替天行道"的要求。后世的批点者很看重这一情节，有的甚至认为"是一部作传根本"（袁无涯本眉批）。玄女的第二次出场是第八十八回"颜统军阵列混天象 宋公明梦授玄女法"。宋江统兵征辽，与兀颜统军决战，兀颜统军摆出混天象大阵，连败宋江三次。宋江、吴用，甚至公孙胜尽皆束手无策——这在《水浒》中是很少有的。正当宋江"寝食俱废，梦寐不安"之时，九天玄女又及时降临了：

> 玄女娘娘与宋江曰："吾传天书与汝，不觉又早数年矣！汝能忠义坚守，未尝少怠。……可行此计，足取全胜。……吾之所言，汝当秘受。保国安民，勿生退悔。……"（第八十八回）

而宋江按照玄女所授秘计，一战成功。

综合两次描写，可以把九天玄女这个形象归纳为：1. 代表上天来指点宋江走"忠义""替天行道"之路。2. 利用法术、神通救助宋江，帮助他逢凶化吉取得胜利。3. 始终关注宋江的行事（"未尝少怠"云云可证），故能在困厄时随即赶到。

这种"定向"庇佑的描写，强化了作品将梁山好汉造反行为"正当化"的努力，是"替天行道"主题的点题之笔。

九天玄女是何方神圣？作者因何选她来当此重任？

这位女仙隶属道教，《云笈七签》有她的传。其《传》略云：

　　九天玄女者，黄帝之师，圣母元君弟子也。……
（黄帝）战蚩尤于涿鹿。帝师不胜。……帝用忧愤，斋
于太山之下。王母遣使……玄女降焉。乘丹凤，御景
云，服九色彩翠之衣，集于帝前。帝再拜受命，……玄
女即授帝《六甲六壬兵信之符》，《灵宝五符》策使鬼神
之书，……帝乘龙升天，皆由玄女之所授符策图局也。

而《云笈七签》的《西王母传》《轩辕本纪》也记叙这一传说，
细节处有所不同。《轩辕本纪》所记为：

　　黄帝即与蚩尤大战于涿鹿之野。……未胜，归太山
之阿，惨然而寐。梦见西王母遣道人披玄狐之衣，……
天降一妇人，人首鸟身，帝见稽首，再拜而伏。妇人
曰："吾玄女也，有疑问之。"……玄女教帝《三宫秘略
五音权谋阴阳之术》，玄女传《阴符经》三百言，帝观之
十旬，讨伏蚩尤。授帝《灵宝五符真文》及《兵信符》，
帝服佩之，灭蚩尤。

《西王母传》则为：

　　蚩尤幻化多方，征风召雨，吹烟喷雾，师众大迷。
帝归息太山之阿，昏然忧寐。……王母乃命一妇人，人

首鸟身，谓帝曰："我九天玄女也。"授帝以《三宫五意阴阳之略》，《太一遁甲六壬步斗之术》，《阴符之机》，《灵宝五符五胜之文》。遂尅蚩尤于中冀，剪神农之后，诛榆冈于阪泉，而天下大定，都于上谷之涿鹿。

三处所记都突出了九天玄女作为战争之神的神通、威力，也都写到对黄帝雪中送炭的帮助。不过，后面两则对黄帝困窘之状的描写——"惨然而寐""昏然忧寐"，与《水浒》所写宋江的窘境更近似一些。而《轩辕本纪》写黄帝见玄女时"再拜而伏"的情状，也与宋江初见玄女情状相似——短短一段文字，五次写宋江"再拜"，如"躬身再拜，俯伏在地"。

显然，《水浒传》塑造的九天玄女形象，不折不扣从道教典籍中脱胎而来。

"九天玄女"的事迹最早见于汉代纬书《龙鱼河图》："黄帝仁义，不能禁止蚩尤，遂不敌，乃仰天而叹。天遣玄女下，授黄帝兵信神符，制伏蚩尤。"《旧唐书·经籍志》"兵家类"著录有《黄帝问玄女兵法》，似为南北朝时期的托名之作。晚唐五代时，道士杜光庭综合前代材料，作《九天玄女传》，列入他的《墉城集仙录》。北宋真宗时，张君房编辑《云笈七签》时，一方面编入了杜的《九天玄女传》，一方面又把《九天玄女传》的材料用到了《轩辕本纪》中。由于《云笈七签》的广泛传播，九天玄女的故事——特别是作为道教谱系中"善良"的女战神形象也得到更为普遍的信仰。于是，她先是被《大宋宣和遗事》"相中"，开始成为宋江的保护神（《大宋宣和遗事》："巡检王成领大兵弓手，前去宋公庄上捉宋江。争奈宋江已走在屋后九天玄女庙里躲了……宋江见官兵已退，走出庙来，拜谢玄女娘娘……"）；继而被施耐庵踵事增华，塑造成《水浒传》中天意的最高代表。

不过，九天玄女"荣膺"此任，并不完全凭自己的神通、声誉，以及在神仙谱系中的地位，而是颇有一些攀龙附凤之嫌。

《云笈七签》是奉宋真宗御旨编纂的，有很强的官方色彩。其中有一个非常有趣的情况，就是在十七卷的道教神祇的传记中，轩辕黄帝被排在了第一位，甚至是在"元始天王""太上道君"之前。《轩辕本纪》的篇幅也大大超过了这两位道教领袖的传记。

黄帝的好运来自皇帝——宋真宗巩固政权的一个小把戏。

当年，李唐政权为巩固政权而炮制了一个神话，说自家的远祖是老子李耳，于是把太上老君奉为道教最高神。宋真宗效法这一套，又要压倒李唐，便搞了一串装神弄鬼的把戏。对此，《宋史》《续资治通鉴长编》等史籍有相当详细的记述。近年来，学者如杜贵臣、罗争鸣等也进行了角度不尽相同的研究。

宋真宗的祖宗神话无论内容，还是操作，都用了一些小心机，搞得比较复杂。比如说，老赵家的祖宗可以上溯到"人皇"，为九大"人皇"中的一个；然后转世即为"轩辕黄帝"——世传黄帝的家谱是错误的，应该统一到这一官方新版本上来；几千年后，奉上天之命，为拯救黎民，他又降世为赵玄朗，为赵匡胤祖父（这个关系较为含混，有其他解读）。而这一切，既有神人托梦报告，又有现场降神。当然，这一降神的情景也是宋真宗自己讲述给朝臣们听的。

简单说，按照赵宋王朝官方的谱系建构，轩辕黄帝实为老赵家的祖先，所以此时编纂的《云笈七签》就把《轩辕本纪》放到了第一位，而曾经护佑、辅弼过轩辕黄帝的九天玄女也就被"躐等擢升"，成为地位特别重要的女仙了。

皇室里有"母以子贵"之说，神仙谱系中竟也出现了"师以徒贵"的情况，可发一笑。

皇室的态度影响了著作，著作影响了社会、民间，社会、民间又与著作一起影响到小说，于是就有了《水浒传》中至高无上的九天玄女。

这里，再说一点题外话。这个赵玄朗后来并没有取得可以比肩太上老君的仙界地位，而是辗转变成了财神——我们这个民族，无论是皇帝，还是平头百姓，造神的能力似乎都堪称一流。

说到这里，另一个问题又产生了：作为道教神的代表，作为天意的代言人，这个九天玄女在故事中的作用已经足够了；那么，既生"玄女"，何生"真人"？难道不给公孙胜设计一个师父，就表现不出道教的法力吗？

当然不是。

罗真人在作品中的"功能"是与九天玄女错位的，因此并无叠床架屋之虞。

我们先来看看罗真人和道教的关系。

《云笈七签》的《太清存神炼气五时七候诀》给"真人"下的定义是：

> （信众）专心修者，百日小成，三年大成……自然回颜驻色，变体成仙，隐显自由，通灵百变，名曰度世，号曰真人，天地齐年，日月同寿。

而《云笈七签》中言及"真人"计有220处，如"九晨真人""紫阳真人"等。其中号"罗真人"的有一位，见于卷一百一十九的《道教灵验记部》，题为《罗真人降雨助金验》。这个罗真人的形象、行迹是："隐见于珊口、什邡、杨村、濛阳、新繁、新都、畿服之内，人多见之。不常厥状，或为老妪，或为丐食之人。"看来，《水浒传》的罗真人与此并无直接关联。不过，我们从中可以看到，道教里的真人比起那些什么"天尊""帝君"来，和民众更加亲和一些。其中不少就是从凡人中修炼而成，成仙后仍然"生活在群众之中"，和民众"零距离"。

《水浒传》中罗真人的"功能"正是基于"真人"的这一特性。

罗真人在作品中的正面出场也是两次。一次是第五十二回，梁山好汉遭遇了妖人高廉，屡战屡败，只得派戴宗与李逵去请公孙胜。公孙胜的师父正是罗真人。由于他反对公孙胜出山，因而和李逵发生了一系列冲突。另一次是第八十五回，梁山好汉征辽路过蓟州，宋江便和公孙胜顺路去拜望了罗真人。这一次，除了罗真人为宋江写下八句法语作为预言之外，便只是一些惯常的客套话。

设若我们把这两个情节删去，会有什么变化呢？

首先可以肯定，对全书的情节发展毫无影响。其次，全书的思想内容、人物关系也几乎不会产生什么变化。

如果说有影响的话，倒是李逵的形象会因之减色。

前面我们用"说不尽的黑李逵"做小标题，就是为了给这里留出再说一说的空间。前面我们也指出，古代白话小说中有一个莽汉形象系列，如张飞、李逵、牛皋、焦赞、程咬金等。但同为一个系列，恐怕也只有李逵当得起"说不尽"三字。

至少，在这个形象系列中，李逵的喜剧色彩是他人远远不及的。

一出场，他就碰上了浪里白条，被淹得双眼翻白；后面和吴用同去大名府，一路扮哑巴；和燕青去东岳庙争跤，归来到寿张县坐衙审案，等等，时时处处他都有可能闹出笑话，惹出麻烦，而这些笑话与麻烦把弥漫全书的血雨腥风冲淡了不少。

在围绕李逵演出的滑稽剧中，最热闹、最搞笑、最有喜剧意味的一出就是他和罗真人的对手戏。

如果认真推敲起这场戏，肯定会发现很多不近情理的地方，如罗真人既然知道梁山好汉上应天星，就不应该留难公孙胜；罗真人既已得道成仙，怎么还会设圈套耍弄李逵，等等。明代的读者中就曾有过类似的质疑，所以李卓吾就此专门做了驳正。李卓吾讲：

> 有一村学究道："李逵太凶狠，不该杀罗真人；罗真人亦无道气，不该磨难李逵。"此言真如放屁。不知《水浒传》文字当以此回为第一。试看种种摩写处，那一事不趣？那一言不趣？天下文章当以趣为第一。既是趣了，何必实有是事并实有是人！若一一推究如何如何，岂不令人笑杀。

金圣叹也讲："此篇纯以科诨成文，是传中另又一样笔墨。"

他们都看到了这一回的喜剧特性，但不足之处在于没有点破这一特性的奥秘，也就没有讲出"趣"与"诨"是怎么产生出来的。

这出喜剧的奥秘就在于罗真人与李逵之间的"信息不对称"。李逵处处凭借着自己的小狡猾，想出一个又一个自以为是的"好主意"，不断地暗自得意。而罗真人时常不动声色，而一切全在他的眼底心中，实际上一切全由他在安排。罗真人看李逵，如同我们在实验室里看东跑西撞的小白鼠。由于作者的叙事安排，读者便以全知全能的眼光来看这故事，而这种眼光大体是与罗真人的眼光重合的。于是，读者也就有了"俯瞰"李逵的机会。仰视出悲剧，俯视出喜剧。在全知全能的罗真人面前，李逵越表演便越可笑。

可以说，罗真人给了李逵充分展示其天真烂漫（特定意义上的）的机会，而这种天真烂漫，又在一定程度上把李逵板斧上的血腥洗刷掉些许。

在这个意义上讲，罗真人是为了李逵而存在的。

这样一个角色，既要有神通，又要使李逵能够接近，那只有"真人"这种"平易近人"的神仙才能完成任务。

所以，九天玄女之外，《水浒传》中还要再安排一个罗真人。

公孙胜的法力

以道教的身份来直接帮助梁山事业的是公孙胜。而在梁山好汉中，公孙胜与众不同之处也正在于他的道法。

公孙胜道法的表现有两种情况：一种是用来对付没有法力的凡人，如上梁山前夕打败巡检何涛，他就"祭风"以助火攻；另一种是与同属道教但持邪法者"斗法"，先后有高廉、樊瑞、贺重宝、乔道清、包道乙与郑魔君（这两位是他的徒弟与之斗法，也勉强可算到他的账本上）。

前一种情况在书中很少出现，出现时也是一笔带过，原因是涉嫌"恃强凌弱"，实在没什么好讲的。后一种情况是作者着意之处——法力相斗，夹杂在朴刀杆棒之中，别有一种热闹。

两种之间有一个转折，就是前面提到的李逵搬救兵，公孙胜二次出山。前一次出山是加盟"七星聚义"，截取生辰纲。那一次，公孙胜的作为几乎全等于刘唐之类江湖好汉。他的道法只发挥了一次作用，就是对付捕头何涛。因为对手实在太弱，所以这次发挥也便写得十分草草。等到二次出山，任务很明确，公孙胜面对的是同样道法（也不妨称为"邪术"）高强的高廉。于是，深知底细的师父罗真人怕他完不成任务，临别时赠言：

　　　　弟子，你往日学的法术，却与高廉的一般。吾今传
　　授与汝五雷天罡正法，依此而行，可救宋江，保国安
　　民，替天行道。（第五十四回）

同时把"五雷天罡正法"传授给了公孙胜。公孙胜靠此法
术果然战胜了高廉。其后公孙胜碰到的对手都是道教门里的
高手，而战胜或是收降他们，他靠的也全是这一"天罡正
法"。如收降樊瑞，"宋江立主教公孙胜传授五雷天心正法
与樊瑞，樊瑞大喜"。又如田虎帐下的乔道清道术高强，是
公孙胜的劲敌，二人斗法也是全书最热闹的法术描写，很像
是《西游记》中孙悟空与牛魔王的赌斗。结果也是靠五
雷法：

　　　　乔道清再要使妖术时，被公孙胜运动五雷正法的神
　　通，头上现出一尊金甲神人，大喝："乔列下马受缚！"
　　乔道清口中喃喃呐呐的念咒，并无一毫儿灵验。（第九
　　十六回）

公孙胜自己也讲：

　　　　适才见他（乔道清）的法，和小弟比肩相似，小弟

　　却得本师罗真人传授五雷正法，所以破得他的法。（第九十六回）

由此可见，公孙胜的法力中，这个"正法"实在是制胜的法宝。

　　不过，细心的读者可能发现，这么重要的、关键的"法术"，作品的前后名称却不一致。前面罗真人传法时称为"五雷天罡正法"，后面讲到宋江做主传法时，作者又称为"五雷天心正法"。这是怎么回事？

　　实际情况还要更复杂一些。前面的"天罡正法"，在容与堂百回本和袁无涯百二十回本中是一致的，而金圣叹的贯华堂七十回本却变成了"天心正法"。而后面的"天心正法"，三种本子却又一致起来。这种情况是怎样产生的？这已经超出了本书讨论的范围，我们要说的只是"公孙胜的法力"，而这个话题其实挺复杂。

　　说它复杂，主要不是指前述的版本文字方面，而是这个话题所指向的现实生活中的一个特殊宗教现象。北宋初，淳化年间，有某饶姓道士自称掘地三尺得到"金版玉篆《天心秘式》"一部，并自称得到神人讲解而尽得其妙。于是，他就依靠所谓"天心正法"，创立了一个小的派别，自命为"天心初祖"。这个派别并没有形成气候，但他们鼓吹的"天心正法"却产生了不小的影响。苏东坡就有《记天心正法咒》一文。苏辙《龙川志略》中也记述道士蹇某所习为"天心正法"云云。而在南宋人编纂的《夷坚志》中,则有不少行"天心正法"而显效的传说故事。稍后,所谓"天心正法"又增加了内涵。有道士刘某,自称得张姓仙人秘传《天心五雷法》,从而"名著江湖"。这样,就有了"五雷天心正法"的名堂。由于所谓"天心"指的是北斗,而北斗又称为"天罡",所以在《水浒传》里,时而称"五雷天罡正法",时而称"五雷天心正法"。对此,刘黎明的《宋代民间巫术研究》中有更为具体的材料。

由于"天心正法"盛行一时,也就招来了一些反击与挑战。此类传说在《夷坚志》中也收录了几段,如某"常持天心法"的道士,无缘无故被杖死在道观中,或为天谴或为报复;某贵公子"初学天心正法",遭遇一连串的恐怖事件,"自是不敢轻习行";又有赵氏父子皆"习行天心法",其子遇到同行暗中挑衅,"仗剑诵咒,临以正法",结果铩羽"趋避之"。

由此可见,《水浒传》中公孙胜持"五雷天心正法"与一连串的邪术、妖道"斗法",正是宋代(特别是南宋)道教内部斗争的一种反映。而这种情节又影响了后代小说,直到《蜀山剑侠传》之类——当然,产生这种影响的不止于《水浒传》一端。

罗天大醮的意义

如前所说，《水浒传》中涉及道教的笔墨，一则是强化"替天行道"的主旨，一则是添了不少趣味和热闹。这既有作者个人对道教的兴趣的缘故，也是当时社会宗教状况的折射。

就后一方面而言，还有一个话题应该再稍加分说。

小说中除了道教的神祇、法术之外，还描写到道教的科仪。近年来，研究者已有所关注，甚至给这方面的文字以相当深度的解读，颇有见仁见智之处。

这一科仪就是道教的"罗天大醮"。

以百回本、百二十回本而论，"罗天大醮"共出现了三次。第一次是全书的开端，因为瘟疫流行，所以宋仁宗派洪太尉去请出张天师，"修设三千六百分罗天大醮"。这个情节的作用全在于引出"洪太尉误走妖魔"一节，所以对于"罗天大醮"只是虚写一笔，着墨甚少。正如金圣叹所讲："瘟疫亦楔也，醮事亦楔也，天师亦楔也，太尉亦楔也。既已楔出三十六员天罡，七十二座地煞矣，便随手收拾，不复更用也。"

第三次更简单，宋江征方腊获胜，"想起诸将劳苦，今日太平，当以超度"，便"做三百六十分罗天大醮"。仅此一句而已。不过奇怪的是，前面的"罗天大醮"都是"三千六百分"，这次却一下子缩减为"三百六十分"。

只有第二次的罗天大醮，作者用了将近半回书的文字，把仪式前前后后细加描写。先是宋江提议："我心中欲建一罗天大醮，报答天地神明眷佑之恩：一则祈保众弟兄身心安乐；二则惟愿朝廷早降恩光，赦免逆天大罪。……三则上荐晁天王早生天界，世世生生，再得相见。"这就把"罗天大醮"的功能全面揭示出来——佑生，祈福，荐亡。

然后，细细写了做醮的场所与过程：

> 向那忠义堂前挂起长旛四首。堂上扎缚三层高台。堂内铺设七宝三清圣象，两班设二十八宿十二官辰，一切主醮星官真宰。堂外仍设监坛崔、卢、邓、窦神将。摆列已定，设放醮器齐备，请到道众，连公孙胜共是四十九员。……
>
> 当日公孙胜与那四十八员道众，都在忠义堂上做醮，每日三朝，至第七日满散。……公孙胜在虚皇坛第一层，众道士在第二层，宋江等众头领在第三层，众小头目并将校都在坛下。（第七十一回）

不仅如此，作者还写了长篇的颂赞：

> 香腾瑞霭，花簇锦屏。一千条画烛流光，数百盏银
> 灯散彩……金钟撞处，高功表进奏虚皇；玉佩鸣时，都
> 讲登坛朝玉帝……道士齐宣宝忏，上瑶台酌水献花；真
> 人秘诵灵章，按法剑踏罡步斗……（第七十一回）

这样的文字并不见得有多么高明，但是，一则可以看出作者确实非常认真描写这一重大场面，不带一丝玩笑，不含些微轻忽；二则对场面、过程的刻画完全是写实的态度。令我们惊讶的是，如果对照道教典籍中有关记述，这些刻画基本上是符合的。特别是如果对照前面鲁达五台山受戒的草率描写——与佛门常识殊多不合，作者对道教的偏爱，以及对这次做醮的重视，就更为明显了。

下面我们要讨论的是，这次罗天大醮的功能或者说效用是什么？作者和读者对效用的看法是否一致？

上述宋江对这次罗天大醮的看法，基本合乎道教教理，从叙事口吻看也可以认为代表了作者的看法——做此大醮，就是为了沟通天人、仙凡，从而救拔亡友，保佑生者。可是，奇怪的是，读者却不一定这样看。例如李卓吾，他就认为这是宋江和吴用、公孙胜合谋的一个把戏，为的是"以鬼神之事愚弄"众人，一是进一步树立宋江的权威，二是便于内部管理，排定座次，各无争执。而金圣叹更进一步，认为固然是宋江装神弄鬼的把戏，但在作品里的主要功能却

是结构上的：既然是梁山"聚义"，就需要有个总结性的大名单，这是全书的"大关节"。借做醮带出石碣，借石碣提供大名单，这场罗天大醮的任务就完成了，其他的根本不必深究。

这里我们先要说明一下：通过罗天大醮带出梁山的"大名单"，这是《水浒传》对《大宋宣和遗事》的一个较大改动。在《大宋宣和遗事》中，"大名单"是九天玄女娘娘交给宋江的，而且是在宋江上梁山之前，描写得比较草率。《水浒传》这一改，兴师动众，更能吸引读者眼球，更有"庄严感"，艺术效果比起《大宋宣和遗事》要好得多。另外，通过这一笔，也再次显示《水浒传》的作者对道教确实大有兴趣，大有好感。

可是，为什么作者抱着十分认真的态度描写的，带着神圣意味的道教内容，在某些读者心中却完全变了味呢？这里固然有李卓吾、金圣叹惯于批判，惯作翻案文章的缘故，但也有作品自身的问题。作者为这场罗天大醮设定的那些"虔诚"的、堂而皇之的目的(荐亡、祈福)，实现与否是看不到的；而巩固地位、稳定秩序的效果却是立竿见影。这就难怪读者要猜疑一番了。何况，从互文的意义上讲，历史上类似的神道设教、英雄(或曰奸雄)欺人之举见诸载籍的数不胜数，也自然给了这次大醮以"政治权谋"的联想意义。

作者心中未必有，读者眼底未必无。这正是内容丰富、复杂的文学作品题中应有之义。

扯开去，还有三个小话题可以再啰唆几句：

一、既然说作者很认真描写大醮的仪轨，为什么对"罗天大醮"的使用不准确呢（严格讲，罗天大醮应是一千二百分）？其实很简单，因为道教的仪轨随着有偿服务于民间，等级制度便逐渐被模糊了。笔者曾见某道观，可做任意规格的醮事，只要价钱合适——这一点，想来古今同理。所以，施耐庵笔下的某些"不标准"可能就是他那时代的现实生活中宗教活动"不标准"的反映。

二、罗天大醮带出的人物总"榜单"，对后世长篇小说颇有影响。《封神演义》有"封神榜"，《红楼梦》有"情榜"、有《十二钗》正副册，《儒林外史》有"幽榜"，等等。

三、石碣上都是蝌蚪文，众人都不认识，所以何道士说什么就是什么。想来受此启发，金庸的《鹿鼎记》中韦小宝便玩了同样的把戏，和洪教主串演了一出类似的闹剧。只是《水浒传》的作者对于宋江持矛盾的态度，不肯直接点明他是在装神弄鬼，把揭穿谜底的任务留给了李卓吾、金圣叹和在下一流；而金庸本就是要刻画韦小宝的小无赖嘴脸，所以叙事角度与《水浒传》迥异——韦小宝的把戏全在读者眼底，反是洪教主信从与否写得含混，给诸君留下想象的空间。

后　记

上个世纪末，蒙人民文学出版社周君绚隆力邀，承担了"漫说系列"中的《水浒传》一书。于是与孙君勇进合作，一年后完成付梓。此书虽为通俗之作，但也颇费周章。一则须借鉴学界前贤、同仁之最新研究，唯陈言务去；二则要有自家心得体会，且以生动趣味之言辞表达出来。小书面世后，承读者错爱，先后于海内外再版。一些见解也被学界同仁接受、援引。

初版的《后记》中曾提到，因我二人当时均有其他事务缠身，有些想法未及整理成文，承诺稍得闲暇当再做补充。不意一拖再拖竟至十余年。又得天津人民社诸君青目，拟整饬再版。考虑到近几年围绕《水浒传》评价的歧见、争论，窃以为拙作的观点或尚未"过时"，对澄清一些混乱认识也许有所裨益，遂再作冯妇。于是有增订本见教于读者。修订除增加了两个"话题"、一个附录，重写了绪言之外，个别地方也有少许调整、修正。而整体风格则保持不变。

　　转眼到了 2022 年。天津增订版版权到期，人民文学出版社胡文骏兄提议拿回再刊，于是又有了二次增订。这次增加了"江湖话题"，并把文字从头打磨了一遍。由于仍属于通俗之作，行文中涉及前贤与友人高见之处，尽量有所说明，而未能一一出注。谨在此一并致谢。